Notwehr

Nach verschiedenen Schätzungen und Berechnungen regierungsunabhängiger Organisationen bleiben jährlich bis zu 10.000 in der Europäischen Union vermisste Personen auf Dauer verschwunden, viele davon Kinder und Jugendliche.
Dazu kommen Migranten und Flüchtlinge in unbekannter Zahl, die von Schleppern und ihren kriminellen Netzwerken versklavt und überwiegend per Zwangsprostitution ausgebeutet werden.

In Deutschland und Frankreich werden jährlich rund 150.000 Kinder und Jugendliche vermisst gemeldet.
Achtundneunzig von hundert Vermissten tauchen nach längstens zwei Wochen wieder auf.

Den beiden übrigen ist dieses Buch gewidmet.

Joachim Widmann, Berlin 2018

Joachim Widmann ist ein Berliner Medienmanager und Journalist. Er war unter anderem Chefredakteur einer Nachrichtenagentur und einer Regionalzeitung und ist heute Mitinhaber und Leiter zweier Journalistenschulen.
„**Notwehr**" ist sein fünfter Roman.

Weitere Thriller mit Sibel Schmitt:

Schmitts Hölle – Verrat.

Die Frau im Roten Kleid

Schmitts Hölle – Countdown.

Schmitts Hölle – Entscheidung.

Alle Schmitt-Thriller sind abgeschlossene Romane.
Die drei „Hölle"-Bücher ergeben eine Trilogie.

2

Joachim Widmann

NOTWEHR

Ein Thriller mit Sibel Schmitt

Bibliografische Information der Deutschen Nationalbibliothek:
Die Deutsche Nationalbibliothek verzeichnet diese Publikation in der Deutschen Nationalbibliografie; detaillierte bibliografische Daten sind im Internet über http://dnb.dnb.de abrufbar.

© 2018 **Joachim Widmann**
Herstellung und Verlag: BoD – Books on Demand, Norderstedt.
ISBN: 9783752805710

Illustration/Cover: **Michael Karg**
(michael@kargistan.de)

Bildmaterial: Massimo Meloni, Fotolia.com

Lektorat: **Krista Maria Schädlich**

Argelès sur mer, Frankreich

Die Frau schreitet aus der Brandung, die Haut bleich von der Kälte. Sie wischt sich eine Wasserpflanzenranke vom Arm, wirft sie zum Strandgut aus verrottendem Tang, Plastikmüll, Holz, das die Flutlinie markiert. Sie sieht sich um, nicht wie eine Suchende oder eine, die den Weg nicht wüsste, sondern gelassen, wie jemand, der früh das Wetter erkundet, wenn die Morgendämmerung noch den Westen verschattet.

Oder wie jemand, der nach Verfolgern und Beobachtern Ausschau hält, als wäre dies selbstverständlich.

Außer ihr ist kein Mensch unterwegs. Die Fenster der Strandhäuser oberhalb der Promenade sind mit Metall- oder aufgequollenem Holzplatten gegen die Winterstürme und den bleigrauen Tag verblendet. Verwaschen schwarz stehen die Berge, grünlich liegt das Meer unter den träge ziehenden Wolken.

Sie ist mit Wind und Strömung geschwommen, zwei Kilometer parallel zum Strand Richtung Hafen. Nun trabt sie locker zurück, die Füße bis zu den Knöcheln im Wasser. Der Wind treibt ihr den Regen entgegen, die Tropfen auf ihrer Haut mischen sich mit dem Seewasser und laufen in Rinnsalen ab.

Das letzte Stück bis zu der Stelle, wo die Flussmündung den Strand unterbricht, sprintet sie, hechtet wieder ins Wasser, crawlt auf die andere Seite, kraftvoll, um nicht abzutreiben.

Den Atem als Nebel vor den Lippen, schlendert sie zur Düne, wo am Übergang zwischen Strand und festem Ufer ein Haus auf Betonstelzen steht.

Sie wringt sich das Wasser aus dem Haar, ehe sie eintritt. Blickt auf den Bildschirm des Notebooks auf dem Küchentresen: „Download completed, press ‚ok‘ to install.“

Sie wischt ihre Hand am Geschirrtuch trocken, klickt auf „ok“. Geht ins Bad, duscht, trocknet sich ab.

Der Computer pingt „Installation completed“.

Sie füllt Leitungswasser in den Kocher, schaltet ihn ein.

Lehnt sich an den Tresen. Klickt auf „Diktat“. Sagt langsam und sehr deutlich: „Hauptkommissar Sibel Schmitt, Komma, LKA Berlin, Doppelpunkt: Im Folgenden gestehe ich die Beseitigung von Beweismitteln, Komma, Diebstahl, Komma, Brandstiftung, Komma, Körperverletzung, Komma, Strafvereitelung, Komma, unterlassene Hilfeleistung und ein Tötungsdelikt, Punkt."

Sie klickt „Stop", wechselt die Ebene.

Der Satz erscheint geschrieben auf dem Bildschirm. Alle Worte und Satzzeichen sind da, alles korrekt.

Sie wirft einen Teebeutel in eine große Tasse, gießt Wasser darüber. Klickt auf „Diktat". Schließt die Hände um die warme Tasse ...

Diktat 1, 28. November

Sheri spielte mit einem Jungen, den sie gerade kennengelernt hatte. Ich beobachtete die Kinder, hörte ihr Geplapper, ohne etwas davon zu verstehen, genoss die Sonne, die Brise und meine Schmerzfreiheit, spürte Frieden, eine gute Müdigkeit, die einmal nicht von meiner Schlaflosigkeit kam, sondern von der Ruhe, der Wärme.

Dann setzte sich der Mann neben mich auf die Bank. Nicht wie ein Fremder ans andere Ende, sondern gleich neben mich, wie ein guter Bekannter oder ein Freund, so dass sich unsere Arme berührten.

So etwas passierte mir häufig, aber diesmal war es etwas anderes. Die Berührung sollte nicht zufällig wirken, und er fing auch nicht an, auf mich einzureden, wie die Typen, die dir nahe kommen und dir Komplimente machen, weil sie glauben, eine junge Frau allein warte nur auf ihre Gesellschaft.

Nein. Dies war eine Aggression.

Revierverhalten.

Wenn du so schwarzes Haar und so schwarze Augen hast wie ich, begegnet es dir immer wieder. Manche Menschen nehmen Fremden den Raum.

Alle Bänke waren besetzt, also mochte ich nicht aufstehen. Ich machte mich dünner, um seinen Arm nicht weiter zu berühren.

Der Mann roch sauer nach zu viel schwarzem Tabak. Ich blickte nicht zur Seite, also taxierte ich ihn nach Hosenbeinen und Schuhen. Die Hose war aus grauer Wolle und schmal geschnitten. Das Design der Schuhe war italienisch, ambitioniert. Sie hatten etwas Übertriebenes, wie teure Fälschungen. Damals sagte mir das nicht viel, und neben meinem aus einem billigen Kleidchen staksenden nackten Beinen und den Flip Flops an den Füßen wirkten seine Beine allemal wie die einer Autorität.

Um etwas zu tun, beugte ich mich vor, zog die Zigarettenpackung aus meiner Tasche, die im Netz an Sheris Buggy steckte.

„Hast du eine Kippe für mich?", fragte der Mann.

Für einen Franzosen war das Duzen ungeheuerlich. Ich wurde von Kommilitonen an der Uni gesiezt, jetzt duzte mich ein Fremder.

Er war vielleicht Ende Dreißig, Mitte Vierzig, Fünftagebart, struppiges Haar in Graublond, Pilotenbrille. Er sah nicht alt, aber verlebt und zerknittert aus, jedoch nicht betrunken oder wie ein Penner.

„Reden Sie mit mir?", fragte ich.

„Mit wem sonst. Hast du eine Kippe? Oder gibst du lieber ne Runde Heroin aus?"

Plötzlich brannte die Sonne auf meiner Haut. Ich schwitzte. „Heroin? Sind Sie verrückt?"

Er packte mein Handgelenk. Verdrehte meinen Arm. „Du solltest lange Ärmel tragen. Alles voller Einstiche."

Ich zischte: „Lassen Sie mich los, Sie tun mir weh."

Er drehte meinen Arm noch weiter und sagte: „Woher hast du das Geld für den Stoff?"

Ich klemmte mit schmerzhaft verdrehtem Arm zwischen dem Kerl und der Armlehne. Eine Situation, wie du sie im Kickboxtraining nicht durchspielst. Aber ich war schnell. Und ich war beweglich.

Außerdem war ich außer mir.

Er konnte nicht ahnen, was unerwünschte Nähe und Berührung mit mir machten. Es ist nicht Panik oder Zorn oder Hass. Es ist ein Selbstschutz-Reflex.

Mein Herz hämmerte in meinen Ohren. Ich biss die Zähne zusammen, musste mir einschärfen: Nicht gegen den Hals.

Ich blieb im Aufstehen geduckt, folgte der Drehung, in die er meinen Arm zwang, rammte ihm die andere Faust gegen die Nase. Der Goldrahmen der Brille schnitt in seine Wange, das linke Glas fiel raus, rutschte über seine Brust, fiel zu Boden. Er hob die Arme. Ich gab ihm noch einen auf die Nase, ehe er Deckung nehmen oder sich wehren konnte. Sein Kopf schnellte zurück und wieder vor.

Er presste die Hände auf seine blutende Nase.

„Sie sollten mich besser nie wieder anfassen, bitte", sagte ich höflich.

Ich hielt nach Sheri Ausschau. Sie spielte noch mit dem Jungen, als wäre nichts gewesen. „Sheri, Süßes, komm bitte, wir gehen nach Hause."

Ich verdeckte den Anblick des Verletzten, als sie auf mich zu lief.

Dieses niedliche Kleinkind-Rennen, halb Lauf, halb Stolpern. Sie war der perfekteste kleine Mensch des Universums.

Ich breitete die Arme aus. Ich fing sie mit einem „Hui"-Ruf ein und wirbelte sie herum.

Ihr fröhliches Strahlen gab mir einen Stich.

Es war ein sonniger Tag in Paris.

Jacques Chirac war Präsident, du konntest überall rauchen, und sie versuchten noch nicht, dir mit Horrorbildern auf den Tabak-Packungen Angst zu machen. Die öffentlichen Mülleimer waren noch nicht bombensicher, die Telefone hingen an Kabeln. Manche Franzosen konnten die Sportergebnisse per Minitel anzeigen, grün auf schwarz, das war eine Art Ur-Internet der französischen Telecom.

Wenn du etwas genauer wissen wolltest, hast du noch in Büchern nachgeschlagen.

Ich war Mutter des schönsten kleinen Mädchens der Welt, erfolgreiche Kampfsportlerin und Studentin der Rechtswissenschaften mit Bestnoten. Ich hatte einen Job, und ich hatte meine Scheiß-Familie in Berlin zurückgelassen.

Aber die Welt war nicht perfekt.

Ich wäre zum Beispiel gern eine bessere Mutter gewesen.

Keine Borderlinerin: eine unbeschwerte junge Frau ohne traumatische Vergangenheit, ohne Schattenzonen.

Eine, die keine Drogen nahm.

Eine, die nicht gerade einen folgenschweren Fehler gemacht hatte.

***

Sie kamen um vier. Sie kommen immer um vier. Nachts um vier sind die Schilde unten, die Menschen verletzlich.

Aber sie sind selbst auch nicht unbedingt fit. Der Typ vom Spielplatz zum Beispiel sah ziemlich fertig aus, als ich nach dem heftigen Klopfen die Tür öffnete. Die verpflasterte Wange, die Plastikschiene auf der verquollenen Nase, die Hämatome, die Halswirbelstütze, die geröteten Augen. Er hatte nicht mal den Anzug gewechselt, sondern versucht, die Blutflecken auszuwaschen.

Die brünette Frau neben ihm hielt Abstand, denn hinter ihnen standen fünf Mann der Einsatzpolizei in voller Montur inklusive Helme, von denen zwei mit Maschinengewehren auf meinen Kopf, meine Brust zielten.

„Yves Miller, Inspektor Yves Miller", stellte sich der Kerl vor, zeigte mir eine Plastikkarte in den Farben der Trikolore. „Das ist meine Kollegin Rahel Baransky."

Er trat zur Seite, damit sich die Polizisten mit den Gewehren reindrängen konnten.

Rahel Baransky befahl: „Hände an die Wand, Beine auseinander." Sie tastete mich ab, zog meine Arme auf meinen Rücken, legte mir Handschellen an, drehte mich um, dass ich mit dem Rücken zur Wand stand.

Miller hob ein zerknittertes Blatt und sagte: „Wir haben einen Durchsuchungsbefehl."

Ich nickte in den Gang. „Dritte Tür rechts. Erschrecken Sie mein Kind nicht."

Die Frau fragte: „Wer wohnt in den anderen Räumen?"

„Leute. Die Wohung wird zimmerweise vermietet. Die sind alle nicht da."

„Na, so ein Zufall."

Tatsächlich war es kein Zufall. Ich hatte ihnen gesagt, dass ich einen Typen vermöbelt hatte, der vermutlich ein Drogenfahnder war. Jedenfalls ein Bulle.

Miller nickte Baransky zu. Die Einsatztruppentypen legten die Helme ab, hängten sich die Waffen über die Schultern. Baransky nahm einen von ihnen mit in mein Zimmer. Die anderen verließen die Wohnung auf einen Wink Millers.

Er wartete, bis sie verschwunden waren. Ich drehte mich, so dass sein Griff nach meiner Brust meinen Arm traf. Er sagte: „Ich hatte gehofft, dass du nackt schläfst."

„Ficken Sie sich", sagte ich.

Er stand jetzt dicht vor mir in dem engen Flur. Etwas kleiner als ich, aber massiv, bedrohlich. Ich versteifte mich. Nein, ich wurde steif, es war jenseits meiner Kontrolle. Meine Muskeln waren wie Stein.

Ich musste mich darauf konzentrieren, nicht wieder auf ihn loszugehen. Ein Kopfstoß wäre möglich gewesen, ein Tritt …

Es war klar, dass etwas kommen würde. Nichts Angenehmes.

Er gab mir eine Ohrfeige. Mein Auge tränte.

„Ficken Sie sich", wiederholte ich. Diesmal knurrte ich es durch die zusammengebissenen Zähne.

Er nahm eine Faustvoll meiner Haare, zog mich an sich. Er stank nach fettigem Haar, Schweiß, zu wenig Schlaf, zu viel Kaffee, Nikotin, Alkohol, schlechtem Essen.

Er legte seinen Kopf an meinen, raunte, die Lippen dicht bei meinem Ohr: „Wir werden *dich* ficken. Dein Kind kommt zur Fürsorge, du wirst im Knast landen. Lange." Seine freie Hand knetete meine Brust.

Ich zischte: „Wenn Sie mich nicht loslassen, werde ich Ihnen wieder wehtun müssen."

Er hörte wohl, dass dazu wenig fehlte. Ließ zwei, drei Sekunden verstreichen, stieß mich gegen die Wand, trat zwei Schritte zurück.

Ich hörte Sheri weinen, ließ Miller stehen und ging in Richtung meines Zimmers.

Der Einsatztruppenmann stand etwas abseits zwischen den aus Schrank und Regal gerissenen Sachen und hielt Sheri auf dem Arm.

„Sie hat Angst", sagte ich.

Rahel Baransky hielt eine pralle Tüte mit einem weißen Pulver hoch, rief so laut, als gäbe es ein größeres Publikum: „Sibel Yurdal, Sie sind festgenommen wegen Drogenbesitz, Widerstand gegen einen Vollzugsbeamten, gefährlicher Körperverletzung."

***

Ermittlungsrichterin Simin Dufrennes warf den Kugelschreiber auf ihren Block. „Die toxikologische Untersuchung hat ergeben, dass Sie Heroin nehmen, die Einstiche an Ihren Armen sind in diesem Zusammenhang eindeutige Indizien …"

Ich fühlte mich unwohl, und über das Zeug zu reden, machte es nicht einfacher.

Ich mühte mich um Ruhe und Sachlichkeit. „Ich bestreite nicht, Heroin zu nehmen. Ich bestreite, damit zu handeln. An dem Tütchen sind keine Spuren von mir, oder?"

„Wir haben es im Bett Ihrer Tochter gefunden."

„Denken Sie, dass ich verrückt bin? Sheri ist ein lebhaftes, neugieriges Kind. Sie nimmt alles in den Mund, alle Kinder tun das. Die Gefahr wäre viel zu groß, dass sie …"

Sie strich ihr Haar zurück, und ich musste mich beherrschen, die Bewegung nicht zu spiegeln. Sie sah meiner Mutter ähnlich. Oder mir. Nur dass sie keine Türkin war, sondern Afghanin. Das hatte sie gleich klargestellt: Sie sei Afghanin, ob ich Türkin sei?

Ich bin Deutsche, antwortete ich. Da lächelte sie und sagte, auch sie sei eingebürgert, natürlich, aber die Kultur …

„Ich bin Deutsche", hielt ich schroff dagegen. „Rechtlich und kulturell."

Sie war nicht groß und schlank wie ich, sondern klein und rundlich. Aber genau so dunkelhaarig, schwarzäugig. Hohe Wangenknochen, geschwungene Lippen. Ihre Haut war dunkler als meine.

„Junkies tun solche Dinge", stellte sie fest. „Sie gefährden auch ihre Kinder."

„Ich nicht. Und ich bin kein Junkie. Ich nehme Heroin gegen meine chronischen Kopfschmerzen. Ich hab das im Griff."

„Wie ich sagte: Junkies tun solche Dinge."

Ich presste die Fingerspitzen gegen die Narbe in meinem Gesicht, rang nach Worten. „Wenn Sie wüssten … Das ist ein zermürbender, dumpf dröhnender, alles bestimmender Schmerz. Meine Gesichtsknochen waren zertrümmert, mein Schädel war gebrochen. Nichts hilft. Der Schmerz schränkt mich ein, isoliert mich. Ich nehme Tabletten, aber dieser Schmerz wohnt in meinem Kopf wie etwas, das mich beherrschen will. Er ist alles, was ich noch fühle."

12

„Der Arzt sagt, Sie ritzen sich. Ist es deshalb?"

Ich nickte nur. Es gibt Dinge, über die ich nicht rede. Schon gar nicht mit einer Frau im Alter meiner Mutter, und am Katzentisch wartet die Protokollantin darauf, meine Aussage in die Schreibmaschine zu hämmern.

Aber auch sonst nicht. Redest du über dein Trauma, bist du ein Opfer.

Ich bin kein Opfer. Nie wieder.

„Heroin hilft?"

Ich nickte wieder.

„Und diese Narben? Was war das? Ein Unfall?"

„Ein Kerl mit einer Eisenstange."

„Ein Verwandter?"

„Ich weiß nicht, welche Bedeutung das im vorliegenden Fall haben sollte", blockte ich ab.

Sie senkte den Kopf, zog die Brauen hoch und gab mir einen dieser Blicke von tief unten, die auch ich als Mädchen vor dem Spiegel geübt hatte, als ich das Intensitäts-Potenzial großer, schwarzer Augen entdeckte. „Gegen Sie liegen schwerwiegende Vorwürfe vor. Sie sind Ausländerin. Eventuell muss ich Sie in Haft nehmen und das Kind in die Obhut der Fürsorge geben. Ich möchte Sie kennenlernen, zumindest ein wenig, um eine Ermessensentscheidung treffen zu können. Ich könnte Sie in Untersuchungshaft nehmen und das Kind in eine Pflegefamilie stecken. Ich könnte Sie aber auch gehen lassen und das Verfahren wegen Geringfügigkeit einstellen." Sie lächelte. „Ich bin mit 14 von zu Hause weggelaufen, weil mich meine Eltern mit einem alten Mann verheiraten wollten. Meine Brüder würden mich heute noch totschlagen, wenn sie wüssten, wo sie mich finden. Totschlagen oder abstechen. Für Allah, den einen allmächtigen Gott, und die Familienehre."

„Es ist ein langer Weg von dort an diesen Schreibtisch", sagte ich. „Ist Monsieur Dufrennes ein guter Mann?"

Sie hielt das Lächeln. „Wir haben zwei Kinder."

„Das war nicht die Frage", stellte ich fest.

„Er ist ein guter Mann. Der beste. Ein kleiner Lehrer, der nach seiner Scheidung heimatlos war und zum Islam konvertierte. Ich bin seine Umma."

„Sie müssen das nicht tun."

Sie sah den Zusammenhang nicht. „Was meinen Sie?"

„Sie reden privat, um mich zu öffnen. Sie müssen das nicht tun. Ich will die Sache nur schnell hinter mich bringen und mit meiner Tochter nach Hause gehen."

Sie sah mich lange an, diesmal ohne Pose. Dann drehte sie sich nach der Protokollantin um. „Isabelle, ich brauche einen Kaffee – könnten Sie bitte …"

Sie wandte sich mir zu. „Zwei?"

„Bitte."

„Dann bitte zwei. Doppelt, schwarz und stark."

Ich nahm an, sie wollte allein mit mir reden. Und tatsächlich wartete die Ermittlungsrichterin, bis Isabelle die Tür von außen geschlossen hatte, und sagte: „Vielleicht bin ich sentimental, weil ich so, wie Sie jetzt hier sitzen, in Ihrem Alter selbst vor großen Schreibtischen saß und auf das Wohlwollen von Leuten angewiesen war, denen ich aus Erfahrung misstraute. Ich mag Sie, also möchte ich Sie warnen: Dies ist nicht einfach ein Geplänkel. Ich weiß nicht, was Miller im Schilde führt, aber es ist ein großes Ding. Er ist ein korrupter Kerl, maßlos gierig und ehrgeizig, hat in der Truppe und auch draußen viele ähnlich gepolte Freunde. Er engagiert sich neuerdings beim Front National, hetzt seine Kollegen auf und macht keinen Hehl daraus, dass er ‚Schwarze' wie uns hasst. Normalerweise würde er aber keine so offensichtlich krumme Dinger drehen wie das mit dem platzierten Heroin, schon wegen seiner politischen Ambitionen."

„Sie glauben mir also?"

„Einer der Kleinkriminellen, mit denen Sie die Wohnung teilen, ist ein Informant. Er hat mir erzählt, dass Sie alle gewarnt haben, dass es möglicherweise eine Razzia geben werde. Unwahrscheinlich, dass eine Frau Ihrer Intelligenz Heroin in ihrem eigenen Zimmer liegen lässt, um dann selbst Opfer der Razzia zu werden."

„Dann ist ja alles gut."

„Nein, ist es nicht. Wären Sie an einen anderen Untersuchungsrichter geraten, wären Sie jetzt fällig für den Knast. Und Miller wird nicht lockerlassen, zumal Sie ihm diese Schönheits-OP verpasst haben" – sie lässt ihren Finger vor ihrem Gesicht kreisen – „was, nebenbei gesagt, nicht wirklich klug war."

„Er hat mich angefasst. Das war auch nicht wirklich klug."

„Mag ja sein. Aber Sie sind nicht in der Position …"

„Ich muss mich von ihm nicht anfassen lassen", unterbrach ich.

„Legen Sie Beschwerde ein."

„Und, was würde das bringen?"

Sie schwieg.

Ich sagte: „Sie glauben also, dass er mich erpressen will mit dem Heroin und meinem Kind?"

Sie nickte. „Ich weiß nicht, warum gerade Sie, ich weiß auch nicht, mit welchem Ziel, aber es ist offensichtlich. Als er bemerkte, dass ich auf das Heroin nicht anspringe, hat er den Vorwurf des tätlichen Angriffs zurückgezogen, wohl wissend, dass der ohne Zeugen niemals für einen Haftbefehl reichen würde. Nicht bei mir."

„Ich bin also frei?"

Sie hob theatralisch beide Hände. „Frei wie der Wind."

Ich stand auf. „Dann werde ich jetzt gehen."

Sie erhob sich ebenfalls.

Sie war in ihrem dunkelgrauen Kostüm eine elegante Erscheinung. Ihre Schönheit war nicht oberflächlich. Sie drückte sich in ihrer Haltung aus, ihrer Stimme, ihrer ganzen Art.

Mein Leben wäre anders verlaufen, wenn sie meiner Mutter nicht nur ähnlich gesehen hätte, sondern wenn sie meine Mutter gewesen wäre. Oder eine wie sie.

„Passen Sie auf sich auf", sagte sie. „Miller bleibt Ihnen sicher auf den Fersen. Und lassen Sie die Finger vom Heroin. Sie denken nur, dass Sie das im Griff haben. Tatsächlich ist es umgekehrt. Sehen Sie sich an: Sie schwitzen, Sie zittern. Sie brauchen Stoff."

Sie hatte Recht. Ich brauchte Stoff.

„Ich habe mich erkundigt", fuhr sie fort. „Sie gehören zu den besten Studenten ihres Fachbereichs – französische Muttersprachler eingeschlossen –, und Ihr Arbeitgeber schätzt Sie über alle Maßen. Machen Sie das nicht kaputt." Sie deutete mit dem Finger den Verlauf meiner Narbe an. „Sie sind darüber längst hinaus. Leben Sie damit. Leben Sie!"

„Mein Cousin", sagte ich.

„Was?"

„Sie fragten, wer das war. Mein Cousin. Wie Sie sagen: für Allah und die Familienehre. Ich war praktisch schon tot, als ich gefunden wurde."

Sie lächelte. „Allah hat das Opfer nicht angenommen. Ihre Familie mag sich abgewandt haben, aber Sie sind nicht allein. Sie können mich als Ihre Freundin betrachten, auch jenseits dieses Falls. Und Allah ist mit Ihnen."

Sie sagte das so sachlich und mit so viel Überzeugung, dass es mich berührte. „Wenn Sie das so sehen wollen – ja. Danke. Vielen, vielen Dank."

„Ameen. Enttäuschen Sie ihn nicht."

***

Das Gefühl, Allahs Gnade zu genießen, hielt nicht lange vor, als ich mit Sheri auf dem Arm zur Metro ging.

Eigentlich gingen meine Beine zur Metro. Je dringender ich das Zeug nachladen musste, desto selbständiger waren sie. Restless Leg Syndrome ist nichts dagegen. Meine Beine tanzten, und mein Körper wusste nichts davon. Mein Kopf dröhnte den Bass dazu.

Es war Zeit für einen Fix.

Zum Gezappel und zum Schmerz kamen die Schuldgefühle.

Allah und die Untersuchungsrichterin mit ihrem Vertrauensvorschuss waren mit mir, mein Kind kuschelte seinen nach Leben und Liebe duftenden Lockenkopf an meinen Hals, die Drogenfandung war hinter mir her, und ich schwitzte und konnte an nichts anderes denken als an dieses Scheißzeug.

Natürlich hatte ich eine Rechtfertigung.

Jeder Junkie hat eine.

In guten Momenten gab es mir ein wenig von mir selbst zurück, ein wenig von der 17-Jährigen, die ich gewesen war, bevor der Baustahl meinen Wangenknochen und meine Stirn traf und Chirurgen – Neuro-, Plastische, was immer als Attribut oder vor den Bindestrich passt, war daran beteiligt – in mehreren komplexen Arbeitsgängen mein Gesicht, mein Gebiss, mein Auge, mein Hirn retten mussten.

Der Job ist nicht mal schlecht gelungen. Mein Gesicht ist mehr als okay. Die meisten Frauen wären stolz drauf, inklusive Narbe. Mein Hirn funktioniert besser als das der meisten. Aber hinter meinem linken Auge gibt es eine Stelle, die haben sie nicht klammern, schrauben, drahten, nähen, klemmen können.

Ich wäre lieber hässlich, entstellt.

Schließe ich die Augen, spüre ich nur noch diese kaputte, raue, scharfkantige Stelle.

Ohne Sheri hätte ich mir den wütenden Schmerz längst aus dem Schädel geschossen. Oder ihn mit Schlaftabletten für immer beruhigt.

Sie hielt mich im Leben. Aber ich spürte nichts anderes als diesen Punkt in meinem Kopf. Mein Körper war mir abhanden gekommen. Manchmal fand ich ihn bei exzessivem Sport, oder wenn ich mich schnitt.

Ansonsten musste ich auf mich aufpassen. Zum Beispiel bei einer Herdplatte.

Wenn ich nicht bedenke, dass sie heiß sein könnte, merke ich das erst, wenn ich meine Haut verbrennen rieche.

Nur der Kopfschmerz ist immer da. Mal bohrt er, mal sirrt er, mal dröhnt er, mal wühlt er hinter meinem Auge. Im Dunkeln kann ich ihn sehen, als bunte, oszillierende Schlieren. Ich kann ihn in meinem Kopf in Musik verwandeln.

Verdrängen kann ich ihn nicht.

Du kannst nicht damit leben, auch wenn du nicht dran stirbst.

Heroin lockert mich. Gibt mir wieder die Sinne für anderes zurück.

Mein Körper bleibt fremd.

Aber two out of three ain't bad.

Der Schmerz verschwindet dabei nicht ganz. Er nimmt sich nur nicht mehr so wichtig. Besetzt weniger Raum. Bleibt im Hintergrund.

Deshalb nahm ich das Zeug.

Selbstverordnet. Frau Neunmalklug auf ihrem Trip, streng wissenschaftlich: Ich dosiere niedrig, ich hab das im Griff; das Zeug wurde als Schmerzmittel erfunden, möge es wirken.

Und. Es. Wirkte.

Aber mir war lange klar, dass ich es nicht im Griff hatte.

Ich stand in der Metro, Sheri plapperte irgendwas, wie Kleinkinder so reden, und ich war unkonzentriert und zerfahren und verstand kein Wort.

Ich fühlte mich bedrängt zwischen den Leuten, die mich von allen Seiten berührten, wollte auskeilen und schreien.

An unserer Station drängelte ich mich aus dem Zug, aus dem Bahnhof.

Oben auf dem Platz standen wie immer die Typen in ihren aufdringlich modischen Klamotten – je größer das Markenlogo, desto sicherer war es gefälscht. In anderen Grüppchen trugen sie lange Hemden über Pluderhosen, schüttere Bärte.

Ich ignorierte Pfiffe und „Ficken"-Rufe der einen.

Ich ignorierte „Hure"-Rufe der anderen.

Saint-Denis, Rache der Republik am alten Frankreich.

Hier konntest du sie greifen, die „Exclusion sociale", wie der Präsident es nannte.

Wahlkampf-Rhetorik: Selbst besaß er ein Schloss, bereicherte sich schamlos an öffentlichem Geld und kümmerte sich einen Scheiß um Orte wie diesen.

Sie hatten jahrzehntelang Plattenbauten in die Nähe der alten Krönungs-Kathedrale der französischen Könige gestapelt und dachten, damit wäre die aus den unbezahlbar gewordenen Pariser Innenbezirken verdrängte Unterschicht versorgt.

Tatsächlich hatten sie eine neue Welt erschaffen. Saint-Denis war eine Art Großexperiment, weitgehend sich selbst überlassen. Hier hatten junge Männer das Sagen, die sonst keinerlei Respekt genossen. Die Intelligenten, Durchtriebenen wurden Drogenhändler, Hehler oder Islamist, die Fingerfertigen lungerten an der Kathedrale herum, warteten auf Gelegenheiten, Touristen abzuzocken, brachen in Wohnungen ein, klauten Autos. Da es Hierarchien und Handelsbeziehungen wie im richtigen Leben gab und sich die Gruppen überschnitten, funktionierten Machtbalance und Schatten-Ökonomie im Viertel ganz gut.

Für Wachstum sorgten Leute wie ich, Einwanderer, viele davon illegal, die nur hier eine Bleibe finden konnten, als Untermieter in einer zweckentfremdeten Sozialwohnung unterkamen und irgendwann Kunden bei Drogenhändlern und Hehlern wurden, sich von den Islamisten missionieren ließen.

Die Polizei zeigte Minimalpräsenz. Die Flics fuhren mit ihren lächerlichen blaugestreiften Kleinwagen durch die Straßen, langsam, distanziert wie Aliens, die sich an der Atemluft der Terraner vergiften würden, wenn sie ausstiegen.

Wenn es ernst wurde, hielten sie sich raus.

Wenn nicht, druckte der „Parisien" mal wieder Bilder von ausgebrannten Streifenwagen.

„Mein" Block stand zehn Minuten vom Bahnhof. Ich zahlte für unsere zwölf Quadratmeter mehr Miete als der Hauptmieter für die ganze Wohnung.

Zu meiner Zeit war das Sozialprojekt auf dem Höhepunkt seines Scheiterns.

Es waren noch Jahre, bis der Staat mit Milliarden kommen würde, die Fahrbahnen und Wege reparieren, die Grünflächen pflegen, die Bäume beschneiden und gießen würde. Die Betonriegel, zu denen mein Turm gehörte, sind inzwischen abgerissen. Parks sind heute da, wo damals in den Rissen aufgebrochener Betontrottoirs das Unkraut wuchs.

Auf den Freiflächen zwischen den Wohnblöcken vergammelte Sperrmüll. Kinder spielten in Autowracks. Vor den Fassaden schwärmten

Fliegen über aufgeplatzten Mülltüten, die die Leute von den Balkonen geworfen hatten, weil die meisten Müllschlucker zugeschraubt waren.

Kein Geld für die Wartung der Schächte.

Oder einfach allgemeine Verwahrlosung, Desinteresse, Trägheit.

Überall Graffitti: Die unteren Balkonrüstungen, die mit welliger Spanplatte verrammelten Erdgeschosswohnungen, die niemand mehr mieten mochte, die Blenden vor den Schaufenstern der aufgegebenen Ladenlokale.

Routine: Du siehst erst an der Fassade hoch, ehe du dich zum Hauseingang vorwagst. Nicht, dass dir so eine Tüte auf den Kopf fällt.

Dann siehst du nach unten, auf den Boden. Im vollkommen mit Tags und Graffitti beschmierten Treppenhaus stank es nach Exkrementen. Die Kinder stiegen nicht in die oberen Stockwerke, um aufs Klo zu gehen. Der Lift war fast immer kaputt.

Ich musste nur ins Vierte.

Graffitti und Dreck auch im Gang zu den Wohnungen.

Hinter den vielen Türen Stimmen, Radiomusik, TV-Ton.

Ich schloss die Wohnungstür auf. Sie war nicht gesichert, nur ins Schloss gedrückt worden.

Ich sah gleich, dass die Tür zu meinem Zimmer offen war.

Chaos.

Aus Bett und Kinderbett war das Bettzeug gezerrt worden, die Matratzen erbrachen aus mehreren Schnitten Schaumstoff. Mein Computer, mein kleiner Fernseher, das Radio waren weg. Der Kleiderschrank lag mit ausgebrochenen Türen auf dem Regal. Ich wuchtete ihn wieder an die Wand.

Leer.

Unter dem Regal – die Bretter auf dem Boden verstreut – meine Studienunterlagen.

Bücher, Scheckformulare, der Bargeldvorrat: verschwunden.

Damals stecktest du in dieser Gegend in einem Dilemma. Du konntest das Bargeld nicht mit dir rumtragen, denn du musstest mit Überfällen rechnen. In deinem Zimmer konntest du Geld aber auch nicht lassen, vor den Junkies war nichts sicher. Ohne Bargeld konntest du aber nicht auskommen. Damals hatte eine praktisch mittellose Studentin wie ich noch keine Kreditkarte, und die Bankkarte in meinem Portemonnaie taugte nicht für Barabhebungen am Automaten – sie trug nur meine Unterschrift für den Schriftvergleich bei Transaktionen am Schalter. Du brauchtest Bargeld für die Miete, weil das Untervermieten von Sozialwohnungen nicht zulässig war und kein Mensch Steuern zahlte.

Ich versteckte mein Geld im mittleren Regalboden. Junkies räumen Regale ab, sie durchsuchen Bücher. Sie schrauben nicht Winkel ab, nehmen den Boden raus und erwarten einen ausgekratzten Hohlraum.

So gründlich suchen Bullen.

Die Polizisten hatten mich und Sheri ins Auto gebracht, während die Durchsuchung noch dauerte. Ich hatte ihnen gesagt: Schließen Sie ab, alle Schlösser, alle Türen. Ich hatte darum gebeten, alles Geld, alle meine Papiere mitnehmen zu dürfen. Aber ich kam nicht mehr in die Wohnung, also hatte ich am Ende nur den Pass und mein Portemonnaie dabei.

Ich sah das von Müdigkeit verhärtete Gesicht der Polizistin Baransky vor mir, wie sie die Schlüssel in meine Hand fallen ließ, als ich das Kommissariat verlassen durfte. „Schönen Tag noch", sagte sie.

Höhnisch. Wissend.

Sie hatte nach der Durchsuchung die Türen offen gelassen.

Aktive Schikane.

Wobei – das Bargeld hatte sie sicher selbst genommen. Für meine Verhältnisse ein schöner Batzen. Das Geld für die Miete plus ein paar Hundert Franc für dies und das. Für einen Flic kein Bagatellbetrag.

Auch Sheri sah die Veränderungen. Sie weinte.

Mir war auch danach. Aber das tust du als Mutter nicht.

Meine Gedanken rasten, während ich Sheri mit Küssen zu beruhigen suchte. Ich ordnete Prioritäten.

Geld und Heroin waren zunächst keine.

Sheri würde spätestens am Abend ein Bett brauchen. Das war Priorität zwei. Sie musste essen: Prio eins.

Ich trug sie in die Küche. Mein Schrank stand offen und war durchwühlt worden, aber die Vorräte waren augenscheinlich noch da. Aus meiner Abteilung im Kühlschrank fehlte ebenfalls nichts.

Ich verquirlte Milch und Eier, während ich im Ofen altes Baguette toastete.

„Ist alles gut bei dir?", fragte eine Frau von der Tür her.

Ich drehte mich um.

Die Nachbarin. Klein, kompakt, dunkel. Seit 1979 in Paris, geflohen aus Teheran, dann vor ihrem Ehemann. Sie war Literaturwissenschaftlerin, arbeitete als Putzfrau, Schneiderin und Wer-weiß-noch-was, um sich und ihre drei Mädchen irgendwie über die Runden zu bringen.

„Hallo, Faranak", grüßte ich, gab ihr Wangenküsse à la française. „Willst du auch was essen? Oder einen Kaffee?"

Sie blickte umher, sah, dass ich nicht dabei war, Kaffee zu kochen, schätzte die Menge Rührei in der Pfanne ab, sagte: „Nein, danke. Und, alles gut, nach dem Lärm gestern Nacht?"

„Nichts ist gut. Unser Zimmer ist ausgeräumt worden. Die Flics hatten nicht abgeschlossen."

„Und, was fehlt?"

„Nur die Möbel sind noch da."

Ich rakte das Ei aus der Pfanne, stellte den Teller auf den Tisch, nahm Sheri auf den Schoß. Faranak setzte sich uns gegenüber. „Was machst du jetzt?"

„Keine Ahnung. Erst mal die Schecks sperren lassen. Dann sehen, dass ich einen Vorschuss bekomme. Ich hab vielleicht noch dreißig Franc. Das Geld für die Miete ist auch weg."

„Und du bist auf Entzug." Das klang missbilligend.

„Ist das so offensichtlich?"

„Du zitterst, du schwitzt, und du bewegst dich wie ein spastischer Roboter."

Ich fütterte Sheri und sagte nichts.

„Soll ich dir Klamotten leihen?"

Ich sah an mir herab. „Geht noch."

Sie zog die Mundwinkel runter. „Die Ballerinas gehen. Das Sweatshirt hat Flecken, und dein Kleid ist ein Nachthemd, oder? Das ist unter deiner Würde. Wir sind in Paris, da muss eine Frau anständig aussehen. Aber auch in Berlin dürfte das so nicht gehen."

„Wenn du Sachen für mich hast, würde ich mich freuen."

Sie war fixiert auf „Würde".

Streite darüber nie mit einer studierten Putzfrau.

***

Dreißig, vierzig Minuten mit der Metro in eine andere Welt. Boulevard Haussmann – wer hier ein Notariat und Anwaltsbüro betrieb, hatte es geschafft. Die Mieten sind exorbitant in dieser Gegend, keinen Steinwurf weit vom Elysée-Palast und den teuersten Modehäusern und Juwelieren der Welt. Wer so eine Kanzlei, wie meine Chefs, bereits in dritter Generation führte, war mit einem goldenen Löffel im Mund geboren worden.

Die Kanzlei residierte in der Beletage eines Altbaus. Die hohe Eingangshalle empfing dich, die du aus dem heißen, staubigen Pariser Sommer eintratst, mit schwellendem Stuck, vornehmer Dämmerung und Kühle, die direkt aus dem Marmor der mit einem roten Läufer belegten Treppe zu strömen schien. Die war wie eine Showtreppe, verjüngte sich nach oben, um die Höhe noch gewaltiger erscheinen zu lassen, und endete direkt vor der geschnitzten Tür der Kanzlei.

Du wirst ein anderer Mensch, wenn du diese Treppe hinaufgehst. Du wächst, wenn es dein Treppenhaus ist. Wenn du dazugehörst.

Du fühlst dich klein, wenn du hier eigentlich nichts verloren hast.

In so einem Treppenhaus werden die Anfänge des Sozialismus greifbar. Französische Revolution, Emanzipation der Massen, und das Ergebnis: Keine siebzig Jahre später wohnten die neureichen Profiteure und der alte Adel in solchen Palästen, und die Tagelöhner, Lumpensammler und Hausierer waren noch immer Tagelöhner, Lumpensammler und Hausierer.

Ich arbeitete für die Kanzlei. Gehörte ich dazu?

Sicher nicht.

Es war dennoch wie eine Gratifikation, die Fingerspitzen über das kühle, ziselierte Treppengeländer zu ziehen. Immerhin war ich in Faranaks dunkelblauem „Tantenkleid", wie es ihre Töchter nannten, für meine Verhältnisse ungewöhnlich elegant gekleidet, auch wenn es oben etwas weit und unten etwas eng und kurz war.

Das Kanzleifoyer mit den Ledersesseln war erwartungsgemäß leer. Die Sekretärin / Empfangsdame schien peinlich berührt, als sie mir entgegensah. Sie suchte etwas auf ihrem Schreibtisch, hob es mir entgegen. Ein Umschlag.

„Ah, Fräulein Yurdal, Sie kommen selbst, dann kann ich Ihnen das hier ja auch gleich persönlich aushändigen."

„Ich möchte gern einen der Herren de Saint-André sehen, bitte", sagte ich und nahm den Umschlag.

„Das wird nicht gehen", sagte die Frau.

„Wieso? Einer der beiden ist doch immer da."

Sie sah aus, als wäre ihr übel. „In dem Umschlag sind Ihre Papiere. Sie sind entlassen."

„Entlassen? Warum?"

„Ich kann nicht, ich meine …"

Ich riss den Umschlag auf. Das Entlassungsschreiben war formell und knapp: „… müssen leider auf Ihre Dienste verzichten … danken Ihnen für Ihre gute Arbeit … wünschen Ihnen alles Gute …"

Ich hatte das Schreiben noch nicht ganz gelesen, da war ich schon auf dem Weg zu der Flügeltür, hinter der sich die Brüder ein Büro teilten.

„Fräulein Yurdal, Sie können nicht …" Die Sekretärin stöckelte hinter mir her, aber ich hatte die Tür schon aufgerissen.

Ob es André oder Emile de Saint-André war, der aufschaute und die Augenbrauen bis zur Toupetkante hochzog, konnte ich nicht erkennen: Es war der am linken Schreibtisch.

Anfangs war ich beeindruckt gewesen von Stuck und Holztäfelung, der Größe und Höhe des Raums. Inzwischen sah ich die Fehlstellen der Empire-Möbel, die Abnutzung der schweren Teppiche, hatte registriert, dass die beiden Schreibtische billig furniertes Pseudo-Art-Déco aus den Fünfzigerjahren waren.

Saint-André wedelte die Sekretärin davon, grüßte mich höflich, halb zerstreut, halb herablassend, bot mir den Stuhl vor seinem Tisch an. „Was gibt es, meine Kleine?"

Ich legte den Brief auf seinen Tisch. „Sie haben mir gekündigt. Ich wüßte gern, warum."

Er nahm die Brille ab. „Wir waren zunächst skeptisch. Aber Sie haben gute Arbeit gemacht, keine Frage. Sie waren sogar die Beste, die wir jemals hatten. Dass Sie die Schriftsätze nicht nur übersetzt haben, sondern noch verbesserten – super. Wirklich super. Was Sie im Fall Stolze gegen Jaume erreicht haben, war brillant. Preiswürdig geradezu."

Er sah mich an. Er meinte es. Ich konnte nicht anders, als „Danke" sagen.

„Dafür müssen Sie nicht danken", fuhr er fort. „Es ist, wie es ist. Aber leider ist es eben auch so, dass Sie drogensüchtig sind."

Ich leistete Übermenschliches, um nicht zu zittern, flattern. Ich presste meine Füße auf den Boden. Ich sprach ruhig. „Sie haben nie etwas bemerkt. Es gab nie einen Grund zur Klage, oder?"

Er lächelte. „Sie haben Recht. Es gab nie Grund zur Klage. Und genau das ist auch das Problem. Sie sind erpressbar. Sie führen ein Doppelleben."

„Drogensucht ist nicht illegal."

„Beleidigen Sie nicht Ihre Intelligenz. Die Drogen sind illegal, also machen Sie unvermeidlich Geschäfte mit Gangstern. Wir können uns eine Mitarbeiterin wie Sie nicht leisten." Er setzte die Brille wieder auf. „So leid es mir tut: Sie sind raus. Und wir können Ihnen nicht einmal ein Empfehlungsschreiben geben. Das müssen Sie verstehen."

Ich schwieg. Natürlich verstand ich. Aber ich brauchte Geld.

„Natürlich verstehen Sie", sagte er. „Aber Sie brauchen Geld. Oder warum sind Sie heute gekommen? Wir waren nicht verabredet."

„Ich wollte in der Tat um einen Vorschuss bitten", sagte ich gezwungen ruhig. „Nach der Durchsuchung meiner Wohnung durch die Polizei war mein ganzes Bargeld weg. Ich hatte die Miete bereitgelegt, Kontokarte und Schecks sind auch weg, ich musste alles sperren lassen. Ich hab nichts mehr."

„Sie bekommen an Honorar, was Ihnen noch zusteht. Ich kann im Vorzimmer fragen, ob das Geld schon angewiesen ist oder ob wir es Ihnen in bar auszahlen können. Mehr ist nicht …"

Ich riss mich zusammen, konzentrierte mich auf Blick und Haltung, sagte, nein, hauchte: „Bitte, Monsieur de Saint-André, ich brauche diesen Job. Ich verspreche Ihnen, dass ich clean bleibe. Schon für mein Kind."

Er sah mich ausdruckslos an. „Sie wissen, dass wir auf unsere Reputation achten wie auf nichts anderes. Seit Generationen ist sie über jeden Zweifel erhaben. Es war, bitte verstehen Sie, schon ein Wagnis, Sie einzustellen. Wir haben gute Gründe, uns mit – hmhm – Fremden aus anderen Kulturkreisen nicht einzulassen, normalerweise. Sie sind wegen Ihrer außerordentlich guten Noten eine Ausnahme, und Sie haben uns nicht enttäuscht. Aber nun steht es außer Frage, wir könnten Sie weiterbeschäftigen. Es tut mir leid, und das ist nicht nur dahingesagt. Das Risiko ist zu hoch für uns. Das sieht auch mein Bruder so."

Ich stand auf. Es hatte keinen Sinn, laute oder scharfe Töne anzuschlagen. „Danke." Ich nahm meine Kündigung an mich, drehte mich schroff um und ging. Verließ auch die Kanzlei, ohne abzuwarten, ob es Bargeld geben würde.

Ich hätte mich keine Sekunde länger beherrschen können.

Ich rannte auf den Gehweg. Hätte fast ausgekeilt, als mich jemand beim Arm griff.

„Hey, hey", sagte der andere Bruder de Saint-André und hob abwehrend beide Hände. „Er ist also dabei geblieben: Sie fliegen raus."

Ich nickte.

Unglaublich, wie ähnlich sich die beiden waren. Sogar ihre grauen Anzüge waren identisch. Doch dieser Bruder trug eine Krawatte und ein Einstecktuch in schreiendem Rot, während ich mich an die Krawatte des anderen schon nicht mehr erinnern konnte. Seine Schuhe waren braun, nicht schwarz.

Er sagte: „Ich habe alles versucht, ihn umzustimmen. Aber …"

„Danke", sagte ich benommen.

„Kaffee?", fragte er. „In der Bar an der Ecke gibt es auch Brioche."

Ich zweifelte nun nicht mehr daran, welcher Bruder dies war. Egal ob André oder Emile – es war der, der mich einmal während meiner ersten Woche am Kopierer von hinten bedrängt hatte und verschwunden war wie ein Spuk, als ich mich heftig umdrehte, die Hand schon zum Schlag erhoben. Danach hatte es keinen solchen Vorfall mehr gegeben, beide Brüder zeigten mir gegenüber dieselbe formvollendete, rituelle Höflichkeit, wie man sie wohl nur in Frankreichs Oberschicht anerzogen bekommt.

Er ahnte meine Gedanken, lächelte. „Keine Sorge. Wir reden nur." Er winkelte den Arm ab, damit ich mich bei ihm unterhakte.

Ich tat es nicht.

Es war eines dieser Bar/Tabac/Presse, die es damals noch häufig gab: holzvertäfelt, verraucht, eine Kombination aus Gaststätte und Laden, wo sich Volk aller Couleur aus dem Viertel traf. Ich bestellte eine heiße Schokolade – hoffte auf die in diesen Läden oft übliche sämige, bittersüße Suppe aus heißem Milchschaum, geschmolzener schwarzer Schokolade und Zucker.

Wir saßen an der Bar, ich sah im Spiegel hinter dem Flaschenregal mein Gesicht. Verschwitzt, grau, leer. Und so fühlte ich mich auch: Kurzatmig, verkrampft, krank, und mein Schädel dröhnte.

26

Der Barmann stellte eine große Tasse vor mich, keine Trinkschokolade, sondern eine dünnflüssige Enttäuschung aus Wasser, Milch und Nesquik. Mein Begleiter schlürfte seinen Likör und redete, redete. Ich schob die Tasse weg, zündete mir zitternd eine Zigarette an, versuchte, mich zu konzentrieren, konnte seinen Smalltalkversuchen nicht folgen und sagte irgendwann schroff: „Mir ist schlecht, kommen Sie bitte auf den Punkt."

Er stockte, lächelte. „Gut, lassen wir die Vorrede ..." Er beugte sich vor, zeigte hinaus auf die klassische Hohe-Fenster-grüne-Läden-Fassade des alten Hauses gegenüber und nach oben. „Da, im vierten Stock, steht eine Wohnung leer. Sie ist komfortabel eingerichtet, zwei Schlafzimmer, Bad, separate Toilette, Küche, großes Wohnzimmer, alles was man braucht, und mehr." Er legte die Hand auf mein Knie. „Sie können heute noch mit Ihrer Tochter einziehen."

Mir war die Antwort klar, als ich fragte: „Und, was muss ich tun?" Mein Ton war geschäftsmäßig.

Er nahm die Frage, wie sie klang. Er war nicht im Mindesten überrascht, mit welcher Selbstverständlichkeit ich mich auf sein Angebot einließ. „Mein Bruder ist etwas spröde, aber letztlich sind wir zwei alte Kerle, die wahre Schönheit zu würdigen wissen. Alles, was wir erwarten, ist, dass Sie freundlich und aufgeschlossen sind."

Ich spürte wieder diese Wut aufsteigen, die ich kaum kontrollieren konnte. Hielt mich am Tresen fest, fragte heiser, aber augenscheinlich sachlich und ruhig: „Und meine Tochter? Wann soll sie ran? Wann, denken Sie, ist sie alt genug?"

Er zeigte ein halbes Lächeln, unsicher, was davon zu halten sei. „Verstehe nicht?"

„Ganz einfach", begann ich, vergebens darum bemüht, die eisige Schärfe aus meiner Stimme zu bekommen, um das Gespräch weiter in der Schwebe zu halten: „Sie bieten auf mein einziges Kapital. Ehe ich einschlage, will ich wissen, über wie viel davon Sie glauben verfügen zu können als Gegenleistung für die Wohnung."

Er öffnete den Mund, aber schüttelte erst mal nur den Kopf. „Äh ... nein. Das ... Äh. So sind wir nicht."

„Bekomme ich einen Mietvertrag? Wir sind Juristen, da sollten wir die Miete – oder wie wir das nennen – klar quantifizieren. Was ist so eine Wohnung wohl wert? Tägliche Fellatio? Wie oft Verkehr mit Gummi, wie oft ohne? Gibt es eine Kleiderordnung? Erwarten Sie, dass ich im Negligé auf Sie warte? Strapse? Dessous?"

Er sah sich um und zischte: „Leise, reden Sie leise! Was fällt Ihnen ein?"

Ich sprang auf, stieß den Barhocker um. Köpfe drehten sich, es wurde still. „Was fällt *Ihnen* ein?", rief ich. „Erst schmeißen Sie mich raus, angeblich, um Ihre Firmenehre zu retten, dann lauern Sie mir auf und bieten mir an, Ihre Nutte zu werden. Was denken Sie von mir?"

Er hatte sich bereits wieder gefangen, legte sein Portemonnaie neben sein Glas. „Hier sind fünftausend drin. Sofort bar auf die Hand. Können Sie sich die Selbstgerechtigkeit leisten, Madmoiselle? Jeder kann sehen: Sie brauchen Ihr Gift. Jetzt."

Ich warf die Kippe in den wässrigen Kakao. „Das geht Sie einen Scheiß an." Ich wandte mich zum Ausgang.

Er folgte, rief: „Sie senken gerade Ihren Preis, Schätzchen. Wenn Sie am Ende doch noch angekrochen kommen, ist Ihr schöner Arsch die Wohnung vielleicht nicht mehr wert."

Passanten drehten sich um, blieben stehen.

Ich hatte schon einige Schritte Vorsprung, fauchte über die Schulter: „Mach's dir selbst, alter Sack!"

Er blieb stehen. Seine Stimme überschlug sich: „Na schön! Aber denk dran, wenn es zu spät ist: Wir sind gewohnt, zu bekommen, was wir wollen!"

Ich war schon weitergegangen, hielt nur die Hand hoch, reckte den Mittelfinger.

Meine Beine trugen mich kaum.

Ich fühlte mich miserabel.

***

Argelès sur Mer

Schmitt stoppt die Aufnahme, reibt sich die Unterarme, krallt lange Kratzer in die zarte Haut zwischen Handgelenken und Armbeugen.

Überm Meer verdichten sich Wolken.

Es wird regnen.

Das kalte Zwielicht im Haus und die Graustufen draußen gehen ineinander über.

Sie zittert. Spürt nach all den Jahren den Heroin-Entzug so lebhaft wie damals.

Das wirst du nie los. Einmal Junkie, immer Junkie.

Der Schmerz an jener rauen Stelle hinter ihrem Auge.

Sie musste lernen, damit zu leben.

Sie trinkt einen Schluck von dem Tee, kalt und bitter. Presst zwei Fingerspitzen an die Narbe in ihrem Gesicht. Zwingt ihren Atem, der die Erregung ihres jüngeren Ich aufgenommen hat, zur Ruhe.

Ihre Beine zucken.

Auch wenn es besser wäre für sie – abstrakter, distanzierter kann sie es nicht erzählen. Nicht im Diktat. Wenn sie schriebe, ginge das. Aber sie hat die Zeit nicht.

Diese Erinnerung geht ihr sehr nahe.

Deshalb hält sie sie sonst unterdrückt: Trauma-Management.

„Komm, Bulle, ein paar Seiten gehen noch", murmelt sie ihrem schattenhaften Spiegelbild in der Panoramascheibe zu.

Eine Bö treibt die ersten Tropfen gegen das große Fenster.

Sie startet die Aufnahme.

Diktat 2, 28. November

Tarik saß umgeben von seinem Hofstaat auf dem Klappstuhl und kraulte mit der Hand in der Tasche seiner dunkelblauen Jogginghose seine Eier.

„Das ist eine traurige Geschichte", sagte er leise. „Aber dein Kredit ist schon längst überzogen." Er grinste. Sein Gebiss strahlte golden gegen das Glitzern der massiven Panzerkette um seinen Hals an.

Er sah aus wie ein scheiß Gangster-Rapper in einem bescheuerten Video. Fehlten nur die Ärsche schwingenden Bräute in engen Kleidern.

So, wie seine Kumpels mich anstarrten, stellten sie sich mich in dieser Rolle gerade vor.

„Bitte", sagte ich. „Ich zahle, so bald ich wieder bei Kasse bin."

„Schätzchen, du warst schon nicht bei Kasse, als deine Miete noch nicht geklaut worden war."

Normalerweise sprang ich Typen wie ihm ins Gesicht, die mir die „Schätzchen"-Behandlung gaben.

Aber ich stand da, gegen den übermächtigen Tremor die Fäuste geballt und beide Beine angespannt und fest auf dem Boden, der Schweiß lief mir aus dem Haar über Gesicht und Nacken und den Körper hinunter, dass mir eisig war – in dem Zustand war ich nicht imstande, meinem Dealer die Stirn zu bieten.

„Mann, sei nicht so. Du weißt, dass ich arbeite. Ich arbeite etwas mehr, dann kriegst du dein Geld." Ich wollte ihm sein Grinsen einschlagen.

„Du kriegst den Mindestlohn. Wie viel willst du arbeiten, bis du auf einen grünen Zweig kommst?"

„Du kriegst dein Geld."

„No way. Zahl deine Schulden, dann sehen wir weiter. Erst mal ist Schluss."

„Ich hab Bargeld", flehte ich und hielt ihm meine letzten Scheine mit zitternden Fingern hin.

„Was denkst du, wie viel du dafür bekommst", sagte er und wirkte fast mitleidig. „Außerdem bezahlt das nicht deine Schulden."

Wären nicht seine Kumpels gewesen, die um den Klappstuhl herumstanden und grinsten, wenn er grinste, und unserem Gespräch mit pendelnden Köpfen folgten wie einem Tennisspiel, ich hätte mich ihm zu Füßen geworfen, mitten auf dem öden Platz zwischen Autowracks und

Sperrmüll am Fuße der Hochäuser in ihrer abstrakten geometrischen Glorie.

Er sagte: „Besorg dir Geld und komm wieder. Ohne Scheine brauchst du nicht zu kommen, klar?"

Ich drehte mich um und ging. Ich sah nichts. Schweiß und Tränen brannten in meinen Augen. Zwischen mir und dem Irrewerden stand nur die restliche Wirkung der vier Schmerztabletten, die ich zerkaut und mit einem Schluck Wasser runtergewaschen hatte.

„Hey, Schätzchen, nicht so schnell", sagte Tariks Stimme viel zu nah hinter mir. Als ich mich umdrehte, hatte er mich schon am Handgelenk gepackt. Ich drehte meinen Arm schroff aus seiner Hand.

„Respekt", forderte er und griff nach. Ich ließ ihm meinen Arm, zu schwach, mich durchzusetzen. Seine Haut glänzte wie poliert, er roch nach Schweiß und irgendeinem Parfum, das preislich zu der Goldkette passte. Von deren Wert hätte ich ein halbes Jahr leben können. Mindestens.

„Ich habe einen Vorschlag", sagt er.

„Und?"

„Du arbeitest für mich. Mit dem ersten Job bezahlst du deine Schulden und du kriegst als Vorschuss, was du brauchst."

„Was ist es?"

„Wirst du sehen. Komm mit."

„Ich kann nicht dealen, schon wegen meiner Kleinen. Und auf den Strich gehe ich auch nicht."

„Darum geht es nicht. Komm mit."

Er zog mich am Arm mit sich. Ich protestierte schwach: „Sag erst, was es ist."

„Du kriegst einen Schuss, wenn du mitkommst."

Ich trabte mit ihm vorbei an seinen grinsenden Kumpels in eins der Hochhäuser. Wir stiegen in den Lift, und im Einsteigen drehte ich den Arm aus seiner Hand. Er nahm es hin. Drückte auf den obersten Knopf, und als das Ding losrumpelte, sagte er. „Penthouse, ich wohne im Penthouse."

„Diese Bruchbuden haben kein Penthouse."

„Respekt!", forderte er mit mehr Nachdruck als zuvor. „Warum soll Tarik kein Penthouse haben?"

Ja, zum Teufel – wer, wenn nicht er. Tarik und die zwanzig, dreißig anderen Senegalesen und Malier, die er ständig um sich hatte, waren so bekannt, dass jeder lieber die Straßenseite wechselte, der nicht mit ihnen zu tun haben musste.

„Wo kommst du her?"

„Deutschland."

„Blödsinn."

„Ich bin in Berlin geboren."

„Und deine Eltern?"

„In der Türkei."

„Siehst du."

„Ich weiß nicht, was ihr immer wollt", sagte ich. „Ich hab den deutschen Pass und bin Berlinerin."

„Türkin mit deutschem Pass."

„Nein, Deutsche."

„Was hast du dafür gemacht? Deutschen Mann gefickt?"

„Einen Antrag gestellt, Scheißkerl."

„Ach, ist das so?" Er lachte.

„Ja, so ist das, stell dir vor."

„Egal, du wirst nie Deutsche. So wie ich nie Franzose. Scheiß auf den Pass."

Der Lift stoppte, wir stiegen aus. Hier oben war alles sauber, es stank nicht, es gab keine Graffiti. Wie in einem anderen Haus. Oder einer anderen Zeit.

Tarik ging voraus ins Treppenhaus. Wir stiegen noch ein Stockwerk höher.

Ich weiß nicht, ob es die Bezeichnung „Penthouse" verdiente – auf dem Dach, neben dem Turm für die Lifttechnik, stand tatsächlich ein solide gebautes Haus mit großen Fenstern und Flachdach.

„Und, gut?", wollte er wissen.

„Jedenfalls nicht schlecht", gab ich zu.

Er schloss auf, und wir traten in ein Wohnzimmer. Hifi-Anlage, Lautsprecherboxen, Fernseher, Möbel, Ledersofa: Alles passte fett und teuer zu seiner Goldkette.

„Bling, bling", sagte er.

Ich lachte. Mir war zum Kotzen, aber seine großspurige Begeisterung über sich selbst hatte was Amüsantes.

Er sagte: „Du gehst ins Bad, ich hole das Zeug aus dem Versteck."

Ich wusste nicht, was ich im Bad sollte, aber ich ging.

Schwarze Fliesen, schwarze Objekte, goldene Wasserhähne, goldene Lampen, goldener Spiegelrahmen.

Bling, bling.

Ich sah in den Spiegel. Ich wirkte trotz Makeup blutleer, Schatten um die verzweifelt glühenden Augen. Strähnen klebten an meiner Stirn. Ich tupfte mein Gesicht mit einem Kleenex ab, lockerte mit gespreizten Fingern mein Haar.

Fuck, sah ich scheiße aus.

Als ich das Bad verließ, roch ich schon, dass er Stoff aufgekocht hatte.

Mein Herz flatterte.

Er rief: „Ich bin hier. Im Flur rechts."

Ich betrat eine Art Studio. Eine Nikon auf einem Stativ, Scheinwerfer, beides auf eine Ecke gerichtet, in der eine sanft gebogene Pappe einen sauberen Hintergrund abgab.

Aber dies nahm ich nur am Rande wahr.

Tarik hielt die Spritze mit der Nadel nach oben. In dem zylindrischen, transparenten Plastikkörper stand zwei Finger hoch eine wässrige Flüssigkeit.

Mein Körper krampfte, verdichtete sich schmerzhaft auf einen Punkt, kannte genau noch ein Ziel.

Tunnelblick.

Ich ging darauf zu, griff danach.

Er hob die Hand im letzten Moment. Ich stand auf den Zehenspitzen, reichte an ihm hoch, den Körper plötzlich ohne Zurückhaltung an seinen geschmiegt.

„Hey", rief er und lachte. „Erst die Arbeit, dann das Vergnügen!" Er schob mich von sich. „Stell dich da vor die Pappe und lach mich an."

Ich versuchte, ein Fotogesicht zu ziehen, er legte die Spritze ab, blitzte …

„Du siehst aus wie ein Stock. Sei locker, lächle."

Ich war nicht locker. Ich ließ die Spritze nicht aus den Augen. Ich konnte kaum atmen, an nichts anderes denken.

„Du kriegst das Zeug nie, wenn du so steif bleibst." Er knipste noch zwei, drei Bilder. Sagte: „So geht das nicht. Vielleicht wirst du lockerer, wenn du dich ausgezogen hast."

Ein Funke Vernunft drang durch den Nebel. „Was soll das, ausziehen?"
„Was denkst du, was hier passiert?"
„Das war nicht abgemacht."
„Nichts war abgemacht. Ich hab gesagt, komm mit, ich hab Stoff, und du bist mitgekommen. Ist doch so! Zieh dich aus, dann kriegst du, was du willst. Ich tu dir nichts. Abgemacht." Er grinste.
„Du machst Fotos."
„Das tut nicht weh."
„Wofür sind die Fotos?"
„Ich zeige sie im Internet."
„Und dann?"
„Männer sehen dich und sind glücklich."
„Und was soll das?"
„Muss ich dir wirklich sagen, dass du unfassbar schön bist? Ich hab schon viele gesehen. Du schlägst sie alle. Ohne die Narbe wärst du ein Model. Ohne Scheiß."
„Sie geilen sich an den Bildern auf."
„Na und? Jetzt zieh dich aus, dann gibt's Stoff für dich."
„Erst den Stoff."
„Ein paar Bilder, dann gibt es den Stoff, okay? Zieh dich aus."
Meine Finger machten sich selbständig, fummelten an den Knöpfen. Ich hatte die Feinmotorik nicht mehr, sie zu öffnen. Zerrte an dem Kleid. Es war zu solide.
„Schschsch", machte Tarik, nahm meinen Kopf in beide Hände. „Schschsch. Ruhig. Ich helfe dir."
Ich war willenlos. Wie ein Kleinkind ließ ich ihn die Knöpfe öffnen, hob ich die Arme, dass er mir das Kleid ausziehen konnte. Ich schob den Slip runter. Bedeckte mich mit den Armen.
„Sieh in die Kamera."
Er blitzte, einmal, zweimal.
„Nimm die Arme runter."
„Was?"
„Einfach an die Seiten. Keine Angst, du bist wirklich sehr schön."
Ich nahm die Arme runter.
„Gerade stehen, Schultern zurück."
Etwas in mir schrie Alarm, aber ich sah nur die Spritze.
Blitz, Blitz.

„Wisch dir die Tränen ab."

Ich wischte mein Gesicht vorsichtig, um nicht mein Makeup zu ruinieren.

Arme runter.

Blitz, Blitz, Blitz, Blitz.

Es ist gleich vorbei, sagte ich mir.

„Leg dich auf den Boden", wies Tarik an.

Ich lag auf dem ewig ungesaugten Teppichboden, écartée, zwang mich zu einem Lächeln und dazu, die Decke anzustarren, nicht in den Blitz zu blicken, der mich blendete und den Schmerz in meinem Kopf verschärfte.

Tarik löste die Kamera vom Stativ, ging in die Hocke und blitzte, blitzte, blitzte …

Das Objektiv vor seinen Augen machte es abstrakter. Aber er kam mir nahe, dann sehr nahe, kniete zwischen meinen Beinen, die Kamera auf meine Scham gerichtet.

Ich sah die Szene von oben: Wie sich der kräftige Mann mit der Kamera über die Nackte beugte, ihren Körper mit der Linse erkundete. Sie entwürdigte, zum Objekt degradierte.

Ein willfähriges Objekt. Dieses Grinsen, mit dem ich mich zur Verfügung stellte, wie ich für ihn meine Brustwarzen stimulierte, meine Lippen anfeuchtete und einladend öffnete und es zuließ, dass er meine Schenkel berührte und die Berührung als Aufforderung nahm, die Beine weiter zu öffnen, und ja, ich spürte auch Lust, während doch zugleich vor meinen Augen der Film lief, wie ich dalag und missbraucht wurde, der unvermeidliche Flashback, der meine Vergangenheit weckt und zur Gegenwart macht, immer, auch, wenn es gerade nicht Missbrauch ist, sondern Liebe …

Das jetzt war kein Missbrauch, keine Liebe: Es war Prostitution.

Schuld und Scham überwältigten mich.

Ich schrie, wehrte mich.

Er versuchte, mich festzuhalten. Ich trat, ich schlug. Rammte die Kamera in sein Gesicht, traf seine Schulter, sein Brustbein: Sein Atem stand für einige Sekunden still. Er sackte hintenüber, krampfte.

Ich raffte meine Sachen zusammen, rannte ins Treppenhaus, runter, runter. Besann mich. Lauschte hinter mich.

Nichts.

Als ich das Kleid überziehen wollte, bemerkte ich, dass ich die Spritze mitgenommen hatte.

Ein unbewusster, absurder, alles über meinen Zustand sagender Akt: Die Spritze hatte ich mitgenommen, aber nicht meine Ballerinas.

Ich legte die Spritze vorsichtig auf die Fensterbank, zog das Kleid über, hatte wieder Feinmotorik-Hemmungen, weil die Gegenwart der Spritze meine Hände ablenkte, und nicht nur die. Auch Augen, Körper, Bewusstsein: Alles war auf diese Nadel fixiert.

Ich nahm die Spritze. Eine Weile tändelte ich mit der Verheißung: Sie an der Vene ansetzen, Einstich, den Kolben ein Stück rausziehen, sehen, wie sich mein Blut mit der Flüssigkeit im Plastikzylinder mischt. Den Kolben reindrücken und spüren, wie sich die Wärme auf meiner Haut ausbreitet, in mich eindringt, den Schmerz mitnimmt an einen Ort, wo er nicht mehr dominiert.

Der Rest an Selbstachtung und Vernunft, der mich zur Flucht getrieben hatte, nötigte mich zum Perspektivenwechsel.

Ich sah mich selbst in diesem vermüllten Treppenhaus, ein Wrack auf der steilen, glatten Rutschbahn in Willenlosigkeit und Verwahrlosung.

Es kostete mich Kraft, den Kolben in die Spritze zu drücken.

Der dünne Strahl ergoss sich über das Treppengeländer, rann in Tropfen daran ab, bildete im Schmutz auf dem Boden Kleckse so groß wie Fingerabdrücke.

Noch konnte ich das Zeug mit dem Finger aufnehmen, auf meinem Zahnfleisch verreiben oder in die Nase ziehen. Noch konnte ich die Spritze in meine Vene stechen, Blut reinsaugen, um es mit dem Rest in der Nadel und dem Tropfen zu mischen, der unter dem Kolben immer übrig bleibt …

Ich wischte mit dem Fuß über die Kleckse unter dem Geländer, brach die Nadel an der Wand ab, zog den Kolben aus der Spritze, ließ ihn fallen, stupste ihn mit dem Zeh in den Abgrund zwischen den Treppenwendeln, warf den Rest der Spritze auf den Treppenabsatz, nicht ohne noch immer an den einen Tropfen zu denken, der in der Spitze hing, auf der noch die gebrochene Nadel steckte.

Ich krallte das Kleid vorn zusammen, eilte die Stufen weiter hinunter und weiter, weiter weg von diesem Tropfen in der Spritze.

Unten zwang ich mich zur Ruhe.

Er war mir nicht gefolgt.

Er hatte mich nicht mit dem Lift überholt.

Ich atmete tief ein. Widmete mich Knopf für Knopf. Strich mein Haar zurück, wischte mit den Händen mein Gesicht.

Ich trat aus dem Haus, ging draußen an der Hauswand entlang nach rechts. Ich sah mich nicht um, ich zögerte nicht, ich eilte nicht.

Um mich herum spielten Kinder. Jugendliche lungerten herum, alberten, quatschten, Zigarette im Mundwinkel. Frauen gingen zum Einkaufen, zur Arbeit oder strebten nach Hause.

Alle machten ihr Ding, irgendwas, jeder in seinem Tempo, seinem Rhythmus.

Daraus ergab sich eine Szenerie in Tempo und Rhythmus des Alltags, des üblichen Hin und Her, nicht langsam, nicht schnell. Ich passte mich an und zwang mich zu einer neutralen Haltung: entspannt, ohne besondere Wachsamkeit.

Ich bin über einsachtzig groß, schlank, athletisch, mit Haar und Haut und Augen und Lippen wie ein Glamour-Girl auf dem Magazincover, nur gestört von ein paar Sommersprossen und dieser scheiß Narbe, meinem Hurenmal.

Wenn ich will, drehen sich alle Köpfe nach mir.

Jetzt wollte ich vom Gesamtbild absorbiert werden. Darin hatte ich Übung. In der Schule, an der Uni. Schon wegen der Typen: Sibel, die Unsichtbare.

Ich passte mich der allgemeinen Bewegung an und verschwand in der Menge.

Tariks Hofstaat nahm mich nicht wahr.

***

Ich investierte mein letztes Geld in süßes Gebäck und ein paar Liter Cola und ging direkt zu Faranak. Sie öffnete selbst die Tür und fragte: „Oh Allah, was ist mit dir? Wo sind deine Schuhe?"

„Ich hatte Stoff und hab ihn nicht genommen", sagte ich hinter Atem. Meine Beine zuckten und zappelten, der Kopfschmerz sang in meinen Ohren und flimmerte in meinen Augen. „Kann Sheri bei dir bleiben?"

„Komm erst mal rein."

Ich schüttelte heftig den Kopf. „Ich drehe durch. Du musst mir helfen."

„Was kann ich tun?"

Ich gab ihr meinen Schlüssel. „Komm mit rüber und schließ mich ein."

„Kalter Entzug?"

„Ich krieg das hin. Bitte."

„Du kannst nicht ohne Betreuung …"

„Ich muss. Wenn irgendein Moment der richtige ist, dann dieser. Bitte."

Sie wollte noch etwas sagen, sah mich dabei an und verwarf es.

Vielleicht sah sie Entschlossenheit. Oder Verzweiflung. Wahrscheinlich beides.

Wir gingen über den Flur. Sie half mir, die Möbel zu stellen. Ich holte den Putzeimer aus der Küche, packte alle Textilien, alles Bettzeug in Sheris Bettchen und schob es aus meinem Zimmer. Zuletzt zog ich das Kleid aus und legte es auf den Stoffhaufen in dem Gittergeviert.

Ich sagte: „Schließ mich ein. Alle drei Schlösser. Egal, was ich sage, worum ich bitte: Mach nicht die Tür auf. Ich brauche nichts. Ich hab zwei Dutzend Madeleines und vier Liter Cola. Das reicht für zwei, drei Tage. Egal, was ich sage: Lass mich nicht raus, komm nicht rein. Wenn ich die Tür aufbreche und rausgehe, um Stoff zu besorgen: Gib mir keine Kleider. Ruf die Polizei und sag denen, ich sei irre geworden, laufe nackt durchs Viertel. Sie sollen mich in dem Haus suchen, vor dem immer die Schwarzen rumlungern. Ich bin im Penthouse, ganz oben. Verstehst du?"

Faranak vermied, mich anzusehen. Ich wusste, dass sie sich eine ihrer Bemerkungen verkniff, dass eine Muslima sich so nicht zu zeigen habe, nicht einmal vor einer Frau. „Bist du sicher, dass du das hinkriegst?"

„Ich bin vorhin zur Nutte geworden für das Zeug. Es ist Zeit, davon loszukommen."

„Du kriegst sicher ohne Probleme einen Therapieplatz …"

„Wann? Und mit Sheri? Nein, ich will und muss da jetzt durch. Was soll sonst aus mir werden?"

Ich sah, wie ihr Widerstand zusammenfiel, lächelte sie an mit letzter Energie. „Schließ mich jetzt ein."

Sie wünschte mir unter Tränen Glück, schob die Tür zu und öffnete sie dann noch mal, um mich in die Arme zu nehmen und an sich zu drücken, meinen Rücken zu streicheln und feuchte Küsse auf meine Wangen zu stempeln, als wäre ich eine ihrer Töchter. Dann riss sie sich los und verschloss die Tür.

Ich war allein.

Ich hatte einen bitteren, metallischen Geschmack auf der Zunge, den ich mit einem Schluck Cola runterspülte. Mein Magen drehte sich um, ich spuckte Cola, Halbverdautes und Säure in den Putzeimer und würgte, bis nur noch Schleim kam, würgte und würgte und konnte gar nicht damit aufhören. Mein Leib krampfte, ich konnte nicht mehr atmen.

Luft!

Ich kroch zum Fenster, richtete mich an Heizkörper und Brüstung auf, während meine Beine anderen Befehlen folgen wollten, fummelte an den Riegeln, bis mir das Fenster entgegen fiel. Ich versuchte, es wieder in die Führung zu heben. Ich hatte die Koordination nicht.

Es hing oben noch an einer Metalllasche, die sich immer weiter bog, bis sie abriss und das Fenster nur noch auf meinen Armen lag, auf die Brüstung, auf die Heizung knallte, kippte. Ich duckte mich, das Fenster stürzte gegen das Regal. Das schwankte, aber hielt stand.

Ich kniete unter dem Scheißfenster und wagte nicht, die Hände von den Riegeln zu lösen. Meine Muskeln brannten unter der Anspannung, hielten sie nicht. Ich nahm die Arme runter, kauerte mich zusammen, wartete auf den Einschlag.

Er kam nicht. Das Fenster klemmte in einem irren Winkel zwischen Heizkörper und Regal. Ich musste lachen.

Ich dachte noch, dass ich lachte, als ich schon schluchzend in mein Haar griff, das schmerzhaft an meiner Kopfhaut zerrte. Meine Wangen troffen von heißen Tränen. Die Narbe in meinem Gesicht war eine Schlucht mit glühenden Kanten.

Oder waren sie eisig?

Wenigstens bekam ich jetzt Luft.

Den Großteil des Sauerstoffs verbrauchten meine Beine mit ihrem wilden Gezucke.

Ich blieb am Boden. Kroch zu meiner Matratze, drehte sie um, so dass die aufgeschnittene Seite unten lag. Zog sie unter dem Fenster weg, zur Tür. Legte mich hin. Krümmte mich zusammen, zog meine Beine an, umklammerte sie mit den Armen, um das Zucken zu beruhigen. Dann zuckten auch meine Arme. Ich musste die embryonale Haltung lösen, wälzte mich umher. Der Bezug der Matratze an meiner Haut war wie ein Dornenbett, jede Bewegung schmerzte wie eine Schürfwunde, in die sich Schweiß einbrannte. Mir war übel. Ich würgte nach Säure und Cola schmeckenden Schleim auf meine Brust. Ich war müde, erschöpft, am Ende. Ich konnte nicht schlafen, denn in meinem Kopf kreiste ein Hubschrauber. Seine Rotoren zogen von innen blutige Furchen in meine Schädeldecke.

Und das war erst der Anfang.

***

Diktat 3, 28. November

Es musste vier Uhr sein.

Jemand hämmerte an die Tür. „Polizei, machen Sie auf!"

Ich hatte geschlafen. Es war wie der Schlaf nach einem langen Kampf, traumlos, und wenn du aufwachst, bist du orientierungslos.

Ich taumelte zur Tür und drückte die Klinke. Mein Griff nach dem Schlüssel ging ins Leere.

Ich erinnerte mich.

„Ich hab keinen Schlüssel", rief ich, heiser vom Kotzen.

Etwas krachte gegen die Tür, dass sie einen Bauch bekam und einen senkrechten Riss. Ich sprang gerade rechtzeitig zurück, da schlug sie ins Zimmer. Über das Türblatt drangen Einsatzpolizisten in schwarzen Uniformen ein. Ich kauerte mich unter dem Fenster zusammen. Sie zogen mich an den Beinen aus der Ecke, drehten mich auf den Bauch, tasteten mich ab, zogen meine Arme auf den Rücken, legten mir Handschellen an, drehten mich um, tasteten mich wieder ab, stellten mich auf die Füße. Zwei von ihnen hielten mich an den Oberarmen.

„Gesichert", rief einer der Typen.

Miller und Baransky kamen rein.

„Du stinkst", begrüßte mich Miller grinsend. „Totalabsturz, oder?"

Sein Gesicht glänzte schwarz, bläulich und braun, wo ich ihn getroffen hatte. Er trug noch immer die Wirbelstütze aus Schaumstoff um den Hals.

Rahel Baransky sah aus, als wäre sie wütend auf mich. Sie griff in mein Haar, drehte die Faust und zwang mich in eine Art Verbeugung, dass ich zu ihr aufschauen musste. „Kennst du Ali Rahman Mandune?"

„Nein", sagte ich.

„Falsche Antwort!" Sie drehte mein Haar in ihrer Faust fester.

„Ich kenne den Kerl nicht", keuchte ich.

Miller zog etwas aus seiner Innentasche, warf es auf den Boden. Es fächerte sich auf.

Fotos. Viele Fotos.

Die Typen ließen meine Arme los, Baransky zwang mich auf die Knie, drückte fast mein Gesicht auf die Bilder.

Sie zeigten mich. Nackt, mit entsetzten Augen und gezwungenem Lächeln, in allen Details.

„Kennst du Ali Rahman Mandune?", schrie Baransky.

„Verdammt, nein!", rief ich.

Sie trieb mich mit Tritten an die Wand. Packte wieder mein Haar, drehte die Faust, dass ich das Gefühl hatte, sie wollte mich skalpieren, zog mich hoch, schrie direkt vor meinem Gesicht: „Wer zum Teufel hat dann diese Bilder gemacht?"

Ich roch ihren schalen Atem, sah die kleinen Falten um ihre braunen Augen und um ihre ungeschminkten Lippen. Ausgeruht und entspannt hätte sie hübsch, vielleicht schön sein können. Stress und Nachtarbeit waren nicht gut für sie.

Ich spannte mich an und stieß mit aller Kraft meine Stirn gegen ihr Gesicht.

Sie ließ ab von meinem Haar, presste sich die Hände auf die Nase, als wollte sie sie am Abfallen hindern. Sie kippte dabei rückwärts, auf die Seite, krümmte sich zusammen.

Ein Moment des Chaos, da alle gleichzeitig nach mir griffen. Sie zerrten meine gefesselten Arme hoch, dass ich mich beugen musste, um die Spannung in meinen Schultern zu mindern.

Baransky kam auf die Beine, wischte sich mit tränenden Augen Nasenblut über Wange und Hals, blickte in ihre Handfläche, als wäre sie überrascht, Blut darin zu sehen. Dann holte sie aus und schlug mir ins Gesicht.

„Tarik", rief ich.

„Was, Tarik?", schrie Baransky und traf noch einmal exakt dieselbe Stelle.

Mir war schwindlig, als hätte ich den Kopf in den Wolken und keinen Bodenkontakt. Ich schrie: „So heißt der Typ mit der Kamera. Euren Ali Rahman kenne ich nicht."

Miller fragte: „Wie stehst du zu Tarik?"

„Rein geschäftlich. Er war mein Dealer. Das war alles."

Miller sagte zu Baransky: „Du hast es gehört. Vergangenheitsform. Die Nutte hat den Kaffer umgelegt."

„Quatsch, umgelegt. Ich bin jetzt clean, brauche keinen Dealer mehr", erklärte ich.

Baransky griff wieder in mein Haar, zog mein Gesicht vor ihres. „Was würdest du sagen, wenn er tot wäre, dein Tarik?"

„Er hatte schöne Haut, aber er war ein Arschloch", zischte ich.

„Warum hast du ihn umgebracht? Hat er dich erpresst?"

„Ich hab ihn nicht umgebracht. Lass mein Haar los."

Zu meiner Überraschung ließ sie mich tatsächlich los.

Miller verkündete: „Sibel Yurdal, Sie sind festgenommen wegen Mordes an Ali Rahman Mandune, genannt Tarik."

„Damit habe ich nichts zu tun", sagte ich.

Gedämpft durch das Papiertuch, das sie sich unter die Nase drückte, murmelte Baransky: „Das sagen sie zuerst alle."

Miller sagte: „Play time."

***

Knapp dreißig Stunden später klopfte ich an Faranaks Tür.

„Allah sei Dank", rief sie und nahm mich in die Arme.

„Ich bin schmutzig", murmelte ich und war den Tränen nahe. „Die Sachen, die du mir gegeben hast, stinken nach Gefängnis."

Sie hielt mich fest. „Du bist so tapfer", sagte sie.

„Ich war nicht nett zu dir, als ich eingeschlossen war", sagte ich. „Tut mir leid."

Sie lachte. „Das meiste war Deutsch oder Türkisch, ich hab kein Wort verstanden. Und was du mir an kreativen französischen Freundlichkeiten an den Kopf geworfen hast, hab ich schon vergessen."

Sheri kam jubelnd um das Regal gestolpert, das Faranaks Zimmer in einen Wohn- und einen Schlaftrakt teilte. Ich ging in die Knie und fing sie mit ausgebreiteten Armen. Jetzt kamen mir die Tränen. Ich hatte mein Mädchen so lange nicht gesehen. Einen Tag und zwei Nächte hatte der Entzug gedauert, dann das Polizeigewahrsam. Wir gaben uns tausend kleine Küsse.

„Danke dir", sagte ich zu Faranak. „Durch deine Aussage bin ich rausgekommen."

„Sie wollten sie zuerst gar nicht aufnehmen. Ich wurde schon an der Schranke vorn im Kommissariat abgewimmelt. Ich frage mich, was die von dir wollen."

„Frag ich mich auch. Jemand hat meine Tür repariert?"

Sie seufzte. „Xavier." Das war unser Vermieter. „Ich fürchte, er hat auch das Schloss getauscht. Es wohnt schon eine Neue drin." Sie sah meine Reaktion und nahm mich wieder in die Arme. „Ihr könnt erst mal bei uns bleiben. Wo Platz für vier ist, ist auch Platz für fünf oder sechs. Und jetzt geh duschen."

Mein Haar war noch nass, als es klopfte. Eins der Kinder öffnete die Tür.

Es war Rahel Baransky.

Ihre Nase war geschient, aber sie kam ohne Halskrause aus. Ein Hämatom, dunkelblau im Zentrum, an den Rändern gelblich, hatte sich schön gleichmäßig um ihre Nase und in ihren Augenhöhlen ausgebreitet.

Miller eingerechnet, stand es 2:1 für mich – das war ein anständiges Ergebnis im Kampf einer Studentin gegen zwei Bullen, auch wenn Baranskys Schläge eine beachtliche Schwellung in meinem Gesicht hinterlassen hatten.

Miller und Baransky hatten mich den ganzen Vortag lang verhört, und wir drei waren immer melancholischer und missmutiger geworden von der Ödnis des fensterlosen Vernehmungsraums, der ständigen Wiederholung immer derselben Fragen und meiner knappen Antworten im Rahmen des juristisch unvermeidlichen Minimums, meiner fruchtlosen Forderung, einen Anwalt zu sehen oder mindestens endlich mein Alibi zu prüfen. Mein gereizter Magen protestierte mit Konvulsionen gegen die Verpflegung, und als ich am Abend den bitteren Kaffee und die paar Bissen pappiges Sandwich, die ich eben runtergewürgt hatte, über Tisch, Boden und meine Beine kotzte, reichte es ihnen. Sie ließen mich in eine Arrestzelle bringen.

Ich teilte das schmutzige Loch mit illegalen Ausländerinnen, Junkies und Nutten. Es gab vier schmale Betten für neun Frauen. Mir blieb ein Platz auf dem Boden.

Ich hätte auf das Update meiner Kenntnisse über die Defizite der französischen Justiz gut verzichten können.

Die Zelle war unruhig wie ein Taubenschlag. Thema der Nacht waren die beiden Teenager, die von den Medien „Bonnie & Clyde der Vorstädte" genannt wurden: Während meines Entzugs hatten sie Paris mit ihrer stundenlangen Flucht in Atem gehalten. Sie überfielen eine Tankstelle, erbeuteten Bargeld und den Motorroller des Tankwarts, versuchten ein paar Kilometer weiter in einer Apotheke vergebens, verschreibungspflichtige Medikamente gegen Geld zu bekommen, und raubten dann einige Packungen eines starken, morphiumhaltigen Schmerzmittels, nahmen, inzwischen von der Polizei verfolgt, auf einem der Boulevards in der Nähe des Triumphbogens eine Geisel und schafften es irgendwie, weiter zu fliehen. Sie beraubten eine weitere Tankstelle, hängten die Polizei zeitweise ab, indem sie ihr mit dem Motorroller durch enge Hofdurchfahrten entwischten, fuhren weiter, hier und da erkannt von Passanten, die sie anfeuerten und ihnen zujubelten, hatten einen Unfall, bei dem eine junge Frau schwer verletzt wurde, flohen zu Fuß weiter, zogen sich in einen Hinterhof zurück und teilten sich das Schmerzmittel, um zu sterben.

Dazu hätte die Dosis nicht gereicht.

Aber dann kam die Polizei.

Beide erlagen auf dem Weg ins Krankenhaus ihren schweren Schussverletzungen.

„Bonnie" war 16, „Clyde" ein Jahr älter.

„Clyde" soll in dem Hof wild um sich geschossen haben.

Er hatte bei keinem der Raube zuvor eine Schusswaffe gezeigt.

Er hatte „Bonnie" ein Messer an den Hals gehalten und gedroht, sie aufzuschlitzen.

Dies wurde in der Arrestzelle lebhaft diskutiert: Die Flics hätten die beiden hingerichtet und das mit der Waffe arrangiert, um es wie Gefahrenabwehr aussehen zu lassen.

Über die Spekulationen, warum, schlief ich ein, geschlaucht von der langen Befragung und vom Entzug.

Am Morgen leerte sich die Zelle, ich zog um auf eines der Betten und verdöste Stunde um Stunde, bis sie mich ohne Umstände oder weitere Vernehmung freiließen. Einfach so.

Und nun stand Baransky in der Tür und sagte: „Glaubst du ehrlich, dass du freigekommen bist, weil dir deine persische Nachbarin ein Alibi gegeben hat?"

„Nicht?", fragte ich zurück. „Und ich dachte, dass ihr eine Unschuldige nicht einsperrt."

„Wir könnten dich für weniger als Mordverdacht sechs Tage lang in Gewahrsam halten. Und bis zu vier Jahre in Untersuchungshaft. Mit ein wenig – ahm – Geschick sogar länger. Dein Kind würde dich nicht mehr kennen."

„Was willst du?" Warum sollte ich diese Flics siezen? Wir hätten uns auf gegenseitigen Respekt einigen können. Davon waren sie weit entfernt. Die einseitige Siezerei wie in einem albernen Film mit Gérard Depardieu hatte ich satt.

Baransky setzte sich. Faranak wedelte mit einer sehr charakteristischen Handbewegung die Kinder aus dem Zimmer und schloss die Tür von außen.

„Mir reicht's", sagte Baransky. „Ich gehe in einem halben Jahr nach Israel, damit meine Kinder nicht mehr von arabischen Blagen beschimpft werden. Millers antisemitische Anspielungen und Sticheleien kotzen mich an, ich hab schon gekündigt. Ich weiß gar nicht, warum ich diesen Scheiß-Job überhaupt noch mache. Meine Familie lebt seit mehr als zweihundert Jahren hier, aber dieses Land tut nichts für mich."

„Was willst du?", fragte ich wieder.

Sie zog einen kleinen Stapel Scheine aus ihrer Tasche. „Ich glaube, das gehört dir. Ist alles da."

Ich nahm das Geld. Sie hatte es um meine Bankkarte gefaltet. „Woher der Sinneswandel?"

Sie zeigte auf die verfärbte Beule in meinem Gesicht. „Tut mir leid, dass ich dich geschlagen habe. Ich hatte Tarik mühsam als Informanten aufgebaut, und dann hat ihm jemand das Licht ausgeblasen. Deine Bilder lagen überall rum, deine Schuhe, man hatte dich gesehen. Ich dachte ..."

„Schon gut. Deine Nase tut mir auch leid." In einem Film hätte ich hier hinter meinem Rücken Finger gekreuzt. „Also, was ist?"

„Miller wollte dir Tariks Tod unbedingt anhängen. Es hat nicht viel gefehlt, und er wäre damit durchgekommen. Du hast einen Schutzengel."

„Simin Dufrennes."

Sie nickte. „Ohne die Untersuchungsrichterin wäre die Aussage deiner Nachbarin unterschlagen worden. Und ich war ebenfalls hilfreich, übrigens."

„Danke." Ich brachte das nicht ohne Ironie raus – sie hatte auf eine Anzeige wegen ihrer Nase nur deshalb verzichtet, weil unter den bohrenden Fragen der Untersuchungsrichterin keiner der Einsatzbullen mehr genau gesehen haben wollte, was sie und Miller über meinen angeblichen Widerstand behaupteten – den polizeilichen Übergriff gegen mich hatte allerdings auch niemand wahrgenommen. „Was willst du jetzt?"

„Ich hab nachgedacht über Miller und dich. Da passt nichts zusammen. Erst setzt er dich mit falschen Indizien wegen Drogenbesitz unter Druck, dann versucht er, dir einen Mord anzuhängen. Chaos. Inzwischen ist mir aber ein Licht aufgegangen."

Ich sah sie ausdruckslos an. Damit hatte ich schon als Kind den Redefluss der Leute gefördert.

Sie sagte: „Ich bin mir fast sicher, dass er die Seiten gewechselt hat. Erst arbeitete er für Tarik, jetzt für die Albaner. Für Tarik wollte er dich reif machen für den schnellen Einstieg in die Prostitution, für die Albaner solltest du den Sündenbock geben. Das eine war geplant, das andere Zufall. Du warst wahrscheinlich die Letzte, die Tarik lebend gesehen hat."

„Und?"

„Da du es nicht warst, hast du Tariks Mörder vielleicht gesehen. Ich möchte wissen, ob du irgendwas bemerkt hast an dem Abend. Irgendwas oder irgendwen. Jemand, der bei Tariks Hauptquartier rumlungerte, sich seltsam oder verdächtig verhielt …"

Ich versuchte, mir die Szenerie vorzustellen. Sah Tariks Leute vor dem Haus abhängen. Die im Dreck spielenden Kinder. Die geplatzten Mülltüten, in deren Inhalt Spatzen pickten. Das Treppenhaus. Tariks Penthouse.

Plötzlich hielt ich die Spritze in der Hand, Schweiß trat mir auf die Stirn, ich krampfte. „Scheiße", stöhnte ich und hielt mich an der Tischkante fest, um unter der Wucht des Flashbacks nicht vom Stuhl zu kippen. „Mir ging es total elend an dem Tag. Die Erinnerung ist nicht gut für mich."

„Konzentrier dich bitte."

„Ich hatte den totalen Tunnelblick, weil es mir so dreckig ging." Ich nahm mich zusammen, schloss die Augen. Ließ die Reste der Spritze zwischen den Treppenwendeln in die Tiefe fallen, stieg hinab, wich den Scheiß- und Abfallhaufen aus, sah mich um und fand den Rhythmus, um im Gewoge und Gewirre der vielen Menschen zwischen den Hochhäusern zu verschwinden.

Sie hatte Recht. Es gab wirklich etwas am Rand meiner Erinnerung, das nicht ins Muster passte: „Ein Mädchen stand am Straßenrand. Sie war jünger als ich, dünn, mediterraner Typ, messingblond gefärbt und hübsch, angezogen wie für ein Fest. Sie stand nicht an der Bushaltestelle, sondern direkt daneben. Als ich ging, hielt eine Frau das Mädchen am Arm und redete auf es ein. Sie riss sich los und stieg in Tariks Alfa 164."

„Das kann nicht Tarik gewesen sein."

„Ich sage nicht, dass er am Steuer saß. Ich konnte den Fahrer nicht sehen. Es war sein Auto. Oder genau so ein Auto, wie er es hatte. Der große Alfa, rot, tiefergelegt, Spoiler, messingfarbene Alufelgen."

„Bist du sicher?"

„Mein Onkel ist unter anderem Autohändler. Ich hab da viel Zeit verbracht."

„Okay. Und?"

Ich zog die Schultern hoch. „Das war's. Mehr fällt mir nicht ein."

Ich sah ihre Enttäuschung. Was immer sie erwartet hatte – es war nicht da, oder ich hatte es nicht gesehen, oder ich erinnerte es nicht.

„Tut mir leid", fügte ich hinzu.

„Bist du sicher, dass da keine Typen rumlungerten, die da nichts verloren hatten?"

„Wie könnte ich sicher sein? Ich war doch voll auf Entzug. Meine wesentliche Erinnerung ist diese Spritze, die ich mir *nicht* gesetzt habe." Dann fiel mir doch noch etwas ein: „Hinter dem Alfa stand ein Streifenwagen."

„Die sind doch dauernd in dem Viertel unterwegs."

Ich nickte. „Aber sie halten nicht. Sie fahren die Straße entlang und verschwinden wieder. Der stand da. Ein kleiner Peugeot. Ein Mann am Steuer."

„Hast du ihn erkannt?"

Ich schloss die Augen. „Er könnte eine Halskrause getragen haben."

„Miller?"

„Ich hab nur eine Gestalt gegen den helleren Hintergrund gesehen. Aber es war sicher ein Mann. Und er hatte einen dicken Hals."

Sie sah mich einige Augenblicke lang scharf an. „Bist du sicher?"

„Ich sage, was ich gesehen habe."

„Scheiße." Sie hielt sich den Handrücken kurz an die Stirn, als wollte sie prüfen, ob sie Fieber habe. „Ich verstehe nicht, was in letzter Zeit mit ihm los ist. Er macht sicher einiges durch, aber muss man deshalb ..."

„Was macht er denn durch?"

„Mit mir redet er immer weniger, aber ich hab immerhin mitbekommen, dass ein sehr hässliches Scheidungsverfahren läuft. Und dann gibt es einen Erbstreit mit seinen reichen Cousins um irgendein altes Fabrikgebäude."

„Du meinst, er hat Tarik ..."

„Das kann nicht sein", unterbrach sie mich hastig, winkte ab. „Er lebt über seine Verhältnisse, das war bisher alles, was man gegen ihn sagen kann. Er fährt BMW, trägt diese Designerklamotten ... Mein Gehalt ist kaum geringer, ich hab keine Scheidung am Hals, aber ich kann mir nur einen kleinen Renault leisten. Mir ist klar, dass er sich die Hand streicheln lässt, um hier und da ein Auge zuzudrücken, ..." – sie machte eine Bewegung, als zähle sie sich Geld in die Handfläche – „... aber dafür arbeitet er praktisch Tag und Nacht und war immer ein im Großen und Ganzen anständiger Bulle. Wenn ich die Dealer mit ihren Goldketten und dicken Karren sehe, denke ich ja auch hin und wieder: Verdammt, und du kannst am Monatsende deinen Kindern manchmal nur Nudeln vorsetzen, aber ich würde mit denen doch nicht ..." Sie unterbrach sich, zog in einer Geste der Ratlosigkeit die Schultern hoch. „Miller kann auch reizend sein. Du solltest ihn sehen, wenn die Kollegen abends zusammensitzen. Was für ein Kerl – er steckt voller Geschichten, pflegt Freundschaften …"

„So lange du kein Jude bist."

Sie lächelte bitter. „Anspielungen hat er schon immer gemacht. Glaub nicht, dass er damit allein ist, die meisten merken gar nicht, was sie sagen. Wir haben Maghrebiner in der Truppe, gegen die wird ständig gestichelt, weil sie Muslime sind, zur selben Zeit sticheln sie ebenfalls gegen Juden. Das ist in einem bestimmten Ausmaß normal. Aber bei Miller wird auch das schlimmer. Er geifert richtig herum. Wenn du ihn hörst, denkst du, dass Frankreich von Horden überrannt wird, die den Franzosen das Blut aussaugen wollen. Und die Juden ziehen bei dieser Invasion die Fäden."

„Das wäre in Deutschland strafbar."

Sie winkte ab. „Da reden sie genau so. Jede Wette."

Ich musste lachen. „Als wenn ich das bestritten hätte."

Sie lachte auch.

Plötzlich sah ich uns von außen. Mir war sofort nicht mehr zum Lachen. Die Situation war absurd. Eben hatte sie mich noch wegen Mordverdachts verhört und verprügelt, nun vertraute sie mir ihre Probleme mit ihrem Kollegen an.

„Warum erzählst du mir das alles eigentlich?"

Ich konnte sehen, wie meine Frage auch bei ihr zu sofortiger Ernüchterung führte. Sie wurde rot, stammelte: „Es … es … Ich meine … Halt bloß den Mund. Das war nicht für fremde Ohren bestimmt."

Waren meine plötzlich keine „fremden Ohren" mehr?

Mir war klar, was sie eigentlich sagte: Ein armes einsames Luder kotzt sich beim anderen armen einsamen Luder ein wenig über die Härten des Lebens aus.

Wir waren also jetzt Freundinnen.

Es war deprimierend.

Faranak sah besorgt aus, als sie sagte: „Es ist Wahnsinn, sich da einzumischen."

Sheri kiekste vor Vergnügen, als mein Bein – ihr Pferdchen – bockte und hopste. Ich lächelte Sheri an und sagte: „Ich frage doch nur, ob irgendwer etwas weiß von verschwundenen Mädchen."

Die Szene ging mir nicht aus dem Kopf – das wartende Mädchen, die Frau, die es zurückhalten will, die beiden Autos. Ich suchte nach einem Muster, einem System, in dem ein Sinn lag. Die Sache reizte mich wie eine mathematische Gleichung mit mehreren Unbekannten.

Faranak senkte ihre Stimme zu einem verschwörerischen Raunen. „Wo lebst du? Hier verschwindet dauernd jemand."

„Wir sind doch hier nicht im Yonne", spottete ich. „Und Marc Dutroux sitzt im Gefängnis."

„Auf dem Land ist es ungewöhnlich, dass junge Frauen verschwinden", sagte Faranak. „Deshalb reden alle von den Verschwundenen von Yonne. Wenn du hier jemand vermisst meldest, sagt die Polizei, dass es normal ist, wenn Asoziale abtauchen. Nutten, Drogensüchtige, Kleinkriminelle. Die Polizisten schreiben das auf, dann hörst du nie wieder was von ihnen."

Ich ließ mein Bein so sehr bocken, dass Sheri mir juchzend an den Hals flog und sich mit ihren Ärmchen festhielt. Sie lachte ihr hemmungsloses Sheri-Lachen.

„Du glaubst also die Gerüchte von den Privatbordellen für die Reichen?"

„Du etwa nicht? Du liest doch auch die Zeitungen …"

Natürlich kannte ich die Geschichten – aber ich wusste auch, dass die meisten dieser Gerüchte, sobald sie Gegenstand von Ermittlungen wurden, in nichts zerstoben oder sich ganz anders darstellten – banale Zuhälterei, verrohte Familien. „Weiß nicht … Du weißt selbst, wie die diese Fälle ausgehen."

„Du erwähnst diesen Belgier – die Polizei hat die Mädchen in Dutroux' Keller angeblich nicht gehört, als sie ihn durchsuchte. Kannst du das glauben? Was wissen wir schon über die Polizei?" Sie klang nach heftiger Missbilligung: „Und wenn hier in Saint-Denis nichts Dunkles vorginge – wo verschwinden diese Mädchen dann?"

Das war eine rhetorische Frage, aber ich ging darauf ein: „Ja, was meinst du, wo die verschwinden? Am Mittwoch zum Beispiel: Ist da ein Mädchen verschwunden? Jung, maximal zwanzig, etwa einssiebzig groß, schlank, blond gefärbt, dunkle Haut – wie eine Süditalienerin. Hast du was gehört? Ich sah sie mit einer Frau streiten, dann in Tariks Auto einsteigen …"

Es kostete Faranak Überwindung, sich auf meine Frage einzulassen. „Ich weiß nicht, von wem du sprichst, und grundsätzlich: Du solltest nicht …"

„Was, meinst du, hatten Tariks Leute mit ihr vor? Oder mit mir?"

„Ich … ich …" Sie stockte.

„Wo, denkst du, mische ich mich ein, wenn ich eine solche Frage stelle?"

Sie seufzte. „Das war nur so ein Spruch." Ich sah die Angst in ihren Augen, ihre plötzlich schweißglänzende Haut.

„Was ist los, Farah?"

Sie ging zum Angriff über: „Du gehst bald nach Deutschland zurück, machst deinen Abschluss und verdienst als Anwältin im Monat mehr als ich im ganzen Jahr. Wir müssen hierbleiben, meine Töchter und ich, da kannst du nicht erwarten, dass ich …" Sie hatte nun Tränen in den Augen.

Ich legte meine Hand auf ihre. „Was ist los?"

„Frag diese Polizistin. Wenn jemand Antworten auf deine Fragen hat, dann am ehesten noch die Polizei."

***

Diktat 4, 28./29. November

Ich wartete im Café gegenüber bei der dritten Cola und hatte „Libérati-on" von der ersten bis zur letzten Zeile gelesen, als Rahel Baransky endlich aus dem Gebäude kam. Sie eilte an der Fassade entlang Richtung Metro. Ich musste rennen, um sie einzuholen.

Sie war überrascht, mich zu sehen. „Ist dir noch etwas eingefallen? Dann komm einfach morgen früh …"

„Nein, mich kriegt niemand freiwillig in euer Kommissariat. Ich hab was für dich: Das Mädchen, das ich in Tariks Auto habe steigen sehen, war diese Bonnie."

„Wer?"

„Na, Bonnie. Die mit ihrem Freund neulich auf dem geklauten Motorroller …"

Sie stoppte. „Bist du sicher?"

Ich zeigte ihr die Seite der Zeitung mit dem Bild des rumänischen Mädchens, das mit seiner Mutter ganz in meiner Nähe gewohnt hatte. „Hundertprozentig. Das ist sie."

Ich sah, wie es in ihr arbeitete.

Ich sagte: „Ich hatte mich die ganze Zeit gefragt, was da passiert ist. Warum ist das Mädchen in Tariks Wagen gestiegen? Warum hat die Frau versucht, sie zurückzuhalten? Was wollte die Polizei da? Dann sehe ich Bonnies Bild in der Zeitung. Ich bin mir sicher, dass ich den Anfang von etwas gesehen habe, das in dieser irren Flucht endete."

Baransky blickte in meine Richtung, aber schien mich nicht zu sehen: In ihr lief derselbe Film ab wie zuvor in mir. Puzzleteil nach Puzzleteil fielen in ihre Positionen, bis das Bild vollständig war: Eine Jugendliche begeht einen Fehler, indem sie sich auf ein Geschäft mit Gangstern einlässt, wird von ihrem Freund rausgehauen, ihre Flucht gewinnt unter dem Einfluss von Adrenalin, Drogen, Romantik und Abenteuer eine tragische Eigendynamik und endet in einem Hinterhof vor dem Lauf von mindestens einem korrupten Bullen.

Zirkelschluss: Endet es in Korruption, dann steckt die Polizei von vornherein drin. Es konnte nicht anders sein.

„Gut", sagte Baransky. „Vielleicht war es so. Aber dann hätte ich mehr Fragen als vorher. Wenn die Frau, die Bonnie zurückgehalten hat, ihre Mutter war, warum redet sie nicht, wenn es einen Zusammenhang gibt?

Wozu ist Bonnie in Tariks Auto eingestiegen? Wer saß am Steuer, und warum? Und was hat die Polizei damit zu tun?"

„Vielleicht wird es Zeit, dass du darüber mit deinem Kollegen Miller redest."

„Ja, vielleicht solltest du mit Miller reden", sagte Miller. Wir zuckten zusammen und drehten uns zu ihm um, als ob er uns bei etwas Illegalem ertappt hätte.

Er sah übernächtigt aus, was sein Grinsen unnatürlich wirken ließ. Die Halskrause hatte einen dunklen Rand, wo sie die fettige Haut seines stoppeligen Kinns berührte. „Worum geht es?", fragte er.

Baransky gab ihm eine Zusammenfassung. Nur meine Mutmaßung, dass Miller der Mann in dem Streifenwagen gewesen sein könnte, ließ sie aus.

Er fragte mich: „Kannst du die Person in dem Streifenwagen beschreiben? Gibt es irgendwelche besonderen Kennzeichen?"

„Es war ein Mann, mehr weiß ich nicht", sagte ich, meinerseits unterschlagend, dass er einen dicken Hals hatte.

Ich folgte darin instinktiv Baransky.

Mir fehlte die Erfahrung, ich hatte noch nicht mein Feingefühl für nonverbale Signale geschult. Ich sah sie alle, aber ich war noch nicht zu einer klaren Interpretation in der Lage: Ich erinnere mich, dass er angespannt wirkte, alarmiert, aggressiv, als er nach dem Fahrer des Streifenwagens fragte, Ausdruck und Worte widersprachen einander, weil er sich zur Ruhe zwang. Aber ich konnte mit meinen Beobachtungen damals noch nichts anfangen.

Hätte ich in diesem Moment alles gesagt, was ich Baransky gesagt hatte, hätten die Dinge vielleicht von diesem Punkt an einen anderen, weniger blutigen Verlauf genommen. Da er sonst auch nicht gerade beherrscht war, hätte er sicher irgendwie reagiert, scharf und hart, aber auf der Straße vor Polizeigebäude hätte er wenig mehr tun können.

„Die einzige mögliche Zeugin, die wir haben, ist Bonnies Mutter", sagte Baransky.

„Wenn sie die Frau war", sagte ich.

Miller sagte: „Du kommst mit, dann werden wir das gleich wissen."

Baransky wandte ein: „Können wir nicht morgen …? Ich wollte gerade nach Hause fahren. Meine Jungs …"

„Die sind alt genug." Miller sah auf seine Armbanduhr. „Auf eine Stunde mehr kommt es jetzt auch nicht mehr an."

Baransky folgte Miller mit einer Geste der Resignation. Miller hatte den Schlüssel zu einem grauen Renault Kombi, der im Hof des Polizeigebäudes parkte. Wir fuhren nach Saint-Denis.

Ich war so jung und unerfahren damals. Aber warum dachte sich Baransky nichts bei Millers Pinkelpause?

Wir saßen in aller Ruhe in seiner vermüllten Karre und rauchten, während er in diesem Bistro war.

Als ob nichts wäre.

Er brauchte nicht besonders lang, aber er war auch nicht schnell wieder draußen. Vielleicht hat er auch gepinkelt.

Aber auf dem Weg zu den Toiletten gab es seinerzeit in jedem Bistro ein Münztelefon …

Das war noch so ein Wendepunkt, an dem wir in die falsche Richtung gingen.

Bonnies Mutter wohnte in einem der anderen Türme. Sie war legale Hauptmieterin einer Wohnung, und sie hatte keine Untermieter aufgenommen. Die Einrichtung war fast bürgerlich, die ganze Frau machte einen gediegenen Eindruck.

Sie trug ein Kleid von Prisunic oder einem anderen dieser Läden, in denen ein Abklatsch französischer Eleganz für ein paar Franc zu haben war, und eine Perlenkette.

Ihre Augen waren verheult.

Und sie war in Panik. Sie sah uns und hyperventilierte.

Nein: Sie erblickte Miller und hyperventilierte.

Er schob uns in die Wohnung, so bald sie die Tür aufgemacht hatte, und ich sagte in meiner Arglosigkeit noch zu Baransky: „Das ist die Frau."

Dann hatte Baransky plötzlich ein Loch im Kopf und glasige Augen, schlug von Millers Schuss rücklings gegen den Fleck an der Wand, den ihr Hirn hinterlassen hatte, rutschte zu Boden, und ein Sirren betäubte meinen Gehörsinn.

Ich drehte mich gerade rechtzeitig zu Miller, um zu beobachten, wie er auch Bonnies Mutter hinrichtete, während wie auf Kommando drei Schwarze ins Zimmer stürzten.

Ich erkannte Tariks Leute.

Kampfsport-Reflexe:

Dein Gegner kommt auf dich zu. Es sind nur Zentimeter, Bruchteile von Sekunden. Du hast trainiert, aus Körperhaltung, Dynamik, Blickrichtung, Ausdruck auf seinen nächsten Schritt zu schließen.

Du beginnst, dich darauf einzustellen, während deine Analyse noch läuft.

Du nutzt die Kraft des Gegners, deine zu verstärken.

Simple Regeln:

Erstens: Du bist defensiv. Zweitens: Du reagierst angemessen.

Drittens: Wenn es um Leben oder Tod geht, schaltest du den Gegner aus.

Tariks Kerle waren kampferfahren, aber keine trainierten Kämpfer. Sie hatten irgendwelche Boxer- und Martial-Arts-Posen einstudiert, die sie aus Filmen kennen mochten, und sie hatten Kraft, das war alles.

Der Erste streckte im Heraneilen einfach beide Arme nach mir aus, das Gesicht zu einer zahnigen Fratze der Angriffslust verzerrt.

Der Zweite rannte mit einem Baseballschläger auf mich los.

Ihr Ding war rohe Gewalt, nicht Strategie und Kampfkunst.

Auch nicht Intelligenz: Ein Baseballschläger ist im niedrigen Wohnzimmer einer modernen Sozialwohnung fast nutzlos.

Oder er ist dem Gegner nützlicher.

Ich stellte mich breitbeinig auf, tauchte mit einer Drehung unter die Arme des Ersten, griff sein Standbein mit beiden Händen, buckelte gegen seinen Bauch wieder hoch und verstärkte durch mein ruckartiges Heben seinen Vortrieb über meinen runden Rücken hinweg, dass sein Schädel an die Wand schlug. Den Aufprall hörte ich nicht, weil die Schüsse noch in meinen Ohren hallten, doch ich spürte an den Muskeln seines Beins, wie er das Bewusstsein verlor.

Die Bösen greifen immer nacheinander an. So ist das in schlechten Filmen und in engen Räumen, und vor allem, wenn sie nicht mit Widerstand rechnen. Das dünne Mädchen hatte unerwartet Nummer Eins ausgeschaltet, also holte Nummer Zwei erst jetzt mit seinem Schläger aus.

Beinahe hätte er Nummer Drei damit selbst erledigt, der konnte gerade noch den Kopf einziehen.

Beachte: Wenn dich einer im Nahkampf mit einem Knüppel angreift, weichst du nicht zurück. Knüppel sind einfache Distanzwaffen – am langen Ende sind sie schnell und gefährlich. Aber am kurzen Ende werden sie von jemandem geführt, der sich voll auf Richtung und Beschleunigung des langen Endes konzentriert, nicht auf den Nahbereich.

Ich warf mich dem Kerl mit dem Knüppel an die Brust, umarmte seinen muskelbepackten Oberkörper und rammte ihm einmal, zweimal, dreimal die Stirn auf die Nase.

Einmal hätte gereicht.

Ich ging mit ihm zu Boden, während der nutzlos beschleunigte Baseballschläger seiner Hand entglitt und durchs Zimmer flog, an der Wand abprallte.

Ich tauchte vor den Knien des Dritten seitlich nach dem Schläger. Er stürzte sich geradezu darauf, wollte ihn ebenfalls ergreifen. Genau vor dem Moment, in dem ich unter seinem stürzenden Gewicht begraben zu werden drohte, erwischte ich den Schläger, zog ihn an mich heran, drehte mich, hielt den Schläger mit beiden Armen über mich. Der Mann landete mit dem Hals auf dem Schaft, sein Körper auf meinen Beinen, die ich mit aller Kraft anzog. Ich beförderte ihn über mich hinweg Richtung Wand und Möbel. Er brach durch die Schranktür, kam auf mir zu liegen, benommen, aber bei sich.

Ich ließ den Schläger los, kämpfte mich unter dem Kerl hervor.

Mein Fuß steckte noch irgendwo fest, da hob ich schon den Kopf.

Miller nutzte den Moment und schlug mir seine Waffe seitlich hinten über den Schädel.

Ich zählte zwei Schläge, dann war ich weg.

***

Ich lag in einem Raum mit verdunkeltem Fenster auf dem Boden. Da waren andere Frauen. Ein Mann zog mir Kleid und Schuhe aus. Ich ließ es geschehen wie in einem Traum. Er fesselte meine Hände, griff in mein Haar, hob meinen Kopf an, zog mein Augenlid hoch und leuchtete mit einer Lampe in mein Auge.

Er ließ meinen Kopf los, ich konnte ihn nicht halten. Er schlug auf den Boden. Ich spürte die Hände des Mannes an meinen Brüsten, Schenkeln. Wollte mich wegdrehen, aber mein Körper gehorchte dem Befehl nicht. Es war unangenehm, jedoch keine sexuelle Berührung. Mehr eine Prüfung auf Festigkeit, Elastizität. Er betastete meinen verbeulten Hinterkopf, strich mein Haar zurück, betrachtete die Narbe in meinem Gesicht.

Er war bleich, hatte einen grauen Bart, sein Blick verriet keine Emotionen. Schwarze Augen unter dunklen Brauen.

Ich wollte etwas sagen, und die Kette an meinen Unterarmen drückte in meinen Rücken, aber ich brachte nur ein Lallen raus, ehe ich wegglitt.

Es waren nicht oder nicht nur Millers Schläge, die mich so benommen gemacht hatten.

Mir war kalt, als ich zu mir kam. Meine Aussicht: die abblätternde Decke und ein Wandsegment. Trübes Licht – das Fenster war mit Zeitungspapier zugeklebt. Ich lag mit halboffenen Augen, nahm nichts wirklich wahr, zu keiner Bewegung fähig.

Mein einziger Gedanke war: Du hättest dich nicht wehren sollen. Sie wissen nun, wozu du in der Lage bist.

Zu spät.

Als die Entzugserscheinungen einsetzten, war mir klar, dass sie mir neben irgendeinem Sedativ Heroin gespritzt hatten.

Es war eine Art Trainingscamp für Zwangsrekrutierte. In meinem Zimmer teilten sich sechs Frauen zwei alte Matratzen.

Nein, keine Frauen: Mädchen – ich war die Älteste.

Alle hübsch bis sehr hübsch, hellhäutig.

Keine von uns war Französin, alle waren entweder allein oder kamen aus gebrochenen Problemfamilien ohne Geld, ohne Unterstützung, ohne Freunde.

Die 17-jährige Irakerin Douna lebte jetzt seit fast zwei Monaten in diesem kahlen Zimmer, dessen Neonbeleuchtung auf die frühere Nutzung als Büro deutete. Ihr war oft übel.

Als sie ankam, waren noch zwei andere Mädchen da gewesen. Die kannte auch Erin noch, eine von ihnen war aber wenig später verschwunden. Erin war 16, stammte aus Marokko. Sie teilte sich die Matratze mit Kella, einer Targia aus Mali, die seit einer Woche da war.

Sie erzählten mehr oder weniger dieselbe Geschichte von Avancen irgendeines Lovers, seinen Versprechungen von schönen Kleidern, tollen Partys, cooler Musik, coolen Jungs. Die Anmache gipfelte in einem Rendezvous, von dem niemand etwas wissen durfte. Dann wachten sie benommen und verkatert in diesem Zimmer auf.

Douna hatte eine besondere Beziehung zu Miller. Er hatte sie wochenlang mit seinen Geschenken, seinen Komplimenten belagert …

Ich begriff.

Die Naiven wurden geködert, die Klugen, Erfahrenen, Älteren, wie ich, erpresst. Mit Drogen oder Gewalt oder beidem machten sie alle gefügig.

Ich war als Einzige gefesselt, trug eine Kette um den Leib, an denen meine Arme mit Handschellen befestigt waren. Das war frustrierend und demütigend. Ich konnte nicht mal allein auf die Toilette gehen, die anderen Mädchen mussten mich waschen und mit der Pizza füttern, die in Pappschachteln reingetragen wurde.

Nachts holten sie uns.

Douna und mich für das, was sie „volles Programm" nannten.

Die anderen waren unberührt und sollten es bleiben.

Der Wert solcher Ware war höher.

Sie wurden zu Hand- und Mundhuren abgerichtet.

Die Männer verschlossen meine Augen mit Klebeband. Ich sollte keinen von ihnen wiedererkennen können.

Das war gut. Es zeigte mir: Irgendwann lockern sie die Kontrolle. Wenn sie mich auf Dauer isoliert halten oder verschwinden lassen wollten, hätte es kein Klebeband über meinen Augen gebraucht.

Noch etwas war gut: Ich trug keine neuen Flashbacks davon. Keine optischen jedenfalls.

„Parties." So nannten sie es.

„Play time", war Millers Parole, wenn zu Beginn die Korken knallten. Zeit zum Spielen.

Drei, manchmal fünf, sechs Männer.

Manchmal mehr.

Männerfeiern.

Verbrüderungsrituale.

Sie verbanden das Notwendige – Huren aus uns zu machen – mit dem Nützlichen und dem, was sie „Spaß" nannten.

Baransky hatte Recht gehabt: Miller wusste, wie man Beziehungen pflegt. In diesem Fall ging es um Geschäftspartnerschaften. Die Typen waren Albaner, Malier, Senegalesen, Libanesen, Franzosen.

Fast alle der Franzosen waren Polizisten oder Ex-Polizisten. Sie dominierten, führten, behandelten die anderen wie Unterlinge.

Miller erkannte ich an Stimme und Geruch. Er hatte die Gangster zu einer Art Genossenschaft vereint. Hatte Tarik, der sich widersetzte, getötet, bevor der Baransky über die Neustrukturierung der Bandengeschäfte informieren konnte.

Hier redete Miller offen darüber, brüstete sich damit.

Er hatte die Macht, beherrschte sie alle.

Baransky hatte Miller unterschätzt. Sie dachte, er sei nur der korrupte Handlanger der Albaner.

Er und einige andere Bullen, die ihm folgten, waren die Anführer.

Sahnten als erste ab, in Geld und in Naturalien.

Sie besprachen ihre Geschäfte: Drogen und „Cul", Deutsch: Arsch. Das war das Slang-Wort für Frauen, Mädchen.

Hohe Summen. Vielfältige Geschäfte. Schutzgelderpressung, Handel mit Stoff aus der Asserrvatenkammer, der eigentlich vernichtet werden sollte, Stoff aus Afghanistan, Kolumbien. Mädchen aus Osteuropa, Asiatinnen für Prostitution und Sklaverei.

Reiche Typen im Sudan kauften Mädchen aus Weißrussland.

Sie sprachen von einem Katalog im Internet.

Ich dachte an Tariks Fotos.

Ich war auch in diesem Katalog.

Wir neuen Mädchen waren Incentives für die Partner. Eine Kleinigkeit zum Naschen.

Die Neuen.

„Frischfleisch", sagte Miller.

Sie flößten uns Alkohol ein, gaben uns mehr Drogen. Soffen und nahmen selbst welche. Laute Musik lief, gegen Morgen stank alles nach Kippen, Schweiß, Blut. Meins war auch dabei.

Widerstand war sinnlos.

Ich blieb sowieso gefesselt, wehrte mich so wenig wie Douna.

Mund auf, Beine breit.

Sie konnten nicht wissen, was ich hinter mir hatte. Jahrelanger Missbrauch macht dich fürs Leben kaputt. Aber er öffnet eine Hintertür, indem er dich von deinem Körper, deinem Schmerz abtrennt.

Ich war in ihrer Gewalt. Und ich war weit weg.

Dissoziation. Seelenwanderung, wenn du so willst.

Ich glitt auf seidenen Flügeln zurück in meine Kindheit. Die Zeit zuvor. Die Zeit, in der mein Vater noch lebt.

Während die Schweine meinen Körper misshandelten, war die Sibel jener früheren Zeit, die kein Opfer ist und nie eins werden kann, in den Armen ihres Baba unverwundbar.

Ich spaltete mich ab von meinem Körper, schwebte davon, schaltete alle Wahrnehmung auf Zero.

Darin hatte ich Routine, nach Jahren des Missbrauchs durch meinen Cousin/Verlobten und seinen Vater.

Ich lag da wie eine Puppe.

Miller nahm das nicht hin. Er befummelte, fickte mich, bis ich kam.

Er triumphierte vor den anderen Kerlen, dass es mir gefalle mit ihm, während ich bei ihnen gerade mal feucht würde …

Ich schluckte den Ekel. Ließ die Vergewaltigungen über mich ergehen wie die Demütigungen.

Fühlte mich schuldig.

Fühlte mich dumm, weil ich Schuld empfand, auf körperliche Stimulation natürlich zu reagieren.

Jemand brachte ein Mädchen zurück, das abgehauen war.

Liz war Kroatin, blond, blaue Augen. Sehr hübsch, trotz der Spuren von Schlägen, Erschöpfung und Missbrauch, die sie im Gesicht und am

Körper trug. Sie war schon länger dabei gewesen – sie dachten, sie hätten sie im Griff.

Sie wurde mit Ketten gefesselt, wie ich. Sie wehrte sich lautstark, rannte gegen die Männer an, bis das Heizungsrohr aus der Wand riss, an das sie gekettet war.

Sie sollte mit Douna und mir das volle Programm bieten.

Sie widersetzte sich. Gab nie Ruhe, trotz Entzug.

Keine Ahnung, woher sie die Energie nahm.

Vielleicht war sie verrückt geworden.

Vielleicht war sie die einzig Normale.

Ich redete nicht mit ihr. Ich redete mit niemandem.

Ich war damit beschäftigt, meine Rolle zu spielen.

Ich war damit beschäftigt, nicht selbst irre zu werden.

Jedenfalls gab Liz nicht nach. Sie wiegelte andere Mädchen auf. Ich merkte das an Sprüchen und Renitenz, die sie sonst nicht wagten.

Der Typ, der für sie kam, war ein haariger Klotz von einem Kerl, klobig und grob. Er hatte ein rundes, weiches Gesicht wie ein großer Junge, üble Akne an den Wangen.

Er trug an der rechten Hand einen Handschuh aus schwarzem Leder, außerdem Socken, Stiefel, Unterhose. Das war alles.

Wir mussten uns an der Wand aufreihen. Der Typ legte Liz ein Lederhalsband an mit einer Schlaufe, die er um seine linke Hand wand.

„Blas mir einen", befahl er.

Liz spuckte ihn an. „Wichser", schrie sie, „brutales Schwein, Kinderficker, Verbrecher. Mit einem Mädchen, das nicht die Hälfte wiegt, kannst du Metzger es machen. Leg dich doch mal mit einem Mann an, du …"

Er hob sie an der Schlaufe an, als wäre das nichts. Sie hing gurgelnd und zappelnd an seinem linken Arm im Halsband, kickte hilflos nach seinen Beinen.

Er sagte zu uns anderen: „Sie wird folgen, oder sie wird sterben." Dann stellte er sie auf die Füße. „Entschuldige dich. Tu, was ich dir sage."

Sie krächzte: „Fuck you."

Es war nicht vorgesehen, Liz zu schonen, um sie noch verkaufen zu können.

Er zerschlug ihr systematisch das Gesicht. Nach dem ersten Schlag war ihre Nase gebrochen. Der nächste schloss ihr Auge.

Ich war wie versteinert. Kauerte in meinen Ketten an der Wand, biss die Zähne zusammen, sah nicht Liz an, sondern fixierte das pecklige Gesicht des Schlägers. Er wirkte angestrengt, aber ungerührt.

Ich wollte kein Trauma mit Flashbacks von der zerschlagenen Frau.

Ich wollte, dass ich sein Gesicht noch in zwanzig Jahren unter Tausenden erkennen würde.

Ich kannte seine Stimme. Er war einer von denen, die nachts „Spaß" hatten. Gesehen hatte ich ihn noch nie.

Er erzählte Judenwitze. Kannte viele davon.

Er erzählte von seinen Sauftouren. Whiskey bis zum Erbrechen, Huren, Schlägereien mit Männern, die er „Kaffer" oder „Untermenschen" nannte.

Ein wahrer Partylöwe.

Er hielt sie mit der Linken, schlug sie mit der Rechten. Wieder und wieder. Jeder Schlag ein Treffer. Ihre Lippen platzten, ihre Wangen ebenfalls, wo das Fleisch gegen die Knochen gequetscht wurde, die Augenbrauenwülste.

Alle drei, vier Schläge sagte er: „Tu, was ich dir sage."

Sie heulte noch einmal „Fuck you".

Wimmerte es erneut.

Dann blieb sie still.

Als sie sich nicht mehr regte, löste er die Hand aus der Schlaufe, ließ sie fallen, drückte ihre Knie auseinander, schob seine Hose runter, verging sich an ihr, war nach Sekunden fertig. Er richtete sich auf, rief laut: „Na, Nutte, hat sich die Zickerei gelohnt?" Trat auf Liz ein.

Er schwitzte, aber sein Gesicht zeigte keine Reaktion. Er wirkte wie ein Mann, der gleichmütig erledigt, was zu erledigen war.

Er prüfte Liz' Puls. Das Ergebnis schien ihm zu gefallen – er nickte. Schwer atmend von der Anstrengung sah er von einem Mädchen zum anderen. „Noch eine, die sich beschweren will? Ich bin gerade in Stimmung."

Leises Schluchzen, sonst blieben alle still, vermieden seinen Blick.

Er nickte befriedigt, griff Liz beim Fußgelenk und schleifte sie raus, eine blutige Spur ziehend.

Miller erschien in der offenen Tür, stellte einen Eimer ab. Kickte ihn in den Raum. Er schlitterte über den Boden, kippte um, eine Chlorbleicheflasche rollte raus und blieb an der Wand liegen.

Miller sah sich um. Alle außer mir weinten, wimmerten, rieben an den Blutspritzern auf ihrer Haut, an ihren Kleidern. „Das war übrigens Bob. Ihr solltet ihn erleben, wenn er schlecht gelaunt ist." Er grinste. „Und jetzt macht die Scheiße weg."

Nie wieder Opfer werden, hatte ich mir geschworen.
Ich hatte meinen Schwur gebrochen.
Sie hatten meinen Schwur gebrochen.
Ich erneuerte ihn.
Doch einstweilen konnte ich nichts tun.
Ich spaltete mich ab.
Wartete.
Wusste nicht, worauf.
Nur, dass ich wartete.

Sie setzten mich wieder auf Entzug.
Ich kannte diesen Schmerz jetzt, wusste mit ihm umzugehen. Er war kein Freund, aber auch kein Feind, gegen den ich nicht ankam.
Aber ich wusste, was sie erwarteten.
Ich gab ihnen den Tremor, das Wimmern, das Winseln.
Die Unterwerfung, die sie erwarteten.
Sie gaben mir tropfenweise, worum ich bettelte.
Heroin.
Für jeden Tropfen musste ich was anbieten.

Es kam mir ewig vor. Es könnten fünf, zehn oder zwölf Tage und solche Nächte gewesen sein, vielleicht vierzehn. Ich befand mich in einem Zustand zwischen Rausch, Auflösung, Wut, Hass, Verzweiflung, Schuld, Schmerz, Verdrängung.
Und einer überwältigenden Sehnsucht nach meiner Kleinen.

Ich durfte mich nicht widersetzen, wollte ich schnell da rauskommen. Mit Widerstand würde ich ihre Gewalt gegen mich verschärfen.
Es war klar, dass sie mich brechen wollten.
Es war auch klar, dass sie dies schaffen würden.

Ich musste: schneller da raus, als ich mich verlieren konnte.

Ein klares Zeitgefühl zu bewahren, war nicht meine Priorität.

Priorität war, nicht auseinanderzufallen. Nicht wirklich zu der Drogenhure zu werden, die sie aus mir machen wollten.

Ich hatte Angst, dass ich mich unrettbar spalten und zu einer Art Zombie werden könnte. Dass ich eines Tages meine Spritze kriege und nie mehr die Kraft habe, zur Besinnung zu kommen.

Ich musste: Details wahrnehmen, abspeichern, verfügbar halten.

Ich spielte voller Widerwillen mit, um nicht schließlich doch zu zerbrechen.

Ich wartete auf meine Gelegenheit.

***

Argelès sur mer

Sie liegt auf dem Rücken, Augen geschlossen, Arme an den Seiten, konzentriert sich auf das Gefühl, das die schweren Regentropfen auf ihrer Haut hinterlassen, auf das Dröhnen der Brandung, das raue Holz der Terrasse vor dem Panoramafenster.

Eine Art Meditation.

Lange.

Noch länger.

Bis die quälenden Bilder verblassen, ihr Atem wieder ruhig geht.

Sie setzt sich auf, zieht die Beine an, umfängt ihre Knie mit den Armen. Blickt hinaus ins schwarze Nichts jenseits des Geländers, das gerade noch im Lichtkreis der kleinen Stehlampe im Haus steht.

Keine neuen Flashbacks.

Gut.

Sie erhebt sich steifbeinig, geht hinein.

Kauert sich an den Kamin. Schiebt Feuerholz in die fast vergangene Glut, pustet, bis ihr schwindlig wird und kleine Flammen an den neuen Scheiten züngeln.

Sie geht am Notebook die letzten Absätze durch. Schafft es jetzt, das Zittern zu unterdrücken.

Sie zerkaut drei Ibuprofen und trinkt den Rest Tee. Löst den Computer vom Netzteil, trägt ihn zum Kamin, nimmt die Decke vom Sessel und wickelt sich ein, setzt sich, zieht die Füße auf den Sitz, unter die Decke.

Aktiviert „Diktat".

Diktat 5, 29. November

Ich lag im Separée auf dem Bett. Es war in einer dieser Nächte. Zwei oder drei hatten „Spaß" mit mir gehabt, ich war erschöpft genug für komatösen Schlaf, hatte nicht genug Stoff zum Einschlafen bekommen. Meine Beine zuckten, ich schwitzte, hatte Schüttelfrost.

Ein Mann kam rein. Zog mir das Klebeband von den Augen.

Miller.

Er blieb am Bettrand sitzen, die Hand in meinem Nacken. Er streichelte mich.

„Gib mir was", murmelte ich.

„Schsch", machte er.

Ich spielte meine Rolle, räkelte mich, leckte meine Lippen. „Ich bin ein braves Mädchen, wenn du mir was gibst."

„Wir haben nichts mehr da. Kriegst gleich was anderes." Er strich über mein Haar.

„Bitte …"

„Du weißt, was ist, wenn du redest? Oder abhaust?"

„Wieso? Was ist? Ich bin ein braves Mädchen."

„Ich mag dich. Echt. Aber du bist bereits auf Bewährung." Er rasselte mit der Kette an meinem linken Arm. „Du willst nicht, dass Bob mit dir seinen Spaß hat." Er berührte meine Narbe. „Dagegen war das ein Vergnügen. Was immer es war."

Fick dich!

Fuck you!

Va te faire foutre!

Siktir!

Ich murmelte: „Was ist denn los?"

„Du kommst bald zu guten Leuten."

„Leute?"

„Franzosen. Wenn du keinen Ärger machst, wird es dir gut gehen. Deiner Tochter auch."

„Was ist mit ihr?"

„Es geht ihr gut. Und das willst du doch."

Ich hätte schreien, beißen, um mich treten wollen.

Statt dessen fragte ich leise: „Wird Sheri auch bei den Leuten sein?"

„Du darfst sie sehen."

„Wann?"

„Manchmal. Wenn du ein braves Mädchen bist."

Ich.

bringe.

dich.

um.

Ich flehte: „Gibst du mir jetzt was?"

„Ich seh mal nach, ob das Zeug inzwischen hier ist."

Ich riss an meinen Fesseln. Wollte mich reiben, kratzen, wo ich seine Berührung noch spürte.

Miller kam zurück, setzte sich aufs Bett. Stützte meinen Kopf, flößte mir aus einem Plastikbecher eine Flüssigkeit mit synthetisch süßem Fruchtgeschmack ein. „Das wird dir helfen."

Ich spürte, wie die Flüssigkeit – Methadon? Codein? – in mein System sickerte.

Mein Magen revoltierte. Ich würgte Schleim auf die Matratze.

Er kraulte meinen Nacken.

Ich war dem Schlaf nahe.

Ich hasste ihn.

Ich sagte: „Willst du mich nicht noch ficken?"

Sie dachten, das war es. Nun ist sie ganz unten. Reif für den nächsten Schritt.

Ein Schwarzer und ein Weißer verklebten meine Augen. Fassten mich an, als sie mich hinausführten.

Hände auf meinen Brüsten, Witze über die Ketten, die Hand eines der Kerle zwischen meinen Beinen.

Ich tat nichts.

Ich war die Drogenhure.

Ich ließ sie gewähren.

Ich brauchte ihr Vertrauen.

Ein paar Schritte draußen. Es war kühl geworden.

Ich lag lange in einem Kofferraum, eingeklemmt zwischen Gerümpel und Ersatzrad.

Ich schrie. Nicht aus Schmerz oder Angst, sondern um mich meiner zu versichern.

Etwas geschah.

Das war gut.

Sie brachten mich zu meiner nächsten Station.

Das war gut.

Alles war besser als die Gefangenschaft an jenem Ort.

Angst lehnte ich ab. Sie ist unbestimmt, lähmt, macht impulsiv.

Furcht war meine Freundin. Sie ist wie ein Anfeuerungsruf. Furcht hat immer einen kalkulierbaren Anlass. Ist es kalkulierbar, kannst du es lösen.

Ich riss an den Handschellen, die meine Arme an der Leibkette hielten. Auch deshalb schrie ich. Das musste enden.

Meine Muskeln brauchten Erlösung, Bewegung.

Hätten sie mich hören können, wäre ich still geblieben. Eine brave kleine Nutte unter Raubtieren. Die Maus, mit der sie spielen wollten, bis sie tödlich erschöpft sein würde. Aber sie fuhren schnell. Es war laut. Und ich schrie, weil ich lebte.

Ich

lebte.

Und ich war entschlossen, am Leben zu bleiben.

Der Wagen hielt. Sie zogen mich aus dem Kofferraum, ich knickte ein, weil meine Beine eingeschlafen waren. Ich spürte Kies an meinen Sohlen, kühle, kleine, runde Steine.

Die Luft war kühler, frischer. Landluft.

Sie führten mich über Steinstufen in ein Haus. Eine mit Teppich belegte Treppe hinauf.

Sie zogen das Klebeband von meinen Augen, lösten die Ketten.

SIE LÖSTEN DIE KETTEN!

Mein Körper schmerzte. Ich dehnte mich stöhnend.

Die Männer schoben mich in einen großen Raum unter einer hohen Stuckdecke. Ein Doppelbett mit Himmel, passender Schminktisch, Sessel. Die Holztäfelung an den Wänden erinnerte mich an die Anwaltskanzlei.

Die Männer wandten sich zur Tür.

Mein Körper gierte nach dem Gift.

„Bitte", sagte ich, warf mich dem einen an den Hals. „Bitte, bitte. Nicht gehen. Wir sind lang gefahren. Ihr müsst mir was geben. Bitte."

Er schob mich von sich. „Nicht jetzt."

„Aber ich kann nicht …" Ich machte mich wieder ran.

Er schob mich so heftig weg, dass ich zu Boden ging. Die Orientteppiche fingen mich sanft. Der Typ sagte: „Tu, was man dir sagt. Dann kriegst du, was du brauchst."

Sie verschlossen die Tür von außen.

Die Fenster waren vergittert. Draußen sank Dunkelheit über alte Bäume. Das Gras darunter stand hoch. Eine Mauer, schwarz gegen den rotglühenden westlichen Himmel, war der Horizont.

Ich sah die Steintreppe, aber kein Auto.

Eine stille Frau ließ mir ein Bad ein. Duftender Dampf stieg auf. Die Frau wusch mir den Rücken. Berührte meine Wunden, Narben, blaue Flecken zärtlich mit den Fingerspitzen, aber fragte nicht.

Ich benutzte die harte Bürste.

Die stille Frau hinderte mich sanft daran, mich an Leib und Schenkeln bis aufs Blut abzubürsten. Streichelte mich, drehte die Bürste aus meiner Hand, küsste mich.

Sie wusch mein Haar. Umfing mich mit einem großen Tuch und hielt ihre Arme um mich.

Ich bemerkte plötzlich, dass ich weinte.

Sie hielt mich, bis es vorbei war. Lange.

Sie kämmte mich.

Sie heiße Halina, sagte sie.

Halina aus Bosnien.

Sie sei geblieben, als sie zu alt wurde.

„Zu alt für was?", fragte ich.

Sie war Mitte zwanzig. Blond und hübsch, etwas bleich.

Geblieben, warum?

„Wo soll ich hin? Ich bin entehrt. Und hab keine Papiere."

Sie türmte mein Haar zu einer Frisur. Schminkte mich, Gesicht, Decolletée, Schultern, bis ich dem Spiegel eine Fremde sah. Die dünne Studentin mit den müden schwarzen Augen und dem schwarzen Haar, den Sommersprossen, der Narbe im bleichen, verschwitzten Puppengesicht war jetzt eine Blüte, nein, eine Porzellanfigur, weiß und rosig, zart, frisch, kühl.

„Gut gemacht", lobte ich.

„Danke", sagte sie schüchtern. „War leicht. Du bist außergewöhnlich schön."

„Danke."

Wir lächelten einander an wie Freundinnen.

Ich fragte: „Wo sind die Typen?"

„Typen?"

„Die mich gebracht haben."

„Wieso?"

„Die hatten noch Sachen von mir", log ich.

„Die sind unten, du siehst sie gleich wieder."

Sie schminkte sogar meine Handgelenke, wo die Fesseln blutunterlaufene Druckstellen hinterlassen hatten.

Sie half mir beim Anziehen: String-Slip und spitzer Push-BH in schwarzer, transparenter Spitze, eine ärmellose, tief ausgesschnittene weiße Bluse, so eng, dass sie an meinen Brüsten spackte, ein winziger schwarzer Minirock, weiße Kniestrümpfe und schwarze Pumps, so hoch, dass ich rausgefallen wäre, hätten sie kein Band über dem Spann gehabt. Ich stützte mich auf Halina, als sie vor mir kniete und die Pumps festmachte.

Ich betrachtete mich im Spiegel. „Wirklich?" Ich musste lachen.

Es war so peinlich, so albern. Die Karrikatur einer Pinup-Sexbombe aus den Fünfzigern, Schulmädchen-Look.

Wir lachten beide.

„Was wollen die von mir?", fragte ich.

„Ich weiß nicht."

„Was sind das für Leute?"

„Aus Paris. Gibt schlimmere Typen."

„Redest nicht viel, oder?"

„Wenn du keinen Ärger willst …"

„Klar, entschuldige."

Ich brauchte Informationen.

Es gab zu viele Unbekannte in dieser Rechnung.

Meine Rolle. Ich durfte nicht vergessen … Ich zitterte. „Hast du was für mich?"

„Ich hab keine Drogen. Du musst jetzt runter, sie warten auf dich. Du kriegst dann, was du brauchst."

Halina half mir auf der Treppe. Ich konnte auf den Absätzen kaum gehen. Sie führte mich zu einer Flügeltür. Küsste mich auf den Mund. „Sie sind in Ordnung. Du musst ihnen folgen, dann tun sie dir nichts, und du hast ein gutes Leben."

„Folgen?"

„Lass dich drauf ein. Hast eh keine Wahl."

Ich betrat einen großen Raum in Elfenbein und Gold, der mir auf den ersten Blick den Atem verschlug mit seiner von einem Kristalllüster erhellten Pracht.

Mit dem zweiten Blick stellte ich fest, dass der Raum als Büro eingerichtet war. Sie hatten die antiken Möbel an einer Wand entlang aufgestellt, ein einfacher Schreibtisch stand unter dem Lüster.

Nicht zum Thema Büro passte das mannshohe Andreaskreuz, das an der Wand stand. Es hatte Schlaufen an seinen Enden, an denen jemand – ich – fixiert werden konnte.

Ich war allein im Raum. Drehte mich ratlos nach Halina um.

Die nickte mir noch zu, zog sich zurück. Die Flügeltür fiel ins Schloss.

Ein Summer ertönte. Das Geräusch kam irgendwo vom Schreibtisch her. Ich suchte nach der Quelle, als es wieder summte und ein Mann rief: „Mademoiselle, hören Sie schlecht? Kommen Sie, bitte."

Ich folgte dem Rufen zu der Flügeltür gegenüber dem Andreaskreuz, die in einen weiteren Saal oder Salon führte.

Stoppte vor der Schwelle, atemlos vor Überraschung.

Ja, die Stimme kam mir bekannt vor. Aber dies hatte ich nicht erwartet: André und Emile de Saint-André saßen an nebeneinander stehenden Schreibtischen, wie immer in grauen Anzügen, mit identischen Toupets. Sie wirkten ernst, geschäftsmäßig, beiläufig routiniert. Als wäre nichts.

Wie an irgendeinem Tag in ihrer Kanzlei.

„Sie", rief ich fassungslos. „Wie … warum …?"

„So geht das nicht", sagte der Zwilling hinterm linken Schreibtisch. „Hat man Ihnen nicht gesagt, was Sie tun sollen? Wieso fallen Sie aus der Rolle?"

Er klang beleidigt und leicht weinerlich wie ein enttäuschtes Kind.

Ich stammelte: „Sind Sie wahnsinnig? Wie können Sie nur …"

Der Zwilling hinter dem rechten Schreibtisch sagte: „Wenn Sie mitmachen, passiert Ihnen nichts. Das verspreche ich Ihnen."

Ich biss die Zähne zusammen. Sagte nichts. Ich war ganz benommen von Überraschung, überwältigt von den Implikationen der Situation.

„Kommen Sie endlich", sagte der Zwilling hinter dem rechten Schreibtisch.

Ich ging tatsächlich zwei, drei Schritte wie in Trance, blieb wieder stehen.

Der Mann zeigte auf eine leere Geldkassette auf seinem Tisch. „Ich habe eine Frage zu einem schwerwiegenden Vorfall, Mademoiselle. Überlegen Sie gut, was Sie antworten. Wo ist das Geld?"

Ein Rollenspiel.

Meine Gedanken rasten.

Um mir Zeit zu verschaffen, sagte ich: „Welches Geld?"

Kalkulation: Mit den beiden Alten werde ich in Sekunden fertig. Aber wo sind die Typen aus dem Auto?

Er sagte: „Wie Sie sehr wohl wissen, waren zehntausend Franc in der Handkasse. Jetzt ist sie leer."

Ohne zu wissen, wo die Typen waren, und ob eventuell noch jemand irgendwo verborgen war, mochte ich nicht aktiv werden. Außerdem hatte ich meine Fassung noch nicht wiedererlangt. Also spielte ich weiter mit. „Damit habe ich nichts zu tun."

Der linke Zwilling stand auf, kam zu mir. Er war winzig neben mir auf diesen Absätzen. Er sagte: „Halten Sie das für glaubwürdig? Wer war denn während unserer Abwesenheit sonst noch hier?" Er tippte mit zwei Fingern auf meine Bluse, wo sie über meiner Brust spannte. „Überhaupt, wie Sie rumlaufen. Da würde ich mich nicht wundern, wenn Sie hier und da mal was mitgehen lassen würden."

Er sprach jetzt theatralisch laut wie eine Knallcharge, wie zu großem Publikum. Versuchte offenbar, mich zu Reaktionen zu bewegen, die ihren Vorstellungen entsprachen.

„Ich hab nichts mitgehen lassen", sagte ich matt.

Seine Ohrfeige kam überraschend schnell und hart. „Glauben Sie etwa, dass wir uns das ausdenken?"

„Nein", sagte ich leise. „Aber …"

„Nehmen Sie die Hände in den Nacken, ich werde Sie durchsuchen."

Ich nahm die Arme hoch. Er befummelte mich so intensiv es die Kleidung zuließ, atmete dabei schwer.

Ekelhaft.

Ich wand mich unwillkürlich unter seinen Händen, verhärtete mich.

Es war keine Überraschung für mich, dass er das Geld vor allem an meinen Brüsten zu vermuten schien.

„Letzte Chance, ehe wir die Polizei rufen", sagte der andere: „Wo haben Sie das Geld versteckt?"

Ich verstand das Prinzip des Spiels: langsame Eskalation.

Es ödete mich bereits nach den ersten zwei Minuten an.

Ich brannte darauf, die „Polizisten" kennenzulernen, um weiterzukommen.

Mit allen Protagonisten in Reichweite war es weit leichter, meine Möglichkeiten abzuwägen.

„Sie sehen, ich hab nichts versteckt."

„Jaahhh, aber haben wir denn auch gründlich genug gesucht?" Mit diesen Worten begann der Zwilling, der mich geohrfeigt hatte, meine Bluse zu öffnen.

Ich kreuzte die Arme, presste sie an meinen Oberkörper, konnte einfach nicht anders.

Sie hätten mir die Fesseln wieder anlegen müssen, um diesen Reflex zu unterdrücken.

Er ließ von mir ab, zischte: „Diese Idioten haben Ihnen tatsächlich gar nichts beigebracht."

„Was hätten die mir denn beibringen sollen?" Ich hob den Fuß, löste die Schnalle, die tief in meinen Spann schnitt. Stieg aus dem Schuh. Löste die andere Schnalle.

„Lassen Sie die Schuhe an", befahl er.

„Die tun mir weh. Rufen Sie doch die Polizei."

Er rief über seine Schulter „Yves! Verdammt, wo bist du, wenn man dich braucht?"

Miller hatte die Halskrause abgelegt. Er trug eine dunkelblaue Uniform, die altertümelnd polizeilich aussah mit Schulterwinkeln und polierten Metallknöpfen, wie die beiden Männer, die mit ihm den Raum betraten. Es waren die Kerle, die mich gefahren hatten.

„Sie spielt nicht mit", zeterte der Alte. „Wozu zahlen wir ein Vermögen, wenn ihr nicht mal in der Lage seid, so ein Mädchen …"

Ich sollte nie erfahren, was genau Millers Auftrag gewesen war. Ich hatte mich in eine Pirouette gedreht und Saint-André meinen linken Fuß an den Kopf geschwungen, ehe irgendwer reagieren konnte. Er fiel wie eine Puppe.

Miller ließ die beiden Typen auf mich losgehen, zog sich selbst zurück. Dieselbe Taktik wie nach den Schüssen auf Baransky und Bonnies Mutter.

Der Schwarze ging im Vertrauen auf seine Kraft ohne Deckung auf mich los. Ich festigte meinen Stand, indem ich die Füße auseinander nahm, ließ die Arme unten.

Kalkulation: Bewegung im letzten Moment – Geschwindigkeit gegen Masseträgheit.

Er war ein massiger Typ. Vielleicht 110 Kilo. Alles Muskeln.

Wie schnell mochte er sein? Zehn, fünfzehn Stundenkilometer?

Mein Arm schnellte vor. Ich drehte meinen ganzen Körper in den Schlag. Spannte die Muskeln – ich musste nicht aufpassen, mir die Knöchel nicht zu brechen: Der Hals ist ein weiches Ziel.

Maximale Beschleunigung. Sechzig km/h, plus seine fünfzehn, insgesamt über 150 Kilo bewegte Masse.

Sein Kehlkopf krachte.

Die Wucht meines Schlags trieb mich seitlich zurück. Der Mann stürzte an mir vorbei.

Für einen winzigen Moment sah ich sein Gesicht, in seinen Augen das sichere Wissen um die Tödlichkeit der Verletzung.

Auf den Ballen tänzelnd, betrachtete ich ein paar Sekunden lang das alberne Karateka-Gefuchtel des anderen Typen. Trat ihm ansatzlos zwischen die Beine.

Als er mit den Händen auf den Eiern einknickte, griff ich mit beiden Händen seinen Nacken, hämmerte sein Gesicht auf mein hochschnellendes Knie. Aus dem Augenwinkel sah ich schon Miller angreifen, den Arm mit der Waffe erhoben.

Ich tauchte über dem kollabierenden Typen ab, als Miller die Pistole wie bei unserem letzten Kampf gegen meinen Kopf schwingen wollte. Drehte mich unter ihm ein, setzte einen Armhebel an, streckte meine Beine, warf ihn kopfüber auf die antiken Möbel, die an der Wand in Reihe standen, um der Büro-Szenerie Raum zu geben. Er zielte auf mich, schoss, aber ich war schon über ihm, hatte ihn am Haar, bei den Ohren gepackt. Ich rammte seinen Hinterkopf auf den Boden, wieder und wieder, bis seine Augen einrollten.

Der zweite Typ regte sich. Ich wankte schwer atmend hin, schlug ihm auf die Nase, dass er wieder still lag.

Ich richtete mich auf.

„Hände hoch", befahl der Zwilling, der am Schreibtisch sitzen geblieben war. Richtete zitternd eine Pistole auf mich, zwei Läufe übereinander, winzig wie ein Spielzeug zwischen seinen langen, altersfleckigen Fingern.

Ich war in Rage.

Jenseits jeder Vorsicht.

Ging direkt auf ihn los.

Drei lange Schritte – beim ersten riss er die Augen auf, Erschrecken und Überraschung im Blick.

Schritt zwei: Er ließ die Waffe fallen, hob abwehrend die Hände, als würde *ich* auf *ihn* zielen.

Drei: Ich packte mit beiden Händen die Tischkante, wuchtete den Tisch hoch, dass meine Sehnen von der Belastung brannten. Der Stuhl kippte mit dem Mann, der Tisch begrub Mann und Möbel.

Stille.

Ich fand den Autoschlüssel in der Hosentasche des Toten. Nahm die Scheine aus seiner Tasche an mich. Durchsuchte die anderen Kerle.

Ich wählte Faranaks Nummer. „Wo ist Sheri?"

„Sibel, Schätzchen, wo verdammt warst du, ich hab Vermisstenmeldung …"

„Ich wurde entführt. Keine Zeit jetzt. Ist Sheri in Sicherheit?"

„Sie war die ganze Zeit …"

„Lasst keinen zu ihr. Und ganz bestimmt keinen Flic. Okay?"

„Sie fragt immer nach dir, sie …"

„Fahrt am besten mit der Metro kreuz und quer durch die Stadt. Ich bin bald zurück. Küss sie von mir."

Simin Dufrennes erreichte ich zu Hause, wo mich eine sanfte Männerstimme begrüßte, um sie dann an den Apparat zu rufen.

Ich schilderte ihr knapp die Situation.

Sie sagte: „Ich lasse die Adresse nach der Telefonnummer ermitteln, von der Sie anrufen, komme dann sofort. Bleiben Sie, wo Sie sind."

Ich legte den Hörer neben das Telefon.

Halina und ich fesselten die Männer mit Kabeln, die wir von den Stehlampen abrissen. Wir fanden das Auto, einen Nissan, hinter der Mauer, fuhren auf die stille Landstraße hinaus. In den nächsten, den übernächsten Ort. Es gab da einen Bahnhof, einen Zug nach Paris. Ich überließ ihr die großen Scheine aus den Taschen der Männer, insgesamt über achttausend Franc. Den Rest behielt ich.

Man weiß ja nie.

Wir küssten uns unter Tränen, wünschten einander Glück.

Schwestern.

Ich fuhr zurück, parkte abseits der Einfahrt zum Haus, wartete.

Die Gendarmerie war zuerst da.

Dann die Rettungswagen.

Endlich fuhr auch Simin Dufrennes mit ihrem Zivil-Renault vor.

Es war vorbei.

Dachte ich.

***

Es ist seltsam. Das Missbrauchstrauma meiner Jugend bleibt stets präsent, mit Unmittelbarkeit und sogar wachsender emotionaler Wucht. Paris dagegen ist mit den Jahren langsam verblasst.

Vielleicht, weil es ein anderes Leben war.

In Berlin bin ich am Ort meiner Kindheit, auch wenn die Polizeiarbeit mich verwandelt hat.

Vielleicht verblasste es auch, weil ich meine Pariser Erfahrungen in meinem Alltag bei der Polizei aktiv nutze: Meine Kollegen kennen diese Hölle nicht.

Vorteil Schmitt.

Meine Flashbacks aus dieser Zeit beziehen sich hauptsächlich aufs Heroin. Spritzen machen etwas mit mir. Ich brauche nur eine zu sehen …

Zwischen zwei Momenten, in denen ich an Miller dachte, vergingen jedoch üblicherweise Monate. Ich hatte ihn abgehakt, Verdrängung spielte sicher eine Rolle.

Dann klingelte rund zehn Jahre nach meiner Befreiung das Telefon auf meinem Schreibtisch im LKA.

Die Stimme von Simin Dufrennes warf mich sofort um all die Zeit zurück in mein damaliges Leben. Ich saß wieder in ihrem Büro, zart, jung, schutzlos, sah in ihr Gesicht, das jene Klarheit, Ruhe und Sicherheit ausstrahlte, die ich nur von klugen, erfahrenen, im Wortsinn mütterlichen Frauen wie der Richterin kannte.

Sie klang aber ganz und gar nicht ruhig und sicher bei diesem Anruf.

Sie klang alarmiert.

Sie sagte: „Miller. Es geht weiter. Wahrscheinlich hat es nie geendet."

***

Diktat 6, 30. November

Wolken jagten über das Meer, vor die mit Türmen bekrönten Bergspitzen über Argelès. Die Brandung überdröhnte den Motor. Ich schaltete die Zündung aus, stieg aus meinem Audi, streckte mich.

Der Wind, nass von Gischt und Nieselregen, riss an meinem Haar, die Kühle biss durch mein T-Shirt.

Das Hotel war das letzte Haus der Straße. Die hatte kein richtiges Ende. Ihr Asphalt ging einfach in den Schotter eines Strandwegs über. Das Gebäude reckte kreidige Sechzigerjahre-Pastellfarben in den Herbst – Blaugrau, Türkis, Gelb, Rosa. Der Regen hatte dunkle Streifen darüber gezogen.

Ich probierte die Schwingtür.

Verschlossen.

So früh mochte ich nicht klingeln, zumal ich Luft brauchte, Bewegung nach der langen Fahrt.

Ich ging ans Wasser. Schaumige, graugrüne Brandung. Weit draußen zeichnete die Morgensonne zwischen Wolkenbänken Silberstreifen auf die brodelnde See.

Ich lief ein paar Schritte über den mit Schaum beflockten Sand. Eine Welle leckte meine Jeans bis übers Knie nass. Einem Impuls folgend, zog ich das T-Shirt aus, ließ es vom gestreckten Arm flattern, fliegen. Der Wind trug es im weiten Bogen davon. Es landete im Gestrüpp, wo der Strand in Vegetation überging. Ich stieg aus der Jeans, rollte sie ein, warf sie Richtung T-Shirt. Stürzte mich in die Brandung, schwamm hinaus. Weit, immer weiter.

Ich spürte, wie die Strömung mich nach Süden riss, in Richtung der Landzunge, wo die letzten Hügel der Pyrenäen steil ins Meer stürzten.

Als meine Arme müde wurden, ließ ich mich treiben, bis ich, fast schon am Hafen, dem östlich ausschwingenden Strand wieder nahe war.

Gegen die mächtige Unterströmung abfließender Wellen kämpfte ich mich an Land. Joggte auf der schiefen Ebene aus nassem Sand an der Brandung entlang zurück ans Ende der Straße. Der Wind trieb Gischt, Regen, Sandkörner so heftig gegen meine Haut, dass ich die Einschläge spürte.

Ich klaubte das T-Shirt aus dem Gestrüpp, zog es über, ließ die nasse, sandige Jeans eingerollt.

Im Erdgeschoss des Hotels brannte Licht, die Schwingtür stand offen.

Die Rezeption war zugleich Ladentheke und Bar. Dahinter standen ein unrasierter Mann und eine füllige Frau, der die rotgefärbten Locken aus dem Kopftuch quollen. Sie sah mich, riss die Augen auf, wandte sich grußlos ab, ging hinaus. Also sprach ich mit dem Mann mit dem Bartschatten, der meinen Gruß erwidert hatte: „Ahmad Diri?"

„Ja."

„Wir haben gemailt. Ich fürchte, ich bin zu früh. Ich hab ein Strandhaus gemietet und soll hier ab Mittag den Schlüssel abholen können."

„Kein Problem, Sie können gleich einziehen. Das Haus ist frei", sagte er. „Kaffee? Die Croissants sind gerade geliefert worden."

„Ja, bitte."

„Sie waren schwimmen?"

„Ja. Entschuldigen Sie, ich tropfe alles voll."

„Nicht schlimm. Aber Sie wissen, dass Schwimmen tödlich enden kann bei Sturm."

Ich zog die Schultern hoch. „Ich brauchte das. Ich war die ganze Nacht unterwegs."

Er schaltete die Kaffeemaschine ein, warf einen Blick auf die Tabelle auf der Magnettafel an der Wand. „Mme. Schmitt."

Ich nickte.

„Sie sind in einem Ritt aus Berlin gekommen?"

„15 Stunden, zwei Tankpausen inklusive."

„Wie weit ist das? 1500 Kilometer?"

„Über 1600."

Er legte ein Croissant auf einen Teller, ein silbern verpacktes Stückchen Butter daneben, ein Messer an den Rand, stellte den Teller vor mir ab. Goss Milch in eine Kaffeeschale, schäumte sie mit Dampf auf, ließ den Kaffee einlaufen.

„Sie waren kurz entschlossen mit der Buchung", sagte er. „Ich fürchte aber, das ist nicht die beste Jahreszeit für einen Strandurlaub."

„Der Sturm kann doch nicht ewig dauern." Ich biss vom Croissant ab. Es war noch warm und zerfiel in buttrig-weiche Blätter.

„Sie können auch erst mal hier im Hotel wohnen, wenn Sie wollen. Das Strandhaus steht zwar auf Stelzen, aber Sie kommen im Moment nicht mit dem Auto hin und auch nicht trockenen Fußes."

„Man kommt aber doch hin."

„Ja, klar. Aber die Wellen gelangen bis aufs Grundstück."

„Klingt spannend. Ich denke, ich ziehe gleich ein."

Er legte einen Schlüssel mit rotem Anhänger auf den Tresen. „Na dann, willkommen in Argelès. Zum Haus sind es drei Minuten. Sie gehen einfach den Weg weiter, auf der Rampe über den Fluss, dann am Camping vorbei rechts den Pfad zwischen den Pinien über die Düne. Ich würde sie hinführen, aber ich muss los. Meine Frau bringt Ihnen Handtücher und Bettwäsche."

Das Haus war ein flacher Quader auf einer vom Meer unterspülten Betonplatte, die auf mannshohen Pfeilern am Fuß der Düne stand.

Wenn es so etwas wie ein Grundstück gab, hatte das Wasser es sich geholt. Eine Einfriedung oder ein Zaun waren nicht zu erkennen. Zum Eingang an der mit einem Holzdeck belegten Terrasse führte eine Betontreppe auf der Seeseite, zu der es keinen anderen Weg gab als durch eine flache Brandungspfütze, die über Siele zur Wasserlinie abfloss.

Neben dem Eingang nahm die Küchenzeile eine Wand des Wohnraums ein. In der Mitte stand der Esstisch, am anderen Ende, der Küche gegenüber, bildeten zusammengewürfelte Sessel und ein Klappsofa um Fernseher und offenen Kamin eine Polsterlandschaft.

Der Sturm hatte die Glaswand zum Meer mit Salz bestäubt, eine Aussicht wie durch leichten Nebel.

Am Kamin vorbei ging ich ins Schlafzimmer, stellte meine Tasche aufs Doppelbett, blickte ins Bad, deponierte die nasse Jeans im Waschbecken.

Ich packte gerade meine Sachen aus, als die Frau einen Korb durch die Pfütze und die Treppe hinauftrug, an den Eingang klopfte. Ich rief laut „Ist offen!", ging ihr entgegen, nahm den Korb, stellte ihn auf den Tisch. Sie sah verloren aus, wie sie da stand in ihren Gummistiefeln und mich mit ihren braunen Augen anstarrte, die tief in dunklen Höhlen lagen. „Wenn Sie noch etwas brauchen …"

„Salaam, Douna", sagte ich, legte die Hände auf ihre Schultern, küsste ihre Wangen.

„Also hast du mich erkannt", sagte sie mit etwas schriller Stimme, wich bis an den Türrahmen zurück, musterte mich. „Unglaublich. Du hast dich nicht verändert. Du siehst phantastisch aus. Vielleicht etwas kantiger."

„Danke."

„Sieh mich an. Niemand würde denken, dass du vier Jahre älter bist als ich. Und zehn Jahre älter als damals."

Ich sagte nichts.

„Dass du hier bist, ist kein Zufall, oder?"

„Ich bin hier, um dich zu sehen."

„Wie hast du mich gefunden?"

„Erinnerst du dich an die Untersuchungsrichterin? Sie hat dich gefunden."

„Wie? Ich hab geheiratet und sogar meinen Vornamen geändert."

Ich zog die Schultern hoch. „Du bist untergetaucht. Hast du deshalb so getan, als würdest du mich nicht erkennen?"

„Was wir erlebt haben, macht uns nicht zu Freundinnen."

„Aber immerhin müssen wir einander nichts erklären."

Sie hatte plötzlich Tränen in den Augen. Ich sah, dass sie Mühe hatte, Fassung zu bewahren. „Was willst du hier?"

„Ich bin bei der Polizei", sagte ich, als wäre das eine Antwort.

„Warum läufst du rum wie eine Hure?"

Ich sah hinab auf meine nackten Beine. „Die Jeans ist nass."

„Ich hab dich am Strand gesehen." Sie klang voller Abscheu.

„Und warum läufst du herum wie eine türkische Bäuerin?", fragte ich zurück.

Leise antwortete sie: „So steht es im Buch."

Ich zwang mich zur Ruhe. „Im Buch steht auch, dass mein Arsch und meine Titten von Allah kommen – gelobt sei er. Außerdem: Nicht, dass ich irgendwas darauf gäbe, aber es war sowieso kein Mensch da draußen bei dem Wetter."

„Das kannst du nicht wissen. Mich hast du ja auch nicht gesehen. Schamlosigkeit ist Sünde. Du musst dich bedecken, sonst haben Männer sündige Gedanken."

Ich wurde nun doch etwas heftiger. „So steht das nicht im Koran. Und selbst wenn das da stünde: Das sollen die Kerle verdammt noch mal selbst mit ihrem Gott ausmachen!" Ich zeigte mit einem schiefen Grinsen auf die Narbe in meinem Gesicht. „Ich hab's außerdem schon bezahlt. Vorschuss."

„Im Koran steht, Frauen sollen nicht …"

„Frauen sollen dies nicht, sollen das nicht", rief ich. „Sie sollen auch nicht angeglotzt, angefasst, vergewaltigt werden. Oder verkauft. Oder geschlagen. Totgeschlagen. Es geschieht trotzdem. Das wissen wir beide. Meinst du, wir sind selbst daran Schuld?"

Sie sagte nichts.

Ich senkte meine Stimme. „Ich spüre mich nur bei hartem Sport und wenn ich mich auf Schmerz einlasse. Nach der langen Fahrt war ich völlig … taub. Verstehst du?"

Sie sagte nichts.

Ich drehte meinen Arm, dass sie die Schnitte sah. „Manchmal schneide ich mich auch."

„Ich weiß. Hast du damals schon gemacht."

„Schwimmen ist dann doch besser. Mein Körpergefühl ist schwer gestört."

„Das ist es nicht. Du warst nicht … so."

„Wie bin ich denn?"

Sie dachte nach. „Wie du vorhin reingekommen bist – als hättest du die Tür eingetreten. So warst du nicht."

„Weil ich mich nicht mehr verstecke?" Ich ließ die Schultern hängen, senkte den Kopf. „Ich kann's noch." Ich piepste: „Entschuldigt, Leute, ich bin Sibel. Ich bin eigentlich groß und stark, aber ich schäme mich so schrecklich …" Ich straffte mich wieder. „So kommst du nicht weit, wenn du dich bei der Polizei behaupten willst, schon gar nicht als Frau, und erst recht nicht, wenn deine Kollegen als erstes ‚Türke' denken, wenn sie dich sehen. Damals übte ich noch, mit mir zurechtzukommen."

Sie sagte nichts.

„Und du? Warum stehst du am Fenster, wenn andere schlafen? Träume?"

Sie lächelte matt. „Ich schlafe nie. Nicht richtig. Sie … sie kommen und … und … Sie nehmen mich. Immer, wenn ich einnicke. Sie halten mich fest, nehmen mich. Dann kann ich nicht mehr schlafen."

Ich nickte. „Es wird mit den Jahren schlimmer."

„Bei dir auch?"

„Flashbacks."

„Bist du in Therapie?"

„Hab ein paar Versuche hinter mir. Ich bin keine gute Patientin, fürchte ich. Und du?"

Sie schüttelte den Kopf. „Mein Mann weiß nichts davon."

„Deshalb bist du erschrocken, als du mich gesehen hast."

Sie nickte, starrte einige Momente lang leer. Straffte sich. „Also, warum bist du hier?"

Ich zog ein Handtuch aus ihrem Korb und drückte es gegen mein feuchtes Haar. „Hast du von Miller gehört in der letzten Zeit?"

Seinen Namen zu hören, schüttelte sie. „Nein."

„Er wurde damals trotz Freispruch suspendiert, hat aber nach ein paar Monaten wieder in den Polizeidienst zurückkehren können, praktisch ein Neubeginn in der tiefen Provinz. Er hat Karriere gemacht. Inzwischen ist er Präfekt."

„Und was hat das mit mir zu tun?"

„Der Präfekt ist der höchste Beamte eines Département, direkt dem Präsidenten unterstellt."

„Das weiß ich."

„Miller wurde vom Präsidenten ernannt, weil er sich vom Front National abgewendet und sich bei Wechselwählern für ihn stark gemacht hat. Zur Belohnung. Ohne Millers Wahlkampfhilfe bei den Rechten wäre es für ihn knapp geworden."

„Na und? Es ist vorbei. Auch wenn der Prozess damals nicht gut verlaufen ist."

„Das ist es gerade. Es ist nicht vorbei. Die Untersuchungsrichterin rief mich vor einigen Wochen an: In Paris war eine junge Frau angefahren worden. Sie irrte halb nackt durch die Stadt, stand unter Drogen und war schon vor dem Unfall schwer verletzt gewesen. Ein Rechtshänder hatte ihr mit unglaublicher Brutalität das Gesicht zerschlagen."

Douna krampfte ihre Hände ineinander. Auch ich sah Liz vor mir.

„Sie ist gestorben und wurde" – ich malte Anführungszeichen in die Luft –„‚versehentlich' gleich eingeäschert, bevor eventuelle Spuren gesichert waren."

„Und was hab ich damit zu tun?"

Draußen jagte der Sturm Bleiglanz-Flecken über das Meer, wo Sonnenstrahlen zwischen Wolkenfetzen eine Lücke fanden. Das Strandhaus vibrierte mit dem Donner der Brandung.

Douna stützte sich auf die Lehne eines Stuhls am Esstisch.

„Wir brauchen dich, um die Sache noch mal vor Gericht zu bringen", sagte ich. „Dass ich damals als Einzige gegen ihn aussagte, war aussichtslos ohne harte Beweise oder wenigstens noch weitere Zeugen. Die führten mich vor nach allen Regeln der Rechtsverdreherei. Erst nahmen sie mich gegen den Vorwurf überzogener Notwehr in Schutz, dann ruinierten mich dieselben Argumente als Zeugin: Die arme durchgedrehte junge Frau, bedauernswerte, traumatisierte Drogenhure – nun hängt sie einem Flic und unbescholtenen Anwälten ihr eigenes Elend an, obwohl die immer nur das Beste für sie wollten. Es trug einiges zur Einschätzung der Belastungszeugin Yurdal bei, dass ich in meiner, wie sie sagten, subjektiv als lebensbedrohlich empfundenen Notlage einem Mann den Kehlkopf zertrümmert, einen anderen mit einem Schreibtisch beworfen hatte. Sie stellten mich dar wie eine Furie und heuchelten zugleich Verständnis. Dazu kam, dass ich meist die Augen verbunden hatte. Es reichte nicht für ein Urteil. Unter diesen Umständen hätte es gar nicht vor Gericht gehört. Und jetzt würde es nicht für die Wiederaufnahme der Ermittlungen reichen."

„Aber ich hatte doch auch die Augen verbunden, wenn wir … wir …"

„Aber du hast ein Kind von ihm. In Kombination mit unseren Aussagen ist das ein zwingender Beweis für den Missbrauch einer Minderjährigen."

Sie schwankte, als hätte ich sie geschlagen. „Woher weißt du das?", krächzte sie.

„Dir war immer schlecht, vor allem morgens. Ich dachte schon damals, du könntest von einem der Männer oder von Miller schwanger sein, aber wir fanden dich nicht. Als mich die Richterin jetzt anrief und sagte, wir müssten irgendeinen Weg finden, Miller zu stoppen, fiel mir das wieder ein. Das Verfahren kann nur mit neuen Beweisen wieder eröffnet werden. Diese Vaterschaft ist dafür perfekt."

Sie zog den Stuhl vom Tisch, ließ sich auf den Sitz fallen. „So hast du mich gefunden. Mein Sohn ist meine einzige Verbindung zu damals."

„Zur Zeit des Prozesses warst du unauffindbar, nun ist das Kind deine Spur. Du hast deine Adresse immer aktuell gehalten bei der Adoptionsbehörde", bestätigte ich.

Sie hatte plötzlich wieder Tränen in den Augen. „Er soll seine leibliche Mutter mal finden können, wenn er nach ihr fragt." Sie kräuselte die

Stirn. „Aber woher wisst ihr, dass es sein Kind ist? Er war ja nicht der Einzige, der … Ich weiß es jedenfalls nicht, ich habe keine Angaben zum Vater gemacht."

„Es gibt einen Gentest. Das Ergebnis ist eindeutig."

„Was wollt ihr also noch von mir?"

Ich setzte mich ihr gegenüber. „Dass Richterin Dufrennes die Information über die Geburt und die Adoption bekommen hat, ist illegal. Du hast ein Recht auf Anonymität. So ist das Gesetz, und auch sie muss sich daran halten. Wie sie an Millers DNS für den Vaterschaftstest gekommen ist, will sie mir nicht verraten. Das war sicher auch nicht sauber. Also ist das Testergebnis allein nicht verwendbar. Um es bei Gericht einzubringen, braucht sie neue Anhaltspunkte. Ohne dich gibt es keine."

„Ich werde auf gar keinen Fall …"

„Hör mich an, bitte", unterbrach ich. „Die Story könnte so gehen, dass wir uns zufällig getroffen und geredet haben, du erzählst dabei von deinem Kind, ich informiere die Richterin, und dann kann sie mit deiner Genehmigung den Nachweis der Vaterschaft offiziell betreiben, zur Beweiserhebung. Du musst nur noch aussagen."

„Und Miller hält still, glaubst du. Das tut er niemals …"

„Was soll er dir tun? Wenn du richterlich vernommen bist und deine Aussage korrekt protokolliert ist, lohnt es sich nicht mehr, dich auszuschalten."

„Er hat mich bedroht, seinerzeit."

„Er hat uns alle bedroht. Deshalb sagte am Ende nur ich gegen ihn aus. Und er hat mir nichts getan."

„Du allein warst keine Gefahr. Sagst du ja selbst. Inzwischen hat er mehr zu verlieren."

„Stimmt, einerseits. Aber das gilt erst recht, wenn er dabei erwischt wird, eine Zeugin kaltzustellen."

Sie atmete tief ein. Schüttelte den Kopf. Sagte: „Ich weiß nicht."

Ich legte alle Überzeugungskraft in meine Stimme: „Auf Simin Dufrennes kannst du dich verlassen. Und auf mich auch. Ich arbeite bei der Sitte. Weißt du, warum ich bei Zuhältern und Kollegen als beinharte, humorbefreite, fundamentalfeministische Zicke gelte?"

Sie musste wider Willen lachen. Schüttelte den Kopf.

„Weil ich mich bei äußerster Dehnung meines gesetzlichen Spielraums für die Opfer einsetze. Ich hab in Berlin jeden Tag mit Frauen zu tun, die gegen Schlepper, Luden, gewalttätige Freier aussagen. Es ist meine Pflicht, sie zu beschützen. Sogar vor den lieben Kollegen von den Ausländerbehörden, die immer wieder meine Zeuginnen abschieben wollen."

„Echt?", fragte sie ungläubig.

„Ja, echt: Zeuginnen von Menschenhandel und Zwangsprostitution haben eine Adresse, sie sind erreichbar, und als Illegale haben sie sich selbst strafbar gemacht. Mit denen kannst du deine Statistik also schnell und leicht aufbessern, wenn du sonst niemand zum Abschieben findest."

„Aber dann landen die doch direkt in den Armen der Schlepper, gegen deren Geschäftspartner sie …" Sie schüttelte den Kopf.

„Mach das den deutschen Politikern klar, die die Rechtslage nicht ändern", sagte ich. „Glaub mir, ich weiß, wovon ich rede, wenn ich sage: Wir lassen dich nicht fallen." Ich öffnete langsam die Arme. Eine mütterliche Geste wie eine Einladung zur Umarmung, bewährt aus Hunderten Vernehmungen. „Überhaupt bin ich zur Polizei gegangen, um Frauen wie dir – wie uns – zu helfen. Du erinnerst dich, ich hab Jura studiert. Mit meinen guten Noten hätte mich jede Kanzlei genommen, ich hätte phantastisch verdienen können. Das Beispiel Simin Dufrennes' hat mich zur Polizei gebracht. Unser Fall ist wie ein Stachel für mich, der mich anspornt, immer daran erinnert, worauf es ankommt. Den Opfern zu ihrem Recht zu verhelfen, ist meine tägliche Arbeit. Und ich mache das gut."

Ich sah, dass ich sie fast hatte, legte nach: „Ich dachte bisher, wir haben den Prozess zwar verloren, aber immerhin haben wir Miller und seine Leute gestoppt. Kannst *du* mit dem Wissen leben, dass es nicht so ist?"

Sie wich meinem Blick aus. Ich sah dennoch: Sie glaubte mir, wollte mir folgen.

Aber etwas hielt sie zurück. Vielleicht rückte sie damit heraus, wenn sie die Hoffnung auf den Fehler in meiner Argumentation, der mich am Ende selbst zum Rückzug zwingen würde, aufgegeben hatte.

Einstweilen versuchte sie es weiter: „Eure Idee kann nicht funktionieren. Eine zufällige Begegnung – wer soll das glauben?"

Ich lächelte. „Völlig richtig. Aber hier hilft ein echter Zufall: Ich … ich hab manchmal Probleme zu Hause. Dann fahre ich allein weg, um Abstand zu kriegen. Ich war auf meinen Touren schon in Saint-Cyprien und in Racou, quasi nebenan. Es liegt also gar nicht so fern, dass ich bei der Suche nach einem Strandhaus irgendwann bei euch lande … Ich hab nachgesehen, es gibt so viele Angebote nicht, die man sonst noch online buchen kann."

Ich sah, dass ihr die Antwort nicht gefiel.

Sie fragte: „Probleme zu Hause – weiß dein Mann Bescheid?"

„Er weiß alles."

„Und?"

„Was, und?"

„Was sagt er?"

„Was soll er sagen? Er hat ein Problem damit, dass ich – ähm – sagen wir, nicht sehr liebebedürftig bin, rein körperlich. Aber er hat Verständnis. Manchmal für meinen Geschmack sogar zuviel."

„Zuviel Verständnis? Was meinst du?"

„Wir geraten oft aneinander. Kann sehr laut werden. Aber im Grunde ist er so scheiß-verständnisvoll, dass ich mir manchmal wünsche, dass er heftiger würde, wenn ich wieder eher meinem Trauma als meinem Verstand folge."

„Schmitt – ein Deutscher?"

„Groß und blond, wie sich das gehört."

„Die sind anders. Sie haben eine andere Einstellung."

Ich deutete auf meine Narbe. „Mein Cousin ist jetzt nicht der Maßstab für die typische Einstellung eines Muslims, oder wie meinst du …?"

„Das ist mir klar. Trotzdem …"

Ich ließ ihr Zeit.

Sie fragte: „Ist dein Mann älter als du?"

„Könnte fast mein Vater sein. Sechzehn Jahre."

„Dann ist sowieso alles anders."

„Männer jeder Kultur und jedes Alters sind besitzergreifend. Die einen so, die anderen anders – und Anselm Schmitt ist eine sanfte Macht. Das nervt im Ernstfall nicht weniger als Macho-Gehabe."

Sie schwieg.

Ich fragte: „Und du? Gute Ehe?"

Sie schüttelte heftig den Kopf. „Mein Mann würde mir nie verzeihen …"

„Du warst ein Kind, du wurdest gezwungen, das wird er einsehen."

„Ich war eine Nutte. Beschmutzt ist beschmutzt. Der Tod wäre besser."

Etwas passte nicht. Sie verhielt sich wie ein Täter, nicht wie ein Opfer.

„Dachte er etwa, du kommst jungfräulich in die Ehe?"

Sie nahm die Hände vors Gesicht und nickte. „Ich hab ihn belogen. Es gibt Tricks …"

Wir waren endlich beim Kern ihres Widerstands gegen eine Aussage.

Ich ersparte ihr die Frage, was sie tun würde, wenn ihr Sohn eines Tages nach Argelès käme – dann wäre es unvermeidlich, ihrem Mann zu offenbaren, was ihr geschehen war. Und dass sie ihn über ihre Jungfräulichkeit belogen hatte.

Aber Menschen sind so.

Irrational.

Widersprüchlich.

„Okay", sagte ich. „Dann haben wir in der Tat ein Problem."

Als Douna gegangen war, nahm ich mein Handy. „Sie wird nicht aussagen", sagte ich zu Simin Dufrennes, als hätten wir zuletzt vor Minuten geredet. „Sie ist verheiratet mit einem konservativen Mann. Ihre Ehe wäre am Ende, wenn er wüsste, dass sie nicht unberührt in die Ehe gegangen ist."

„Nichts zu machen?"

„Ich habe nicht insistiert. Sie wissen selbst, dass mit solchen Männern schwer zu reden ist. Sie definieren ihre Ehre über den Grad der Kontrolle, die sie über ihre Frauen ausüben. Douna macht sich da keine Illusionen, sie wird ihn gut genug kennen. Auch sie selbst ist inzwischen sehr konservativ."

Es gab eine lange Stille. Ich wusste, was in ihr vorging. Sie spielte es durch vor dem Hintergrund ihrer eigenen Erfahrungen. Wir waren beide den harten Weg gegangen, beide nun ohne den Schutz der Familie in einer fremden, oft feindseligen Gesellschaft. Wir wussten, welche Kraft dies erforderte. Schließlich sagte sie: „Dann wird Miller gewinnen. Es sei denn, wir gehen mit dem, was wir wissen, an die Öffentlichkeit."

„Auch dann wäre Douna früher oder später exponiert", stellte ich fest. „Wir haben nur den einen DNS-Beweis, und es gibt keine andere, die noch aussagen könnte. Sie sagten selbst, dass sich jede weitere Suche nach den verschwundenen Mädchen erübrigt."

Wieder schwieg sie lange. „Es ist doch die Frage, was das höhere Gut ist. Dounas Ehe mit einem verbohrten Pascha oder die Aufklärung einer Serie Vergewaltigungen, Entführungen und wohl auch Morde?"

„Reden Sie es sich nicht schön. Ich kenne Dounas Mann nicht näher, aber er kommt mir nicht wie ein verbohrter Pascha vor. Er ist wahrscheinlich einfach nur der Durchschnitts-Muslim, konservativ, aber nicht boshaft. Was meinen Sie: Wie viele westlich geprägte Männer könnten damit leben, dass ihnen ihre Frau ein solches Vorleben und sogar ein Kind verschwiegen hat? Nein, es ist Dounas Sache. Ich will ihr Leben nicht zerstören. Sie muss bereits mit dem Trauma leben."

„Hier geht es um ein höheres Gut, Miller ist Präfekt, und wer weiß, was er …"

„Als ob die Welt davon unterginge", unterbrach ich sie. „Der Kriegsverbrecher und Massenmörder Papon wurde nach dem Krieg Präfekt in Paris und jagte Algerier, dennoch wurde er später noch Finanzminister. Er konnte fast 90 werden, bis man ihm den Prozess machte. Dagegen ist Miller eine kleine Nummer."

„Das klingt so gar nicht nach Ihnen, Sibel."

Sie hatte mich zum ersten Mal beim Vornamen genannt. Die unverkennbare Enttäuschung in ihrem Ton gab mir einen Stich.

„Wir sind alle Überlebende", sagte ich, gegen Tränen kämpfend. „Daher sind wir einander verbunden. Sie liebe ich wie eine Mutter dafür, dass Sie mir gegen alle Vernunft vertrauten, als ich in Schwierigkeiten war. Wir beide sind Kriegerinnen, wir wagen etwas. Aber Douna hat keine Kraft mehr. Sie ist ausgekämpft. Ich respektiere das. Es wäre wie eine weitere Vergewaltigung, es nicht zu tun."

„Gut." Sie klang kühl. Das gab mir wieder einen Stich.

„Überhaupt, was beweist ein uneheliches Kind?", sagte ich. „Er hatte wie viele andere Männer Sex mit Douna, das ist alles. Wir wissen doch, was die daraus machen: Noch eine Ex-Nutte, die sich was einbildet. Wir brauchen mehr. Viel mehr."

Sie schwieg.

„Und dann vermuten wir doch nur, dass Miller noch dabei ist. Wir sind darauf fixiert. Wir wollen es. Aber was wissen wir? Nichts! Oder wissen Sie mehr als ich?"

„Ich sagte schon: gut", schnarrte sie. „Und jetzt?"

„Ich habe drei Wochen freigenommen. Ich finde einen Weg. Aber es muss ohne Douna gehen. Vielleicht macht Miller einen Fehler. Vielleicht finde ich etwas Neues heraus. Es gibt genug Material gegen ihn, davon bin ich überzeugt. Unmöglich, dass es keine losen Enden gibt, die wir aufnehmen können. Wir müssen sie nur finden."

„In drei Wochen – nach all den Jahren!"

„Sie könnten zum Beispiel die privaten Konten der beiden Anwälte prüfen, für die ich damals arbeitete."

„Wie kommen Sie jetzt darauf?"

„Eine Ahnung, eine Hoffnung. Tun Sie's, und wir werden sehen."

„Das ist illegal ohne offizielles Ermittlungsverfahren."

„Auch nicht mehr als der DNS-Test an Dounas Sohn."

„Das sind Anwälte, die würden mich auseinandernehmen, Sie wissen das. Wir haben die Konten außerdem schon damals geprüft."

„Es geht nicht um damals. Es geht um die Zeit seither."

„Was suche ich?"

„Hinweise auf Erpressung."

„Haben Sie einen konkreten Verdacht?"

„Nein. Wie gesagt …"

„Jaja, Hoffnung, Ahnung", sagte sie scharf. „Wir waren schon viel weiter."

„Douna zur Aussage zu zwingen, ist keine Option. Betrachten Sie dies als anonyme Anzeige einer Erpressung. Versuchen Sie es wenigstens."

„Wir hören voneinander." Sie kappte grußlos die Leitung.

***

Diktat 7, 1. Dezember

Ich war nass, kalt. Lärm war um mich, ich hatte schreckliche Angst. Ich spürte, dass ein Mann an meinem Bett stand, schwer, sprungbereit.

Bereit, mich zu nehmen.

Ich hatte keine Chance in meinem Zustand der Hilflosigkeit. Schreien würde nichts bringen. Wenn ich wenigstens sehen könnte!

Ich ordnete meine Wahrnehmungen.

Ich war nicht gefangen, nicht in Paris, nicht in Berlin.

Ich war in Argelès. Der Lärm kam von Sturm und Brandung, die gegen das kleine Haus antobten.

Ich hatte im Angsttraum geschwitzt.

Ich fror, weil es einen Luftzug gab. Eine Tür oder ein Fenster war geöffnet worden.

Ich war nicht allein.

Geweckt hatte mich dieser Geruch: Der Mann rauchte schwarzes Kraut, Gauloises oder Gitanes.

Er roch sauer nach diesen Zigaretten und nach Rotwein.

Wie Miller.

Ich öffnete die Augen.

Er hatte sich über mich gebeugt. Ich sah nur seine dunkle Masse gegen die hellere Zimmerdecke: ein kompakter Mensch, schwellende Muskeln, Bauch, nicht groß, Arme wie ein Gorilla. Mehr sah ich nicht. Im großen Zimmer brannte Licht, das sich hinter ihm schwach in der Panoramascheibe spiegelte.

Eine Schrecksekunde lang verharrte er, sprang zurück, hob sein Gewehr, zielte.

Ich rollte aus dem Bett.

Er schoss. Ein ungeheurer Knall. Schaumstoffflocken stoben aus der Matratze.

Er zielte.

Ich kauerte mich zusammen, nahe bei seinen Füßen – bloß unter der Mündung bleiben. Er versuchte einen Ausfallschritt rückwärts, stieß an die Wand. Ich hielt mich unterm Lauf, ließ ihm keine Chance zum Zielen. Er hätte ein Riese sein müssen dafür. Er war nicht mal so groß wie ich.

Irgendwo in mir fragte die Polizistin sich, warum er nicht mit einer Pistole arbeitete. Oder mit dem Messer. Ein Gewehr ist auf Nähe Schwachsinn.

Auch das war Glück: Jagdwaffen gab es in Frankreich in jedem Haushalt. Ein Gewehr, einen Hirschfänger. Nicht zwingend eine Pistole.

In den USA wäre ich schon tot gewesen.

Ich verteidigte mich im Reflexmodus, umklammerte seine Beine mit aller Kraft. Setzte meine Sohlen auf, spannte meine Schenkel an, dass es weh tat. Hob ihn von den Füßen, verlor unter seinem Gewicht das Gleichgewicht, kippte hinten über. Drehte mich, so lange meine Füße Bodenkontakt hatten, um nicht auf der Bettkante zu landen. Er traf mit Schultern und Kopf den Nachttisch. Schoss in die Decke, Gipsstaub hing in der Luft. Wir husteten beide.

Ich hielt mich an seinen Beinen fest. Er wollte zielen, konnte aber nicht, ohne Distanz. Ich griff um, erst mit dem einen, dann mit dem anderen Arm, packte den heißen Lauf. Er hielt das Gewehr fest. Ich zog mich daran hoch. Es wäre jetzt Zeit für ihn gewesen, loszulassen, sich zu wehren. Aber er war auf die Waffe fixiert, nutzlos, so lange ich den Lauf niederzwang.

Ich kam über ihn, klemmte die Waffe ein. Nun ließ er das Gewehr, packte meine Oberarme. Er hatte den schlechteren Hebel, aber Kraft, viel Kraft, bäumte sich unter mir auf.

Hundertzwanzig, hundertdreißig Kilo stahlharte Muskulatur gegen mich Leichtgewicht: Mir blieben Sekunden.

Auch dies einzuschätzen, lernt man im Kampfsporttraining: Er oder ich.

Würgegriff?

Hätte ich nicht lang genug gehalten.

Betäubungsschlag?

Nicht bei diesem Kerl. Zu unsicher, ob er wirkt. Ein Typ wie der hat einen anderen Knochenbau als ich. Ich konnte mir bei einem ungenauen Treffer an seinem Schädel die Knöchel brechen.

Mit beiden Händen griff ich seinen Kopf, ruckte ihn zur Seite. Seine Halsmuskeln gegen meine Oberarme.

Er erkannte meinen Plan. Sehnen traten hervor, als er sich gegen die Bewegung sperrte. Er brüllte, zerrte an meinen Armen, drückte den Rücken durch.

Ich ritt auf seinem Bauch wie auf einem bockenden Stier, musste immer wieder mit einem kraftvollen Zucken meine Arme aus seinen Händen befreien.

Ich packte ihn mit gespreizten Fingern bei den Schläfen, drückte die Daumen in seine Augenhöhlen. Er zog die Knie an, traf meinen Rücken mit einer Wucht, die mir die Luft nahm. Ich kippte nach vorn, spürte, wie er sich unter mir wegzudrehen versuchte, klemmte ihn zwischen den Schenkeln ein. Er hielt seine Beine oben. Gegen diesen Widerstand kam ich nicht zurück, um auf seinem Körper zu sitzen. Er drehte sich, stützte sich ab.

Ich wusste: Gibst du ihm Raum, macht er dich alle. Steht er auf, und du bist am Boden, erledigt dich sein nächster Tritt.

Sein Hebel musste kurz bleiben, sein Aktionsradius begrenzt.

Ich winkelte meinen Arm um seinen Hals.

Er richtete sich auf, hob mich an, als wäre das nichts, riss an meinem Arm, drehte sich um die eigene Achse, um mich loszuwerden, rammte mich gegen die Betonkante am Durchgang zum großen Zimmer, klemmte mich zwischen sich und der Wand ein, trat zwei Schritte vor, rannte wieder gegen die Kante an.

Ich griff nach, zerrte an seiner Stirn, seinem Ohr, um seinen Kopf zur Seite zu drehen, ruckte mit aller Kraft, wieder und wieder, während er mich, wütend brüllend, gegen die Kante schmetterte.

Etwas in seinem Hals löste sich. Ich spürte das Knacken nur in den Händen, da mir die Schüsse noch in den Ohren hallten.

Sein Widerstand brach im selben Moment. Er knickte ein. Begrub mich unter seinem Oberkörper.

Es stank plötzlich.

Als sein Genick brach, hatte er die Kontrolle über seinen Darm verloren.

Ich hielt noch immer seinen Kopf umklammert. Musste mich zwingen, loszulassen, entspannte mich, schwer atmend, wirre Gedankenfetzen im Kopf.

Ich kämpfte mich unter ihm hervor, betrachtete ihn. Vielleicht 45, kurzes, dunkles Haar, graue Augen, Bartschatten. Figur eines Preisboxers, etwas zu füllig. Die langen Arme, Hände wie Spatenblätter. Wattierte Pilotenjacke aus glattem, mittelbraunem Stoff, Pullover drunter, die Jeans nass von der Brandung, dito die billigen Sportschuhe.

Keine besonderen Kennzeichen.

Ich stützte mich aufs Bett, stand schwankend auf. Horchte in mich hinein, betastete meine Seite, meinen Rücken, versuchte, bewusst in den Schmerz zu gehen, aber spürte fast nichts.

Mein gestörtes Körpergefühl half nicht, meinen Zustand einzuschätzen.

Ich schaltete das Licht ein, drehte mich vor den Spiegeltüren des Kleiderschranks.

Meine Haut war blutunterlaufen an den Stellen, wo er mich gegen die Kante geworfen hatte. Überall an meinem Rücken, meinen Seiten waren diese Quetschungen und Prellungen. Meine Nase blutete, meine Lippe war über den Schneidezähnen geschwollen.

Alle Gelenke bewegten sich frei, keine offenkundigen Verletzungen.

Gut.

Ich durchsuchte ihn. Fand Mobiltelefon, Schlüssel, ein Feinmechaniker-Besteck zum Knacken von Schlössern, Gitanes ohne Filter und ein Feuerzeug, ein Portemonnaie mit Bankkarte und rund 70 Euro Bargeld.

Am Gürtel hingen Handschellen.

In einer der hinteren Taschen, in einer vergilbten Klarsichthülle, eine weiße Plastikkarte: Tricolore-Bauchbinde, sein Foto zeigte ihn jünger, schlanker.

Name, Rang, Dienststelle.

Ein Polizist.

Nicht aus der Nähe.

Sein Chef saß Hunderte Kilometer entfernt.

Miller.

Keine Überraschung.

Zuerst musste ich klären, ob der Typ allein gekommen war.

Ich knipste das Licht aus, ging ins Wohnzimmer, schaltete die Stehlampe aus. Die Tür stand offen, der Sturm wehte salzige Tropfen ins Haus.

Die Flut stieg noch. Am Fuß der Treppe brodelte die Brandung, schäumte bis an meine Hüften. Die Unterströmung des zurückfließenden Wassers zerrte an mir, als ich zur Düne watete.

Ein Peugeot parkte leer am Zaun des Campingplatzes, Kennzeichen aus Millers Bezirk. Er hatte das Auto schon gedreht, für die schnelle Flucht nach dem Mord. Ich joggte zur Sicherheit zum Ende der Straße. Ich sah von weitem, dass mein Audi allein auf dem letzten Parkplatz stand, sonst gab es nur den alten Transporter mit der Werbung für Dounas Hotel am Straßenrand gegenüber.

Ich drehte um, nahm, zurück im Haus, mein Handy und hielt erst einmal inne: Es war offensichtlich, dass sie über meinen Anruf bei Simin Dufrennes auf meine Spur gekommen waren – sie mussten sie abhören. Wir hatten uns zuvor nur per E-Mail über meinen Ausflug nach Frankreich ausgetauscht. Hätten sie unseren Dialog online verfolgt, hätten sie schon Wochen früher einen Angriff auf Douna unternehmen können, auf deren Aussage unser Plan basierte. Sie hätten mich auch als deutsche Polizistin offiziell oder unter irgendeinem Vorwand auf dem Weg daran hindern können, in Frankreich zu ermitteln. Statt dessen war ich ungehindert – teils erheblich zu schnell – rund tausend Kilometer weit diagonal durchs Land gefahren.

Die Protagonistin, besprochen in dem Telefonat, war ich: daher der Angriff.

Ich spielte es durch: Welche Optionen hätte ich an Millers Stelle?

In seiner Region ist ein Präfekt praktisch allmächtig, aber nur dort. Miller hatte in Paris Verbindungen, vor allem in Polizeibehörden, so dass er das Telefon der Richterin über die Telefonanlage in ihrem Gebäude hätte anzapfen können.

Das war technisch simpel und diskret. Man brauchte nur die richtigen Freunde.

Er konnte auch ihr Büro und ihre Wohnung verwanzen und von seinen alten Kumpanen überwachen lassen. Er würde aber einen Gerichtsbeschluss benötigen, um mehr zu tun, als die Standorte von Dufrennes' und meinem Handy zu verfolgen, wofür eine simple Software reichte.

Ich konnte also sicher sein, dass Miller einen Anruf von Mobil- zu Mobiltelefon nicht abhören konnte und SMS genau so wenig zu Gesicht bekäme wie zuvor die E-Mails.

Ich wählte ihre Nummer, kam nur auf den Anrufbeantworter. „Simin, wir werden abgehört, sie verfolgen unsere Bewegungen. Ich kann nicht ausschließen, dass Sie eine Wanze in Ihrem Büro oder Privaträumen haben. Denken Sie an unser Gespräch gestern Nachmittag: Zeugen sind in Gefahr."

Douna war ebenfalls nicht mehr sicher.

Ich hatte sie in dem Gespräch zwar als Zeugin ausgenommen, aber ihr Potenzial damit bekannt gemacht.

Irgendwer würde auf jeden Fall nach Argelès kommen, schon um nach dem Mann zu suchen, dem ich den Hals umgedreht hatte.

Am Kühlschrank des Strandhauses hing eine Handynummer „für Notfälle": Douna hob nach drei Klingeltönen ab.

Sie klang nicht, als ob sie geschlafen hätte.

Ich sagte: „Mein Besuch hier hat dich in Gefahr gebracht. Ich wurde verfolgt, und alles deutet darauf hin: Zeugen werden beseitigt. Du musst verschwinden."

Der Schreck machte sie hecheln. Vielleicht schluchzte sie auch. Wer kann das unterscheiden? „Was … Und was soll ich …"

„Du brauchst deinem Mann nichts zu sagen. Kannst du unter irgendeinem Vorwand wegfahren? Zu Freunden vielleicht? So dass du ein paar Tage nicht hier bist?"

„Ich fahre manchmal nach Paris. Aber …"

„Dir fällt schon etwas ein. Aber fahr noch heute. Setz dich in den Zug und verschwinde. Sag auch deinem Mann nicht, wo du bist."

„Das geht nicht."

„Jemand wird herkommen, ich bin sicher. Du hast deinen Namen geändert, aber sie werden in meiner Nähe nach dir suchen. Deinem Mann tun sie nichts, sie haben immer nur unmittelbare Zeugen erledigt. Aber sie werden ihn ausquetschen, um dich zu finden. Besser, er weiß nichts."

„Verdammt, Sibel, du bringst mich in Schwierigkeiten. Ich hab dir gleich gesagt …"

„Das führt uns jetzt nicht weiter. Würdest du gleich aussagen, wärest du außer Gefahr. Aber ich akzeptiere deine Entscheidung, und es tut mir sehr leid, dich in Schwierigkeiten zu bringen. Versprich mir, dass du wegfährst."

„Wie erfahre ich, dass die Gefahr vorbei ist?"

„Ich werde es dich wissen lassen. Aber ruf mich nicht zurück, lösch die Verbindung."

„Du machst mir Angst."

„Gut! Sehr gut!"

Sie ließ ein nervöses Lachen hören. Das beruhigte mich. Ein solches Lachen in dieser Situation erforderte Kraft, einen gewissen Abstand.

Ich sagte: „Versprich mir, dass du wegfährst, damit du sicher bist. Mindestens für eine Woche. Ich wäre untröstlich, wenn dir was passiert."

„Ja." Das klang halb entschlossen.

„Versprich es mir."

„Ich verspreche es."

„Danke." Ich kappte die Verbindung, löschte den Anruf und ihre Nummer aus dem Verzeichnis meines Telefons.

Ich widerstand dem Impuls, es abzustellen, den Akku herauszunehmen. Sie hatten mich sowieso.

Der Gestank nach den Exkrementen des Toten hing im ganzen Haus. Ich musste ihn loswerden.

Ich zündete mir eine seiner Zigaretten an, inhalierte tief den würzigen Rauch, aktivierte sein Handy, ging seine Kontakte und seine Anruflisten durch, merkte mir Millers Handynummer, die vier von sechs der letzten Verbindungen markierte, die Festnetznummer seiner Präfektur.

Ich stopfte dem Toten die Sachen wieder in die Taschen, sah mich um nach irgendwas, was er verloren haben könnte: Da war nichts.

Im Bad fand ich im Wandschrank eine abgenutzte Nagelbürste. Ich maniküre den Mann sorgfältig mit meinem Schweizermesser, bürstete nach.

Er hatte überraschend weiche Handflächen, gepflegte Fingernägel. Ein Büromensch, bei aller rohen Kraft.

Vielleicht war Mord sein Ausgleichssport.

„Spaß."

Vielleicht trainierte er nur dafür noch.

Ich fand Blutflecken an seiner Jacke.

Mein Nasenblut.

In der Küche, im Fach unter der Spüle, stand eine Literflasche Chlorbleiche, mehr als halb voll. Ich goss etwas davon in einen Suppenteller, löffelte sie auf die Flecken, durchtränkte den Stoff.

Das entfärbte örtlich die Jacke, und von meinem Blut blieben graue Wolken. Dann kam der schwere Part.

Ich öffnete das Panoramafenster, so weit es zur Seite zu schieben war, kniete mich neben den Leichnam, packte seinen Arm, legte ihn über meine Schulter, buckelte mich unter die Last, drückte mich aus den Oberschenkelmuskeln hoch, schleppte ihn hinaus aufs Holzdeck, ans Geländer, wuchtete ihn darauf, drückte und schob, gab schließlich seinem nach innen hängenden Bein, das ihn noch hielt, einen Impuls mit beiden Händen. Er bekam Übergewicht, fiel.

Die Brandung spülte ihn erst unters Haus, dann zog sie ihn Richtung offenes Wasser, spülte ihn wieder hoch, nicht ganz so weit, dafür sog sie ihn weiter hinaus, spülte ihn hoch, sog ihn hinaus wie eine Aufblaspuppe, der halb die Luft entwichen war, mit grotesk abgespreizten Armen und Beinen. Dann sah ich nur noch schäumendes Wasser.

Ich untersuchte das Gewehr: eine alte Jagdwaffe, verziert mit Jugendstilranken, ein gewaltiges Kaliber für Bären oder Großwild, Hersteller und Seriennummer rausgefeilt.

Wenn ich nicht aufgewacht wäre, hätte er mich erschossen und wäre unerkannt verschwunden.

Ich trug die Waffe hinaus, die Treppe hinunter, in die Brandung, weit, immer noch weiter, bis ich springen musste, um den Kopf über den Wellen zu halten. Ich warf das Gewehr mit der Kraft beider Arme hinaus, kämpfte mich durchs tosende Wasser zurück zur Treppe.

Ich schichtete die Trümmer des Nachttischs in den Kamin, entzündete ein Feuer.

Ich füllte den Putzeimer mit Seewasser, gab reichlich Chlorbleiche hinein, nahm die kleine Bürste und bearbeitete damit das Geländer, das Holzdeck. Wischte im Haus den Boden, Türklinken, Türen, Möbel mit Chlorbleiche ab, bis es roch wie in einem Operationssaal. Fütterte zwischendurch das Feuer abwechselnd mit Brennholz, meinem Bettzeug, wieder mit Brennholz, Schaumstoff, den ich mit dem Kochmesser in Blöcken aus der zerschossenen Matratze schnitt, Brennholz, den Beinen des Betts. Die langen Bretter des Bettgestells warf ich in die Brandung.

Zuletzt trug ich den Sprungrahmen mit dem zerschossenen Metallnetz hinaus, die Düne entlang, und warf es irgendwo ab, wo die Wellen bereits anderes Strandgut angehäuft hatten.

Mit einem Küchenmesser polkte ich das eine Geschoss aus der Fußleiste hinter dem Bett, das andere aus der Gipsplatte unter der Betondecke. Warf beide weit hinaus ins Meer. Schob das Sofa vom Kamin an den Platz des Betts, arrangierte im Salon die Sessel in die Lücke. Wusch mich unter der Dusche mit Chlorbleiche, bürstete meinen ganzen Körper ab, bis die Haut brannte. Warf die Nagelbürste in die Brandung. Klappte das Sofa aus, breitete ein Laken darüber, nahm die Decke aus dem Wandschrank, rollte mich darunter zusammen.

Ich zitterte. Ich konnte nichts dagegen tun. Es schüttelte mich geradezu.

Der Kamin brannte noch.

Kälte war es also nicht.

***

Dounas Mann sah aus, als hätte er schlecht oder gar nicht geschlafen, als ich am Morgen an seinem Tresen Kaffee und Croissant frühstückte. Sie war nirgends zu sehen, und ich fragte nicht nach ihr. Das kostete Überwindung: Ich war mir keineswegs sicher, ob sie meinem Rat gefolgt war. Mein Schädel dröhnte mehr als sonst.

In meinen Albträumen war ich mal nicht vergewaltigt oder verprügelt worden: Ich bin hinausgeschwommen, und als ich wieder an den Strand komme, folgen mir verwesende Männer mit toten Augen, erheben sich aus der Pfütze unter dem Haus, dringen auf mich ein.

Alle sehen aus wie mein nächtlicher Angreifer.

Schon um diese Bilder loszuwerden, war ich bei Sonnenaufgang weit hinausgeschwommen. Die Strömung, heftiger als sonst, obwohl nun fast Flaute war, hatte mich Richtung Hafen getrieben.

Ich begegnete niemandem. Auch keinem leblosen Bekannten mit vollgeschissener Hose.

Ich zündete eine Zigarette an. Drückte mit der Hand seitlich gegen meine Rippen, wo ich eine Atemverkürzung spürte, aktivierte den dumpfen Schmerz an dieser Stelle, konzentrierte mich darauf und empfand einen Moment lang meine Prellungen und Quetschungen als heiße, verspannte Zonen.

Ich drängte den Schmerz wieder zurück, blinzelte ins Sonnenlicht, das die Fensterstreben als schräge Linien in den Rauch meiner Zigarette zeichnete, fühlte mich fiebrig.

Am Horizont buckelten sich die Wellen hoch und silbrig ins harte, blaue Licht.

Irgendwo da draußen war noch Sturm.

Mein Zittern war schwächer geworden, aber der Milchschaum auf dem Kaffee bebte, wenn ich die große Tasse anhob.

Ich war der einzige Gast.

Dounas Mann war einsilbig, mürrisch. Ich hatte das Gefühl, Ahmad Diri musterte mich, wenn ich wegsah. Wieder musste ich mich zurückhalten, nach Douna zu fragen.

Im leise gestellten Radio: die Sorte Humor, die sie in Privatsendern lustig finden. Gelächter und Klatschen vom Band, wie bei einer Sitcom.

Sie hatten die Leiche bisher nicht gefunden, sonst gäbe es ein ernstes Thema.

Ich fuhr die stillen Strandstraßen entlang, bog ab Richtung Dorf, musste wegen umgestürzter Bäume einen Umweg zum kleinen Gewerbegebiet an der alten Straße nach Perpignan nehmen. Kaufte bei Mr. Bricolage schnellabbindenden Fertigputz, Farbe, Pinsel, einen Spachtel, Arbeitshandschuhe.

Ich war die einzige Kundin im Baumarkt. Der Flirtversuch des Manns an der Kasse lief ins Leere.

In der Drogerie einer gesprächigen Frau kaufte ich Concealer und Make-Up. Sie wollte mich über meine Narbe ausfragen, ob es ein Unfall gewesen sei. Ich sagte: „Nein, es war mein Cousin, er wollte mich totschlagen."

Sie lachte, als ob das ein Scherz wäre.

In der Gasse zum Parkplatz nahm ich im Vorbeigehen einen Apfel vom Obststand und schenkte dem Händler dafür ein Lächeln.

Kaufte im Laden am Parkplatz Zigaretten und die Regionalzeitung.

Von einem Leichenfund war nichts zu lesen. Wobei – vielleicht hatte ich den Kerl auch so spät ins Wasser geworfen, dass die Zeitung es nicht mehr hatte aufnehmen können, mutmaßte ich nervös.

Der Apfel klebte wie feuchtes Mehl zwischen meinen Zähnen.

Auch im Radio weiterhin nichts von einer Leiche.

Bis zum Nachmittag hatte ich die Einschüsse in Fußleiste und Decke gefüllt, geglättet und übermalt.

Ich bin handwerklich nicht besonders talentiert, aber wer nicht gezielt suchte, würde nichts finden.

Das Arbeitsmaterial und die Handschuhe packte ich zusammen, um alles bei meiner nächsten Ausfahrt irgendwo zu entsorgen.

Draußen roch es fischig, Fliegen schwirrten über dem trocknenden Fluttümpel unter dem Haus, über dem feuchten Strand voller Unrat.

Das Meer hatte sich zurückgezogen.

Ich stieg über das Strandgut aus Flaschen, Holz, Tang und Plastikmüll zur Wasserlinie, streifte meine Kleidung ab. Erschrak, hinausschwimmend, über eine menschliche Form, die sich am Meeresboden abzeichnete.

War aber nur mein Schatten.

Nach dem Duschen googelte ich Miller. Ich fand seine Internetseite. Er präsentierte sich als Familienmensch, es gab ein Foto mit Frau und drei kleinen Kindern. Ich zog das Bild groß. Die Frau war sichtlich jünger als er, schlank, hoch gewachsen und rothaarig, hatte eine gewisse Ähnlichkeit mit der 17-jährigen Douna.

Der Veranstaltungskalender kündigte für den Abend einen Auftritt Millers in der Bezirkshauptstadt Perpignan an.

Keine Autostunde entfernt.

Phantastischer Zufall!

Ich rang mit mir.

Sieg für Sibel, die Kriegerin: Ich wollte ihn provozieren. Wollte, dass er sieht, dass ich lebe.

Ich rief an, reservierte einen Platz.

Ich fuhr noch mal ins Dorf. Die Straßen waren wieder frei. Ich klapperte die Boutiquen ab. Fand unter dem heruntergesetzten Zeug, das im Sommer nicht an die Touristen verkauft worden war, was ich suchte.

Wieder im Haus, deckte ich meine Hämatome an Armen, Beinen und Brust mit Concealer und Makeup ab.

Push-up-BH, Spitzen-Slip, die knappe, ärmellose Bluse mit dem tiefen Ausschnitt, der winzige Mini, die Kniestrümpfe, die Schuhe: Mein neu gekauftes Outfit war jenem zum Verwechseln ähnlich, in den mir Halina seinerzeit hineingeholfen hatte.

Ich schminkte mich angemessen offensiv, stark betonte Augen, Kussmund, rosige Wangen.

Ich stieg in die überhohen Pumps, drehte mich vor dem Spiegelschrank. Douna hatte recht: Ich hatte mich kaum verändert in diesen zehn Jahren.

Ich war lange genug bei der Sitte, um zu sehen, was die Männer sahen: 195 Zentimeter – dank der Schuhe –, 50 Kilo, eine scharfe Mischung aus

Schulmädchen und Hure, Pinup und dünner, zerbrechlicher Kindlichkeit, kurvig, kantig, eindeutig weiblich, dennoch knabenhaft.

Das zarte, ausdrucksvolle Gesicht mit der Narbe.

Verwirrende Ambivalenz.

Fleischgewordene Phantasie.

Schneewittchen, Bukkake-Edition.

Ich zog eine Grimasse, um das Bild zu stören.

Hatte den Drang, mich zu schneiden, um mich zu spüren.

Ich flocht mir einen Zopf, packte Strümpfe, Pumps, Geld, Telefon, Ausweis in meine Umhängetasche.

Die Sonne stand tief im Westen, als ich losfuhr.

Play time.

***

Zunächst beachtete mich kaum jemand, als ich aus der Tiefgarage auf die Place de la Republique stieg und langsam zum Theater hinüberging. Der Abend war lau, die Menschen genossen die Milde nach dem Sturm auf dem schönen Altstadtplatz.

Ich war irgendeine junge Frau in Flip Flops und sehr kurzem Röckchen, die sich in die Schlange vor dem Theater einreihte, einem Backsteinbau in der Südostecke des Platzes. Nach der Sicherheitskontrolle ging ich in den Waschraum bei den Garderoben, zog die Kniestrümpfe und die Haxenbrecher-Heels an, frischte mein Make up auf, löste und kämmte mein Haar, bis es als Klavierlack-Welle auf meinen Rücken wallte, öffnete noch einen Knopf der Bluse und arrangierte deren Kragen, so dass Halsansatz, Schlüsselbeine und Spitzen-BH gut zur Geltung kamen.

Ich hätte nicht mehr Aufmerksamkeit bekommen können, wenn ein Trommler meinen Auftritt angekündigt hätte.

Ich war gewohnt, aufzufallen.

Du entgehst ihnen nie.

Und nichts, nichts, nichts davon willst du. Du willst einfach, dass sie dich in Ruhe lassen.

Welcher Hohn, dass ich erst bei über einsachtzig mit dem Wachsen aufhörte und aussah wie gemalt.

Bestes Abitur Berlins – und alles, was ich bei der Ehrung dachte, war: Ich überrage die anderen schon wieder.

Ich wollte im Boden versinken.

Erst mein Kampfsport und die Autorität meines Berufs ließen mich in diesen fremden, feindlichen Körper hineinwachsen, gaben mir Souveränität. Ich dachte mir das nicht aus, folgte keinem Plan. Es ergab sich aus Situationen.

Ich lernte den aufrechten Gang, besiegte die Scham, die Schüchternheit. Irgendwann war es eine Art Markenzeichen – lässig-offensive körperliche Präsenz bis hin zum Exhibitionismus. So wie ich als Heranwachsende gelernt hatte, mich dem Rhythmus der Menge anzupassen, um zu verschwinden, so lernte ich nun, den eigenen Rhythmus zu finden und zu halten, mein Aussehen und seine Wirkung so weit möglich zu akzeptieren und, wenn nötig, mit aller Selbstverständlichkeit einzusetzen.

Wie ein Kerl, der breitbeinig in der vollen U-Bahn sitzt, als ginge ihn sonst niemand etwas an.

So glich ich die Macht aus, die Männer (und nicht nur Männer) meinten, mir gegenüber beweisen zu müssen, die Klischees, die mich als Türkin und Muslima unters Kopftuch zwangen, in die Opfer-Ecke zu den Unterwürfigen schoben.

Und so glich ich auch aus, dass ich mich als Opfer fühlte. Aus dieser Falle kommst du nicht raus: Gerade indem du dich ständig dagegen wehrst und dazu verhältst, beweist du, dass du ein Opfer bist und immer sein wirst. Mehr noch – als Überlebende fühlst du dich schuldig. Das Schattenheer nach Freiheit und Unabhängigkeit gierender Mädchen, die von ihren Brüdern, ihren Cousins, ihren Vätern unterdrückt, missbraucht, misshandelt, totgeschlagen wurden, klagte mich an: Du also, Ehrlose, lebst, bist frei. Warum nicht wir?

Mit offensiver Gegenwehr erreichst du, dass du deine Opferrolle nicht immer neu inszenierst, bringst das Schattenheer auf deine Seite, statt dich, wie Douna, demütig einzureihen.

Ich konnte auf den himmelhohen Heels des absurd zotigen Schulmädchenkostüms inzwischen ohne Unsicherheit gehen, mit wiegenden Hüften, Brust raus, Schultern zurück, mit nonchalanter Eleganz.

Ich ließ mich im Theater-Foyer treiben, Blick leer, wie gelangweilt.

Zentrum aller Blicke.

Was ich bezweckte?

Dass er sich aus der Deckung bewegt. Dass er einen Fehler macht. Den nächtlichen Angriff zu wiederholen versucht, und diesmal …

Irgendwann macht jeder einen Fehler.

Der Gong ertönte.

Erste Reihe, rechte Mitte, da war mein Platz. Leicht versetzt direkt unter dem Rednerpult.

Er kennt mich, hatte ich bei der Buchung gesagt. Wird sich freuen, mich nach all den Jahren wiederzusehen.

Das Licht im Saal verlosch. Der Bürgermeister trat auf die Bühne, kündigte in einer weiten Schleife, die irgendwo in der Regionalgeschichte mit den ersten Kreuzzügen gegen die Burgen auf den Pyrenäen-Kämmen in der Nachbarschaft begann, den aufrechten Kulturnationalisten, Frankophonie-Aktivisten, Präfekten und Freund des Präsidenten, seinen Partei- und lieben persönlichen Freund Yves Miller an.

Das Publikum jubelte, viele schwenkten papierne Nationalfahnen, als er auf die Bühne kam, Transparente tauchten aus der Menge auf mit seinem Slogan: „Frankreich: Sicher. Fair. Vereint." Was immer das heißen sollte.

Miller war grau geworden, er trug nun richtig teure italienische Schuhe, einen guten Anzug, sah nicht übernächtigt aus. Verändert hatte er sich sonst nicht.

Er trat ganz nach vorn an die Rampe, beide Arme erhoben wie ein siegreicher Boxer. Nahm im Vorbeigehen das Mikrofon aus dem Ständer auf dem Rednerpult. Stolzierte über die Bühne, winkte, dankte. „Freunde", rief er. „Meine lieben Freunde."

Der Jubel brauste noch einmal auf. Er hob die Arme zu einer mosaischen Geste, als wollte er das stürmische Meer vom Vortag in Starre versetzen.

Endlich war es still.

„Meine lieben Freunde, Damen und Herren, Bürger von Perpignan, dieser herrlichen Perle des Südens ..." Er wartete, bis der neue Applaus sich gelegt hatte. „Ich freue mich außerordentlich, heute Abend hier zu sein. Ich möchte mit Ihnen über Sicherheit reden. Über unser herrliches Frankreich, das wieder uns, den Franzosen, gehören muss. Ich möchte reden über ..."

Plötzlich leerte sich sein Gesicht. Mit einem langgezogenen „Ähhh" entwich die Luft, die er für das Ende des Satzes eingeatmet hatte.

Er war auf meiner Höhe, glotzte mich an, mitten in der Bewegung erstarrt.

Das Publikum bemerkte, dass etwas nicht stimmte. Wurde unruhig. Die Leute versuchten, zu erkennen, wohin er starrte.

Ich saß sehr aufrecht, die Hände im Schoß, Knie zusammen, sah ihn an, mit einem angedeuteten, sozusagen ernsten, wissenden Lächeln – jedenfalls war es dieser Ausdruck, den ich zu zeigen hoffte.

Er wirkte so fassungslos, als wäre der Eiserne Vorhang hinter ihm auf die Bühne gekracht.

Ich erhob mich. „Herr Präfekt ..." Meine Stimme zitterte. Ich atmete ein und brachte es dann klar und kühl heraus: „Ich habe eine Frage zu einem schwerwiegenden Vorfall, Herr Präfekt. Überlegen Sie gut, was Sie antworten." Den Auftakt des Rollenspiels der alten Anwälte zu zitieren, war mir in diesem Moment eingekommen. „Wie stehen Sie persönlich zu Korruption, Menschenhandel und Zwangsprostitution?"

Er ließ die Arme sinken. Das Mikrofon entglitt ihm, es schlug auf die Bühne. Das Poltern wurde verstärkt, es gab eine Rückkopplung.

Er stand da, schüttelte den Kopf und sah mich an.

Die Unruhe war mittlerweile so groß, dass ich ihn nicht hören konnte, aber die Worte von seinen Lippen las: „Du bist tot. Wie …?"

Ich stand, für alle sichtbar, und starrte zurück. Es kam mir ewig vor, es war wie der Austausch stummer Kriegserklärungen.

Tatsächlich kann es allenfalls fünf, maximal zehn Sekunden gedauert haben.

Ich deutete ein Nicken an, ehe ich mich abwandte – ein Gruß, eine Drohung. Ging mit langsamen, langen Schritten an der Bühne entlang Richtung Ausgang.

Ich wusste, ich hatte die ungeteilte Aufmerksamkeit.

Es wurde sehr still. Nur meine Schritte waren zu hören, gedämpft vom roten Teppichboden vor der ersten Sitzreihe.

Die Frau an der Tür ließ nicht den Blick von mir, während sie den einen Flügel bis zum Anschlag aufdrückte und gegen die Kraft des Schließmechanismus' offen hielt.

Mein Kopf war leer. Ich ging einfach weiter durchs Foyer, hinaus auf den Platz. Stand da wie eine, die auf etwas oder jemanden wartet.

Ich war gefangen in dem Gefühl zwischen Ekel, Aggression und Angst, das Millers Gegenwart, sein Blick in mir erregt hatten.

Das Gefühl von damals.

Du kannst dir etwas ausdenken, um deinen Feind zu konfrontieren, eine Demonstration deiner Coolness, deiner Macht, und dann ist es vor allem eine Kollision: unmittelbar, eine Emotion, die dich im Innersten trifft.

Ich hatte seinen schalen, ungewaschenen Geruch in der Nase.

Er riecht sicher besser heute, dachte ich. Wie ein Präfekt.

Ich musste lachen bei dem Gedanken.

„Worüber lachen Sie?"

Ich drehte mich um. Die Frau war sehr jung, winzig, sie reichte mir gerade bis an die Brust. Sie war ungefähr in dem Ausmaß blond, blauäugig und gebräunt, in dem ich schwarz, bleich und sommersprossig war.

Sie hielt mir die Hand hin. „Lara Jourdan, Tageszeitung ‚les Collines'. Was war das gerade, da drin?"

Ich schüttelte kurz ihre Hand. Sie erschrak, sagte: „Verdammt, Sie haben einen Händedruck … Wer sind Sie? Was verbindet Sie mit Miller? Und was ist das für eine Verkleidung?"

„Lange Geschichte." Mir fiel ein, dass ich die Umhängetasche mit Flip-Flops, Zigaretten, Schlüsseln, Papieren und Geld bei der Garderobiere gelassen hatte. „Ich muss noch meine Tasche von der Garderobe holen. Vielleicht können wir uns dann irgendwo hinsetzen zum Reden."

Der kurze Weg zur Garderobe gab mir Zeit zum Nachdenken, ob ich die Medien einschalten wollte. Mit diesem Gedanke hatte ich mich seit dem letzten Telefonat mit Simin Dufrennes nicht angefreundet, denn diese Art von Aufmerksamkeit bedeutete Verlust der Kontrolle über meine eigene Geschichte.

Andererseits hatte sich die Lage durch den nächtlichen Anschlag auf mich und meinen Auftritt im Theater inzwischen verändert, und Publizität bedeutete auch Schutz.

Durch die Türen gedämpft, drang Millers Stimme aus dem Saal ins Foyer. Ich konnte seine Worte nicht verstehen.

Ich gab meine Garderobenmarke der dunkelhäutigen Frau hinterm Tresen.

Lara Jourdan sagte: „Sie sind nicht von hier. Was ist das für ein Akzent?"

„Ich bin Deutsche."

„So sehen Sie nicht aus."

„Wie sieht eine Deutsche bitte aus?"

„Entschuldigung, ich wollte nicht …"

„Schon gut, passiert mir dauernd. Aber es nervt."

Ich nahm die Tasche entgegen, setzte mich auf die Bank gegenüber der Garderobe, streifte die Heels ab. Jourdan stand neben der Bank, war dennoch kaum größer als ich im Sitzen.

„Eine Frage nach der anderen", sagte ich. „Ich hab Miller vor etwa zehn Jahren kennengelernt, da war er ein kleiner Flic in Paris, steckte bis zum Hals in Korruption und dunklen Geschäften." Ich rollte die Kniestrümpfe runter. „Ich war damals drogensüchtig. Damit hat er mich unter Druck gesetzt. In diesem Outfit verkaufte er mich an zwei alte Männer."

„Er – er – was?" Sie sackte auf die Bank, als würde sie plötzlich die Kraft verlassen. „Sie … Sie wollen sagen, er war Ihr Zuhälter?"

„Nicht nur meiner. Und es ging weiter und tiefer. Es gab ungeklärte Vermisstenfälle. Einige der verschwundenen Mädchen habe ich gekannt. Es gab einen Prozess, starke Widerstände gegen die Ermittlungen. Politische Interventionen, anonyme Drohungen, Zeuginnen waren unauffindbar, wurden eingeschüchtert oder verschwanden. Am Ende hab ich als einzige ausgesagt. Junkie gegen Bulle. Keine Chance. Er wurde freigesprochen." Ich packte Schuhe und Strümpfe in die Tasche.

„Und jetzt tauchen Sie hier auf, um …" Sie ließ den Satz in der Luft hängen. Ich sagte: „Ein Typ wie der sollte nicht Präfekt sein."

„Warum sind Sie nicht früher gekommen? Er ist schon länger Präfekt."

„Freispruch ist Freispruch." Ich schlüpfte in die Flip-Flops. „Ich hatte das Kapitel Miller für mich abgeschlossen, und ich dachte, die Sache sei zuende. Ist sie aber nicht. Eine Freundin machte mich darauf aufmerksam."

„Was werden Sie also tun?"

„Offen gestanden, ich weiß es nicht. Ich habe ihn aus der Fassung gebracht, das ist schon mal etwas wert."

Sie zog die Augenbrauen hoch und riss die Augen auf, um mit hoher Stimme zu fragen: „Würden Sie mir ein Interview geben?"

Ich musste lachen über die vermeintlich harmlos vorgebrachte Frage. „Was ich zu sagen habe, würde sowieso niemand drucken."

„Was wissen Sie vom Journalismus?"

„Nicht viel", gab ich zu. „Aber ich bin Juristin und weiß, was ich Ihnen mit Blick auf Millers Persönlichkeitsrechte raten würde."

„Juristin! Ich dachte …"

Ich lachte wieder. „Sie dachten, ich bin ne drogensüchtige Ex-Nutte auf ihrem persönlichen Feldzug."

„*So* sehen Sie allerdings aus", sagte sie grinsend. „Was sind Sie denn? Anwältin?"

„Ich bin inzwischen selbst Polizistin, arbeite im Sittendezernat beim Berliner Landeskriminalamt. Und natürlich bin ich clean."

Für eine Journalistin war sie leicht zu beeindrucken. „Mein Gott, ach so … Sagen Sie nicht, es ist eine offizielle Mission."

„Ich bin als Privatperson hier." Ich stand auf.

Sie folgte mir Richtung Ausgang. „Geben Sie mir ein Interview? Bitte."

„Ich will erst mal sehen, was nun passiert."

„Womit rechnen Sie?"

Ich dachte an den Toten im Meer und seinen Peugeot am Zaun des Campingplatzes oberhalb meines Hauses. Es war nur eine Frage der Zeit, wann und wie intensiv ich mit Miller aneinandergeraten würde. Er könnte aber auch einfach so tun, als wäre nichts. „Keine Ahnung. Er kann mich auflaufen lassen. Er hat im Grunde nichts zu befürchten."

„Erhöhen Sie den Druck mit einem Artikel."

Ich blieb an der Treppe zur Tiefgarage stehen. „Wie alt sind Sie eigentlich?"

Sie wurde rot. „24. Warum? Ich …"

„Wie lange arbeiten Sie bei der Zeitung?"

Sie sprach viel zu schnell: „Ich hab einen sehr guten Abschluss in Journalistik gemacht, war in Paris bei ‚l'Aurore', beim Fernsehen. Ich habe aus Rom über die Wahlen in Italien berichtet, den italienischen Premiermi …"

„Was machen Sie bei Ihrer Zeitung?"

Sie wich meinem Blick aus. „Lokalredakteurin."

„Noch in der Probezeit."

Sie nickte nur.

„Und bei ‚l'Aurore' waren Sie Praktikantin."

Nicken.

„Und eigentlich sind Sie nicht für Perpignan zuständig. Oder für Politik."

„Woher wissen Sie …?"

„Sie bestätigen es gerade – ich frage nur. Außerdem heißt Ihre Zeitung ‚les Collines' – Perpignan liegt in der Ebene, die nächsten Hügel sind zehn Kilometer entfernt. Welche Hügel sind es: Schwarze Berge? Albères?"

„Die Albères." Das ist eine den Pyrenäen vorgelagerte Hügelkette entlang der Straße Richtung Andorra. Eine der am dünnsten besiedelten Gegenden Europas.

Sie sah nun sehr resigniert aus. „Sie sind gut."

„Ist mein Job. Ich vermute, allzu hoch ist Ihre Auflage nicht. Was würden Sie mit einem Interview anstellen?"

„Ich würde versuchen, es bei ‚l'Aurore' unterzubringen, um die nationale Öffentlichkeit zu erreichen."

„Und wenn ‚l'Aurore' einer Ex-Praktikantin diese Geschichte nicht abkaufen will?"

„‚Les Collines', Regionalseite." Sie war kleinlaut, hart auf dem Boden der Tatsachen aufgeschlagen. Sie tat mir fast leid.

„Die Sache ist zwei Nummern zu groß für Sie", stellte ich fest. „Zumal ich nur anonym Auskunft geben kann."

„Das ist im Journalismus üblich."

„Ich weiß. Aber es geht hier nicht um irgendeinen Whistleblower, der geschützt werden will, wenn er die Umweltschweinereien seines mittelständischen Arbeitgebers dem Lokalblatt steckt. Man wird Sie und Ihren Chef unter Druck setzen. Massiv. Wahrscheinlich mehrfach: Offiziell, also über politischen Druck und juristisch, und inoffiziell."

Sie hing mit großen Augen an meinen Lippen. „Inoffiziell?"

„Miller hat viele Freunde. Vielleicht einige Ihrer Anzeigenkunden. Hält Ihr Chef das aus? Damals hatte Miller Verbindung zum organisierten Verbrechen. Ob das heute noch so ist, kann ich nicht sagen – normalerweise entlassen die aber Aufsteiger nicht so schnell aus ihren Reihen. Leute wie Miller sind erpressbar, also nützlich. Sie wollen nicht wirklich mit der Mafia zu tun bekommen."

Sie straffte sich, nahm die zarten Schultern zurück. „Ich halte das aus."

„Ich mag Ihre Hartnäckigkeit", sagte ich. „Aber Sie leiden an Selbstüberschätzung."

„Bitte geben Sie mir eine Chance."

Ihre Chance wäre mir völlig egal gewesen – aber, klug genutzt, konnte es auch meine Chance sein. Niemand wusste von mir, außer Simin Dufrennes, deren Karriere durch das Verfahren gegen Miller seinerzeit noch immer schwer belastet war, die offenkundig abgehört wurde und jederzeit wieder unter politischen Druck geraten konnte.

Ich hatte mich mit meinem Auftritt gerade offen mit der Macht angelegt, daran bestand kein Zweifel.

Ein Artikel, der Millers Vergangenheit auf elegante Weise ins Rampenlicht ziehen würde, im richtigen Moment publiziert …

„Okay", sagte ich. „Sie bekommen Ihre Chance. Aber ich möchte, so weit das geht, anonym bleiben. Also: kein Name, keine Details. Nennen Sie mich ‚die deutsche Polizistin'. Für die, auf die es ankommt, bin ich ohnehin identifizierbar, aber es muss nicht in alle Welt rausposaunt werden. Ginge das?"

Sie nickte eifrig.

„Nun gut. Ich gebe Ihnen das Interview. Wir gehen den Text dann gemeinsam durch. Aber Sie müssen mir versprechen, dass Sie ihn erst publizieren, wenn ich ihn freigebe."

„Okay."

„Sie geben mir Ihre Mobilnummer, ich schicke Ihnen die Freigabe per SMS oder rufe an. Auf keinen Fall handeln Sie eigenmächtig."

„Gut! Sehr gut." Sie strahlte kindliche Begeisterung aus.

Einen Test musste sie noch bestehen.

„Fein. Dann stellen Sie mir Ihre Fragen."

Sie sah sich um auf dem dunklen Platz, deutete auf eine einmündende Straße. „Da vorn ist ein kleines Restaurant. Ich lade Sie ein. Sie zeigen mir Ihren Ausweis und geben mir ein paar biografische Fakten, die ich verifizieren kann. Und dann entscheide *ich*, ob wir es so machen, wie Sie vorschlagen."

Test bestanden.

***

Etwa um die Zeit, als ich mit der Journalistin ins Restaurant ging, wollte Georges, Fischer aus Racou bei Argelès, den ersten Fang nach dem Sturm einholen. Er spürte, dass er auf etwas Schweres gestoßen war. Er konnte es hören, erzählte er mir später: Die elektrische Winde, die das Netz achtern über die große Rolle zog, klang plötzlich gequält. Und er konnte es fühlen als ruckartiges Bremsen des Boots, das bei niedriger Drehzahl wenig Fahrt machte.

Georges stellte das Getriebe auf Freilauf, stoppte die Winde, schaltete den Suchscheinwerfer ein, leuchtete mit der Stablampe Netz und Wasseroberfläche ab.

Er erwartete einen Ast, einen Baum, ein größeres Stück Ladung von einem Schiff, ein mit Wasser vollgelaufenes, treibendes Boot.

Aber er sah nichts dergleichen.

Er ließ die Winde wieder anlaufen.

Der Widerstand zog das Boot zum Netz.

Als Georges den Arm aus dem Wasser aufsteigen sah, die steife, bleiche Hand, das haarige Gelenk, das aus dem nassen Jackenärmel stakte, stoppte er die Winde wieder. Atmete tief durch, um den Schreck zu überwinden.

Die Wasserleiche erschütterte ihn fast wie jene erste, die er einige Tage nach einem Flugzeugabsturz aus dem Wasser gezogen hatte.

Diese hier war relativ frisch, das half.

Er biss die Zähne zusammen, ließ die Winde wieder anlaufen.

Die Hand des Mannes hatte sich im Netz verfangen. Die Winde zog ihn aus dem Wasser, über die Rolle. Sein Kopf baumelte in einem absurden Winkel zur Seite. Georges half auf den letzten Zentimetern mit dem Bootshaken nach. Der Körper polterte aufs Deck. Georges löste das Handgelenk aus dem Netz. Dessen Nylonstränge hatten sich tief in die aufgeweichte Haut geschnitten. Er schob den Mann mit dem Bootshaken bis an die Bordwand backbord, kurbelte den Rest des Netzes an Deck. Er kuppelte ein, legte das Ruder um, steuerte in Richtung der Dunkelheit zwischen dem roten und dem grünen Licht an der Hafeneinfahrt, gab noch nicht Gas. Er nahm die Sprechmuschel des Funkgeräts aus der Halterung am Fensterrahmen und rief die Gendarmerie.

Der Regionalsender meldete den Fund, als auf der Rückfahrt nach Argelès gerade das angestrahlte Schlösschen von Valmy vor mir auftauchte – das Weingut lag unmittelbar oberhalb meiner Ausfahrt von der Schnellstraße.

Angekommen, blieb ich im Auto sitzen, gab Lana Jourdans Nummer in mein Handy ein, schrieb eine SMS: „Bringen Sie das Interview, wenn ich mich nicht in spätestens zwölf Stunden bei Ihnen gemeldet habe."

Ich drückte nicht auf „Senden", schaltete das Handy auf Standby.

***

Vor Morgengrauen hörte ich sie kommen. Ich schlief nicht, aber sie gaben sich ohnehin keine Mühe, leise zu sein. „Kommen Sie mit erhobenen Händen heraus", rief jemand.

Ich aktivierte mein Handy, drückte auf Senden, löschte den Gesendet- und den Lösch-Speicher.

Während ich das Handy unters Sofa schob, fühlte ich mich plötzlich verlassen und schutzlos.

Was wenn Lara Jourdan, dieses Püppchen, sich von ihrem Chef, ihrem Verleger bremsen ließ?

Was, wenn die SMS ins Leere lief?

Die Haustür brach unter der Ramme ein. Schritte schwerer Stiefel drangen ins Haus vor, Gebrüll aus Männerkehlen. Zwei Männer richteten kurze Schnellfeuergewehre auf mich, an deren Läufe Taschenlampen geklipst waren, die grell das Ziel erhellten – mich. Andere Männer rissen die Decke vom Sofa. Alle brüllten auf mich ein.

Ich nahm im Liegen die Hände hoch.

Weitere Männer drangen in den Raum, packten mich, drehten mich auf den Bauch, bogen meine Handgelenke hinten zusammen und fesselten mich mit einem Kabelbinder. Sie zerrten mich an Haaren, Oberarmen und T-Shirt unsanft auf die Beine.

Jemand schaltete das Licht ein.

Auftritt Miller. Er trug noch immer den guten Anzug aus dem Theater. Die teuren Schuhe waren mit nassem Sand verklebt. Er stellte sich sehr nah vor mich, strich mir eine Haarsträhne aus dem Gesicht. „Warum bist du nicht geblieben, wo du herkommst, Nutte?", sagte er.

Ich sah es kommen, unternahm aber nichts, als dass ich die Bauchmuskeln anspannte. Er rammte mir die Faust unterhalb des Brustbeins so genau auf den Magen, dass ich atemlos einknickte und sauren Schleim auf die Fliesen würgte.

***

In ihrem Betonkasten neben der Grundschule von Argelès hatte die örtliche Gendarmerie Millers Leuten einen großen und einen kleineren Raum für ihre Ermittlungen zur Verfügung gestellt. Der große war der Aufenthaltsraum für die beteiligten Beamten, im kleinen behandelten sie mich erkennungsdienstlich, untersuchten mich Spurensicherung und Gerichtsarzt. Dazu hatten sie die Möbel in die Ecken geschoben und starke Scheinwerfer installiert, die den Bereich ausleuchteten.

Ich fragte, was man mir vorwerfe, protestierte, als ich mich für die Untersuchungen entkleiden musste.

„Fick dich", sagte der Kriminaltechniker nur.

Er suchte meinen Körper Zentimeter für Zentimeter nach Spuren ab. Dann kam der Arzt dazu, und beide zusammen dokumentierten jeden Fleck, jede Narbe.

Ich verlangte konsularische Betreuung und einen Anwalt. „Was wirft man mir vor?", fragte ich wieder.

„Fick dich."

Ich kooperierte.

Ohne körperliche Untersuchung der Verdächtigen ging es natürlich nicht. Aber die Spurensicherung am Körper mehr als 24 Stunden nach der Tat war zumindest fragwürdig.

Mir war klar, dass die unwürdige Strip Show, die Miller mit mir veranstaltete, meiner Demoralisierung dienen sollte.

Er wusste ja, wie ich unerbetene Berührungen empfand.

Etwas weniger ungewöhnlich war, dass man mich nicht allzu grob herumschubste. Es ging immerhin um die Tötung eines Polizisten. Das hätte jede Polizeibehörde der Welt provoziert. Und die französische Polizei war für ihre Raubeinigkeit bekannt. Dabei kannte sie wenig Hemmungen: Sie hatte eine ungebrochene Tradition seit den Terreur der französischen Revolution und – anders als die deutschen Sicherheitsbehörden – im Großen und Ganzen seither wenig zu bereuen. Jedes Jahr gab es Hunderte Beschwerden über Polizeibrutalität beim Ombusmann der Police Nationale, und unabhängige Organisationen zählten noch deutlich mehr Vorfälle, deren Opfer den Einspruch bei einer staatlichen Stelle nicht wagten.

Wahrscheinlich half es mir, dass ich eine Frau bin: Die meisten Opfer polizeilicher Übergriffe waren den Statistiken zufolge junge, männliche

Muslime. Ich qualifizierte also nur zu fünfzig Prozent dafür, hart rangenommen zu werden.

Die Untersuchung dauerte, bis die Sonne hoch am Himmel stand. Polizisten gingen ein und aus, suchten sich gute Plätze, frühstückten Croissants auf die Hand und Kaffee aus dem Pappbecher. Dabei kommentierten sie die Aussicht.

Ich stand im Scheinwerferlicht wie auf einer Bühne, nahm die Gaffer hinter den Lichtern schemenhaft wahr, leerte mein Bewusstsein, ließ mich widerstandslos fotografieren, vermessen und befingern.

Das Licht stach schmerzhaft in meinen Schädel. Es regte die wunde Stelle hinter meinen Augen an. Ich fragte nach Schmerztabletten. Sie ignorierten es.

Man warf mir einen abgetragenen Trainingsanzug hin. Alle Hosen- und Jackentaschen waren herausgetrennt, blieben die Eingriffe als Löcher oder Schlitze in Hose und Jacke.

Amnesty hatte mal beanstandet, dass illegalen Ausländern in Haft solche Klamotten gegeben wurden.

Das wahrscheinlich nie gewaschene Ding stank nach der Angst ungezählter Festgenommener, deren Kleidung von der Kriminaltechnik beschlagnahmt worden war.

Ich beschwerte mich, dass ich keine Unterwäsche bekam.

„Was noch, Nutte?"

Ich war müde.

Ich zog das Ding an, kämpfte mit dem Reißverschluss und verlor. Der Anzug war viel zu weit für mich. Ich stand, eine Hand an der Jacke, mit der anderen die Hose haltend, schloss gegen das Licht die Augen. Öffnete sie nicht, als sich Schritte näherten, jemand meine linke, die rechte Hand nahm, die Handgelenke auf meinem Rücken zusammendrückte, Handschellen darum verschloss. Die Hose rutschte, blieb irgendwie tief an meiner Hüfte hängen. Jemand schob mir einen Sitz in die Kniekehlen. Jemand hielt mich an der Schulter, als ich in der Erwartung einer Rückenlehne fast nach hinten überkippte. Er fixierte die Handfesseln hinten am Sitz.

Es war gut, zu sitzen. Meine Muskeln zuckten. Ich bemerkte erst jetzt, wie erschöpft ich war. Ich hatte nicht richtig geschlafen seit dem Überfall des Mannes in der Sturmnacht. Zu viele Träume.

Meine Fußgelenke wurden mit Handschellen an die kühlen Stahlrohrbeine des Hockers geschlossen.

Ich protestierte.

„Fick dich."

Am Nachmittag wurde es still. Die Tür zum Aufenthaltsraum stand offen, ich hörte nur noch vereinzelt Stimmen.

Ich nickte immer wieder ein, aber ohne Lehne war richtiger Schlaf nicht möglich.

Mir war klar, was los war: Die Spurensicherung an und in meinem Haus und die Leichenschau dauerten länger als erwartet.

Ich kannte das. Du hast einen sicheren Verdacht, einen Verdächtigen festgenommen, du denkst, praktisch auf frischer Tat, aber er leugnet alles, und es gibt keine klare oder eindeutige Spurenlage. Heißt, dass nach der ersten, routinierten Untersuchung ein zweiter, ein dritter Durchgang angestellt wird, bis das kleinste Partikel vom Tatort unter dem Mikroskop um- und umgewendet und chemisch untersucht ist.

Es würde also nicht so schnell zum Verhör kommen.

Irgendwann schaltete jemand die Scheinwerfer ab.

Ich schreckte auf.

Ein junger Mann, der nicht zum Trupp zu meiner Festnahme gehört hatte, löste meine Beine und die Handfesseln vom Hocker, hielt mich, als ich nach dem langen Sitzen schwankte, führte mich am Oberarm zur Tür, entschuldigte sich nach ein paar Schritten, als er die Hose hochzog und mir den Bund in die gefesselten Hände gab, entschuldigte sich wieder, als er die klaffende Jacke arrangierte.

Wir fuhren mit einem Lift ins Untergeschoss, wo er eine saubere, feucht riechende Zelle für mich öffnete.

Er nahm mir die Handfesseln ab.

Er versprach mir ein Sandwich und Wasser und ging.

Ich benutzte die Toilette in der Ecke neben der Tür, trank am Waschbecken einen Schluck Leitungswasser, legte mich auf das schmale Metallbett. Hörte ihn nicht mit dem Tablett wiederkommen, das ich später am Boden neben der Tür fand, darauf eine Plastikflasche stilles Wasser und ein leicht eingetrocknetes Schinken-Käse-Baguette in der Papiertüte des „Paradis", einem Bar-Café mit kleiner Terrasse an der Hauptstraße, das ich seit meinem Urlaub in Racou kannte. Das leicht bittere Aroma der aus Olivenöl, Senf und frischen Eiern hausgemachten Mayonnaise auf der Zunge, prostete ich mit dem Wasser in Gedanken David, dem Wirt, zu, sehnte mich ein wenig nach seiner augenzwinkernden Anmache: „Ah, la touriste la plus belle", begrüßte er mich lauthals jedes Mal als die schönste Touristin, wenn ich an Markttagen auf einen Kaffee in seinem Laden Halt machte.

Es war sehr still in der Zelle.

Das Tageslicht, das durch Glasbausteine unter der Decke sickerte, verging.

Ich lag auf dem Bett, versuchte zu schlafen.

Stürzte tief in Träume, die mich weckten.

Schlief wieder.

Wartete.

***

Argelès sur mer

Sie speichert das siebte Diktat, sucht im Internet die Stichworte „Lara Jourdan" und „Schulmädchen" und findet einen Artikel, kopiert ihn in ihr Textdokument:

„Les collines"

Die Frau im Schulmädchen-Kostüm

Deutsche Polizistin erhebt schwere Vorwürfe gegen Präfekt Yves Miller / Von Lara Jourdan

Perpignan. Eine Frau ist verschwunden. Sie ist groß, schlank, hat schwarzes Haar, schwarze Augen. Zuletzt ließ sie mit einer SMS von sich hören, die darauf hindeutet, dass sie in Schwierigkeiten ist. Jetzt ist ihr Mobiltelefon abgeschaltet.

Mittwochabend, Stadttheater Perpignan, Veranstaltung des Präfekten Yves Miller, persönlicher Freund unseres Präsidenten. Er hat gerade mit seiner Rede begonnen, da fällt sein Blick auf eine Person in der ersten Reihe. Sie erhebt sich. Eine Frau Anfang dreißig, aufreizend gekleidet. Fragt, wie er persönlich zu Korruption und Zwangsprostitution stehe.

Miller erstarrt, verliert das Mikrofon. Er ist wie hypnotisiert.

Sie nickt ihm zu, dreht sich um, geht langsam hinaus. Stammelnd versucht Miller, seinen Faden wieder aufzunehmen. Es fällt ihm sichtlich schwer.

Wenige Stunden später wird diese Frau verschwunden sein.

Sie will Yasmin genannt werden. Man sieht ihr ihren harten Job nicht an: Sie ist Kriminalkommissarin im Sittendezernat einer deutschen Großstadt. Sie gibt zu, dass sie eine „weiche Stelle" hat, die ein Profi in ihrem Job nicht haben sollte: Bei Mädchen, die mit Gewalt zur Prostitution gezwungen werden, ist sie nicht objektiv.

Sie hat das selbst erlitten, sagt sie. Vor zehn Jahren, als Studentin in Paris, wurde sie betäubt und erwachte in einem Albtraum. Männer hielten sie gefangen, quälten, vergewaltigten sie, um sie gefügig zu machen und ihren Körper zu verkaufen.

Einige dieser Männer waren Polizisten. Einer dieser korrupten Polizisten, deren Chef sogar, war Yves Miller.

Das würde sie schwören, sagt sie: In der Tat hat sie es bereits einmal geschworen. Vor dem Richter, einige Monate, nachdem sie sich nach der Entführung und ungezählten Vergewaltigungen selbst befreit hatte. Doch Miller wurde freigesprochen. „Alle anderen Zeugen und Zeuginnen verschwanden oder waren so eingeschüchtert, dass sie nicht aussagten."

Miller war damals Inspektor der Police Nationale im Drogendezernat. Yasmin: „Ich war wegen chronischer Schmerzen drogensüchtig geworden. Er setzte mich erst damit unter Druck, drohte, mir meine kleine Tochter wegnehmen zu lassen. Als ich mich nicht erpressen ließ, wurde ich entführt. Zwei alte Männer hatten für mich ein Vermögen im Voraus bezahlt." Sie wurde in eine Art Schulmädchenkostüm gesteckt – ähnlich den Sachen, die sie im Stadttheater von Perpignan trug –, aufdringlich geschminkt. „Es lief auf ein Sadomaso-Rollenspiel hinaus", erinnert sich Yasmin. „Ich konnte die Kerle überwältigen und rief die Polizei."

Yasmin erhebt schwere Vorwürfe gegen Miller – unter anderem, dass er eine Polizistin und eine weitere Frau vor ihren Augen erschossen habe. „Dafür wurde er nicht einmal angeklagt, da es nach Ansicht der Justiz keinerlei Beweise für seine Täterschaft gab. Meine Aussage hielten sie für wertlos. Junkie gegen Polizist – dagegen kämpfe ich in meiner Arbeit täglich, dass Frauen, oft Ausländerinnen, mit ihren Aussagen nicht ernst genommen werden, weil sie sehr jung sind, drogensüchtig, Illegale ohne Papiere. Dabei sind sie oft allein deshalb süchtig, weil sie unter Drogen gesetzt wurden, um sie gefügig zu machen."

Die getötete Polizistin, Mutter zweier Kinder, hatte ihre Position bereits wegen Miller, ihrem unmittelbaren Chef, gekündigt. Sie war Jüdin und konnte die feindseligen, antisemitischen Bemerkungen des damaligen Funktionärs des Front National nicht mehr ertragen, wie sie sagte.

Offiziell wurde ihr Mörder nie gefunden.

Yasmin: „Miller tötete sie, weil sie ihm durch mich auf die Spur gekommen war und ihn festnehmen wollte. Ihre Leiche wurde in der Seine gefunden – mit Schusswunde, aber ohne die Kugel, die Millers Dienstwaffe als Tatinstrument verraten hätte. Ebenso die Leiche der anderen Frau, die die Mutter eines Mädchens war, das wie ich zur Prostitution gezwungen werden sollte."

Sie habe eine große Karriere als Anwältin vor sich gehabt, sagt Yasmin, theoretisch, dank ihrer glänzenden Ergebnisse. „An Angeboten bedeutender Kanzleien mangelte es jedenfalls nicht." Doch sei sie Polizistin geworden, um genau solche Fälle aufzuklären, solche Korruption zu unterbinden.

Sie verfolgte ihre Karriere, heiratete, zog ihre kleine Tochter zum Teenager heran.

Dann meldete sich eine Freundin aus Paris: „Es ist nicht vorbei. Eine junge Frau ist gestorben, sie hat Ähnliches erlitten. Wir müssen etwas unternehmen."

So kam es, dass neulich Abend eine junge Frau Miller im Theater völlig aus der Fassung brachte: Yasmin konfrontierte ihn mit einer Vergangenheit, die vielleicht so vergangen gar nicht ist.

Auf eine Anfrage unserer Zeitung zu Yasmins Vorwürfen hat Yves Miller nicht reagiert. Statt dessen erhielten wir Post von einem Anwalt, der die Rechtslage und den Freispruch erklärte.

Wir müssen deshalb offiziell erklären: Juristisch gesehen, steht Yves Miller nicht einmal unter Verdacht. Juristisch gesehen, ist er unschuldig.

Doch wo ist Yasmin?

***

Diktat 8, 1. Dezember

Sie holten mich lange vor Morgengrauen, fesselten mich in dem kleinen Raum auf den gleißend angestrahlten Hocker, wie gehabt.

Ein einzelner Polizist saß als Wache am Tisch an der anderen Wand. Gegen das Licht machte ich seinen plumpen Körper in spackem Gendarmerie-Uniformhemd und zerknitterter Hose aus, struppiges graues Haar.

Er bekämpfte den Schlaf mit Zigaretten. Hielt, als er meinen Blick sah, die Packung hoch.

„Bitte", sagte ich.

Er stand ächzend auf, schlurfte zu mir, strich mir das Haar aus dem Gesicht, steckte mir den Filter zwischen die Lippen, zündete die Zigarette an. „Du bist Polizistin, schreibt die Zeitung."

„Kriminalkommissarin in Berlin."

„Stimmt es, was die über Miller schreiben?"

„Ich wäre sonst nicht hier."

Wir rauchten eine Weile schweigend.

„Sie schreiben, du warst drogensüchtig."

„Eine Dummheit aus Verzweiflung. Ich dachte, es hilft gegen chronischen Schmerz. Meine Narbe …"

„Hast du gedealt?"

„Nein. Ich studierte Jura, da ruinierst du dir die Karriere, wenn du kriminell wirst."

Ich legte den Kopf in den Nacken. Er hatte ein Bauerngesicht, rund und derb, musterte mich ernst und intensiv aus grauen Augen. Er nahm meine Zigarette, aschte ab, gab sie mir wieder.

Er fragte: „Hast du den Mann umgebracht?"

Eine Falle?

Er war Katalane, also aus der Gegend, hörte ich an seiner Aussprache. Er war als Gendarm eventuell nicht allzu begeistert, dass von weither ein fremder Präfekt mit eigenen Truppen eingeritten war, sich in seinem Revier und seinem Hauptquartier breitmachte, und dann musste er auch noch frühmorgens Wachdienst schieben.

Dennoch …

Ich gab mich überrascht, aber relativ ungerührt. „Bin ich deshalb hier? Wen soll ich denn umgebracht haben?"

Ich hielt die Luft an.

Er sagte: „Die Spurensicherung hat nichts gefunden. Nichts Richtiges jedenfalls."

Ich atmete aus. Er war okay.

Ich nickte. „Ist keine Überraschung."

„Du musst aufpassen."

„Ich weiß."

„Nein, ich meine, dass du offiziell nicht hier bist. Die ermitteln gegen Unbekannt."

Ich dachte an meine Festnahme mit Faustschlag und ohne Ansage von Name und Delikt. „Entweder, er überführt mich, oder ich tauche am besten gar nicht in den Akten auf. Oder in einem ganz anderen Zusammenhang."

Er aschte ab, schob mir die Kippe wieder in den Mund. „Er hat getobt, als er die Zeitung sah."

„Könnten Sie jemand für mich anrufen? Eine Freundin in Paris? Sie ist Untersuchungsrichterin. Sie weiß, was zu tun ist."

„Nummer?"

Ich sagte Richterin Dufrennes' Mobilnummer an. „Gehen Sie an ein öffentliches Telefon."

„Schon klar." Er notierte die Nummer auf einem Block, den er dann wieder in seiner Uniformtasche verstaute.

Er nahm den Zigarettenrest aus meinem Mund, berührte dazu fast zärtlich meine Lippen.

Ich sagte: „Danke."

Er ließ nur ein Brummen hören.

***

Es war draußen gerade hell, da kam Miller mit drei der Typen aus der Nacht zuvor in den Raum. Er trug noch immer den Anzug. Sah jetzt so ranzig und müde aus, wie ich ihn kennengelernt hatte.

Die Typen waren kompakt, durchtrainiert, bewegten sich mit der Geschmeidigkeit guter Nahkämpfer. Kahlrasierte Köpfe, schwarze T-Shirts zu Einsatztrupp-Uniformhosen, Springerstiefel. Ihre körperliche Präsenz war überwältigend, füllte den Raum.

Dem Gendarm sagte Miller, dass er gehen könne, einen der drei Typen teilte er zur Wache vor der Tür ein. Der Gendarm warf mir noch einen trägen Blick zu, ehe er die Tür zuzog.

Einen Blick des Einverständnisses.

Ich kalkulierte: Der Mann würde innerhalb der nächsten Stunde bei Simin Dufrennes anrufen. Sie würde alle Hebel in Bewegung setzen.

Welche hatte sie?

Sie konnte einen Anwalt schicken. Oder einen Untersuchungsrichter ins Spiel bringen, dass er auf die Legalitätspflicht bei den Ermittlungen pochte.

Hoffentlich konnte der Gendarm ihr die Dringlichkeit meiner Lage klarmachen.

Ich war allein mit meinem übelsten Feind.

Einer der Typen stellte sich hinter mich, der andere an die Seite.

Miller baute sich vor mir auf, stemmte die Arme in die Seiten, lachte. „Ich hab die Zeitung gelesen. Du bist Polizistin geworden, um blöden Nutten wie dir aus der Patsche zu helfen. Nun hilf dir selbst", höhnte er.

„Ich bin nicht allein."

Er schrie mir direkt ins Gesicht: „Niemand, wirklich niemand, unterstützt eine Polizistenmörderin."

Ich drehte mich zur Seite. „Du stinkst aus dem Maul."

Er schlug mir mit der flachen Hand ins Gesicht. „Ich erwarte ein Mindestmaß an Höflichkeit."

„Immer, wenn mein Gegenüber dessen würdig ist", sagte ich.

Er schlug wieder zu. Meine Wange wurde warm, mein linkes Auge tränte. „Ist es das, was ich getan haben soll?", fragte ich.

„Was?"

„Du glaubst, ich hab einen Polizisten ermordet?"

Dritte Ohrfeige. Er traf gut, reagierte schnell auf meine Versuche, mit Kopfdrehungen auszuweichen. Ich spürte mein Fleisch anschwellen.

„Ja, spiel nur die Unschuldige. Passt zu dem Quatsch, den du in die Welt setzt. Wie bist du eigentlich an die Journalisten-Schnecke gekommen, die diese Scheiße in der Provinzzeitung über mich zusammengeschmiert hat?"

„Du hast dir vorgestern bei meinem bloßen Anblick auf offener Bühne fast in die Hose gemacht. Sie war dort und fand das interessant."

Der vierte Schlag quetschte die Lippen gegen meine Zähne. Ich schmeckte Blut.

Ich ging nicht in den Schmerz. Glitt für einen Moment in meine Parallelwelt. Hüpfte über den besonnten Strand, sprang in die kalten Wogen. Schwamm kraftvoll hinaus …

Er holte mich mit einer Frage zurück: „Wie weit, denkst du, kommst du diesmal mit deinen haltlosen Vorwürfen?"

„Ich bin nicht mehr die kleine Studentin."

Er griff in mein Haar, holte aus, rammte mir die Faust genau unterhalb des Brustbeins ins Weiche. „Ich …" – noch mal: „… bin …" – und wieder: „… beeindruckt." Er lachte, ließ meinen Kopf los.

Ich krampfte nach vorn, so weit es meine Handfesseln zuließen, würgte gelblichen Brei, Magensäure zwischen meine Knie.

Diesen Schlag hatte Miller wirklich drauf.

Der Typ hinter mir zog mich an der Jacke zurück in die Senkrechte.

Miller zupfte mir den Stoff wieder über die Brüste. „Kommen wir zum Geschäftlichen. Du bist nicht in der Position, anderen Vorwürfe zu machen. Ich mache dir dein Geständnis leicht. Ich schildere dir, wie der Kampf verlaufen ist."

„Kampf? Wovon redest du?"

Er holte aus. Ich schloss die Augen. Diesmal landete seine Hand weiter hinten, direkt auf meinem Ohr. Die komprimierte Luftsäule erzeugte im Gehörgang einen Knall, der meinen chronischen Kopfschmerz verstärkte.

Er fuhr fort: „Stell dich nicht dumm. Wir haben lückenlose Beweise."

Ich ließ die Augen geschlossen, sagte nichts.

„Noch kannst du gestehen. Wir werden das vor Gericht zu deiner Entlastung vorbringen."

Ich schwieg.

„Sieh mich gefälligst an, wenn ich mit dir rede."

Seine Hand klatschte wieder in mein Gesicht. Die einseitige Hitze fühlte sich seltsam an, als würde ein einzelner, konzentrierter Sommersonnenstrahl genau auf meine linke Wange fallen.

Ich öffnete die Augen. Das linke Lid war so geschwollen, dass die Bewegung fremd wirkte.

Er sagte: „Also, der Brigadier hat seinen Wagen oben am Dünenweg geparkt, ist runter zum Haus. Hast du ihn gehört und schon mit dem Gewehr empfangen?"

Ich schwieg.

„Jedenfalls hast du auf ihn geschossen. Aber es ist nicht so leicht, mit einem Gewehr auf ein bewegliches Ziel zu schießen. Und in einem kleinen Raum ist eine Handfeuerwaffe viel besser. Sogar ein Messer wäre besser. Jedenfalls verteidigte er sich. Du hast das Gewehr aufgegeben, es gab einen Kampf."

Ich sah ihn unbewegt an.

„Er hat dich an den Oberarmen gepackt. Wir haben es vermessen und dokumentiert: Seine Hände und deine Hämatome haben exakt dieselben Abmessungen."

Ich schwieg.

„Willst du nichts dazu sagen?"

„Ich höre interessiert zu, beeindruckt von deiner überlegenen Verhörtechnik."

Ich schloss die Augen, biss die Zähne aufeinander.

Er traf wieder mein Ohr. Schlug gleich noch mal zu. „Augen auf!"

Er wusste, dass mein Schmerzempfinden gestört war. Zumindest ahnte er es. Er hatte den Vergleich meiner Reaktion mit der anderer, die er misshandelt hatte.

Mit geöffneten Augen fiel es mir schwerer, nicht in den Schmerz zu gleiten. Wenn ich sehe, was mich trifft, spüre ich es auch.

Er sagte: „Du merkst, dass du schwächer bist als der Brigadier. Du reißt dich irgendwie los, schwingst dich auf seinen Rücken, hängst dich an seinen Hals." Er winkelte den Arm an. „So. Du hast dich mit solcher Kraft festgehalten, dass du innen am Arm eine Druckstelle hast, und er hat am Hals auch eine. Du würgst ihn, davon zeugen bei ihm Verletzungen am Kehlkopf, er gerät in Atemnot, sogar ziemlich heftig, bis zu Einblutungen in den Augäpfeln, wie beim Ersticken. Er will, nein, muss dich loswerden. Er schlägt dich gegen die Mauerkante am Durchgang zwischen Wohnzimmer und Schlafzimmer. Du hältst dich fest, aber trägst gut sichtbare Verletzungen davon."

Er hielt wieder inne, als müsse ich etwas sagen.

Fuhr nach einigen Sekunden fort: „Er hat an deinem Arm gezerrt. Daher hast du Kratzer. Dann hast du ihm den Kopf umgedreht. Exitus durch Genickbruch. Er fällt um, sein Darm leert sich wie beim Erhängen. Du schleifst ihn auf die Terrasse, wirfst ihn übers Geländer ins Meer. Dabei hast du einen Scheißestreifen über den Boden gezogen."

Er wartete. Fügte hinzu: „Na? Was sagst du?"

Ich zog die Mundwinkel runter. „Sehr phantasievoll."

„Und?"

„Ich verweigere die Aussage. Das ist mein Recht."

„Wir haben Blutflecken an seiner Jacke gefunden."

Sie hatten gefunden, was zu finden war: an der Jacke Mikrospuren von roten Blutkörpern, einem der beständigsten Farbstoffe in der Natur, Mikrospuren des Kots auf dem Boden. Niemand kann so gründlich sauber machen, dass nichts davon bleibt. Aber sie konnten es nicht zuordnen. Chlorbleiche beseitigt zuverlässig Keime, Viren, Bakterien.

Und DNS.

Ich schwieg.

„Wir haben dein Gewehr gefunden. War nicht leicht, es war tief im Sand versunken."

Ich sagte nichts.

„Wie kommt es, dass sein Auto bei deinem Haus gefunden wurde?"

Ich schwieg.

In ihm arbeitete es. Er hatte nichts. Rein gar nichts.

„Wo ist das Bett? Dein Vermieter sagt, es war fast neu."

„Das war ein billiges Scheißding. Es hat bei jeder Bewegung geknarzt und ist schließlich auseinandergefallen, ich hab's im Kamin verfeuert."

„Ach, sagst du doch aus?"

„Was hat ein billiges Bett mit deinen Unterstellungen zu tun?"

„Du hast es verschwinden lassen. Wegen der Einschüsse."

„Welche Einschüsse?"

„Du entsorgst das Bett mit Matratze und Sprungrahmen?"

„Alles billiger Schrott."

„Wieso hast du die Einschüsse repariert?"

„Welche Einschüsse?"

Er fletschte die Zähne und holte aus. Diesmal war es kein kalkulierter Schlag, sondern echte Wut. Meine Nase blutete. Ich öffnete die Augen, so weit die Schwellung es zuließ.

„Da sind frisch gegipste Stellen in deinem Schlafzimmer."

„Da waren hässliche Macken."

„Wovon?"

„Was weiß ich. Macken im Putz. Richtig tief. Hab mich gelangweilt. Habt ihr Geschosse in den Löchern gefunden?"

Ohrfeige. Die komprimierte Luftsäule schlug so auf mein Trommelfell, dass es sirrte wie nach einem Schuss.

„Warum hast du alles mit Chlorbleiche abgewaschen?"

„Vielleicht bin ich eine reinliche Person. Vielleicht stammen die Spuren auch gar nicht von mir."

„Wie kommt deine DNS an den Wandvorsprung?"

„Ich bin im Dunkeln dagegen gelaufen."

Er riss mir die Trainingsjacke von den Schultern, schob sie tief zurück auf die Handfesseln. Zerrte die Hose meine Beine runter, dass sie mir unter den Knien hing. Er befingerte hart meine Prellungen.

Mein Körper revoltierte gegen die Berührung. Ich wusste, dass ich mir eine Blöße gab, indem ich diese Schwäche zeigte, konnte es aber nicht steuern. Ich riss an meinen Fesseln.

Er schrie: „Du willst sagen, dass alle diese Kratzer, Beulen und Flecken davon kommen?"

„Natürlich nicht. Ich war schwimmen, und in der Brandung hat mich Treibholz erwischt. Ein Balken. Ein Riesending mit rauen Bruchkanten. Ich hab Glück gehabt."

„Was erzählst du für eine Scheiße", brüllte Miller, trat gegen den Hocker. Ich machte den Rücken rund, senkte und drehte den Kopf, um den Aufschlag zu mildern, rollte am Boden zur Seite.

Er trieb mich mit Tritten an Brust, Bauch, Beine gegen eins der Scheinwerferstative, das gefährlich schwankte. Beugte sich über mich. Packte mein Haar. Zog meinen Kopf hoch, dass ich ihn ansehen musste. Schrie: „Hältst du mich für blöd? Glaubst du, wir alle sind blöd?"

„Ich war im Sturm schwimmen", sagte ich leise. „Frag meinen Vermieter. Er hat mich sogar gewarnt."

Er atmete schwer. Schlug meinen Kopf auf den Boden. Ließ mein Haar los, erhob sich.

„Heb sie auf", befahl er dem Typen, der hinter mir gestanden hatte.

Der Typ zog mich am Oberarm wieder in die Senkrechte. Er hatte einen Griff wie ein Schraubstock. Er richtete mich so aus, dass ich gegen das Licht sehen musste.

Miller zog einen Stuhl heran.

Nah.

Sehr nah.

Seine Knie berührten die Innenseiten meiner Schenkel.

Ich erschauerte.

„Erregt dich das?", fragte er.

Ich sah an seinem Ohr vorbei in den Raum.

Er packte meine Brust, neigte sich vor, sagte direkt vor meinem Gesicht: „Je länger dies dauert, desto mehr Spaß haben wir mit dir."

Er küsste mich.

Ich presste die Lippen aufeinander.

Er züngelte, leckte an mir herum.

Ich hätte kotzen mögen.

Er befummelte meine Schenkel.

„Ich bin der Einzige, bei dem du jemals gekommen bist, richtig?"

Ich versuchte einen Kopfstoß. Gefesselt war ich zu langsam, meine Reichweite zu kurz. Der Typ hinter mir packte meine Schulter, legte die andere Hand um meine Kehle. Drückte unterhalb der Ohren meinen Hals zusammen. Würgereiz, unwiderstehlicher Reflex: Ich musste den Mund öffnen, die Zunge rausstrecken.

Miller presste die Hand zwischen meine Beine. Ich zerrte vergebens an den Fußfesseln.

„Du bist ein solches Brechmittel", keuchte ich.

„Ja, kotz noch ein wenig. Ich finde das geil. Ich kann gar nicht genug davon kriegen."

„Was willst du? Denkst du wirklich, ich gestehe und sage dem Richter nachher nicht, dass du mich gefoltert hast?"

Er lachte. „Als ob es mir ums Geständnis ginge. Für deine Aussage hab ich zwei Zeugen, ob du redest oder nicht." Er legte seine Hände wieder auf meine Schenkel. „Was meinst du, worum es mir geht, Schätzchen?"

Ich musste nichts sagen.

Er wusste, dass ich die Antwort kannte.

Es ging ihm um die Folter.

Es war nicht primär sein Ziel, dass ich vor Gericht gestellt würde.

Nur ein, vielleicht zwei Stunden noch, und ich würde in meiner Zelle Selbstmord begehen.

So oder ähnlich würde es jedenfalls für die Ermittler aussehen. Es würde zu dem Bild passen, das seine Anwälte seinerzeit vor Gericht von mir gezeichnet hatten: Erratisches Verhalten eines bedauernswerten Trauma-Opfers. Du kannst da eine Polizistin drüberstülpen, aber du kriegst das Trauma aus der Polizistin nie raus.

Er grinste. „Siehst du, alles hat seine Ordnung. Die Polizistenmörderin ist gefasst. Fall erledigt."

Er hob das Bein, drückte gegen den Hockersitz. Der Hocker kippte um. Ich rundete wieder meinen Rücken, um nicht mit dem Kopf aufzuschlagen.

Miller stand auf, stellte seinen Fuß auf mein Gesicht. Sein Absatz drückte gegen meinen Unterkiefer. „Aber vielleicht erzählst du uns noch, wen du gemeint hast."

„Gemeint?", sagte ich, drehte den Kopf, um den Druck zu mindern.

„Deiner Freundin in Paris sagtest du am Telefon, dass eine Frau nicht gegen mich aussagen wird, wegen ihres Mannes. Eine Douna. Ist sie Araberin? Wen meintest du? Und wo finde ich diese Zeugin?"

Es klopfte heftig an der Tür.

Der Typ, der Wache geschoben hatte, steckte den Kopf in den Raum. „Auf ein Wort, Chef."

Miller ging zu ihm. Leises, aufgeregtes Gespräch.

Der Typ ging wieder raus.

Miller selbst richtete mich auf. Zerrte mir den Anzug wieder auf den Körper. Sagte zu dem zweiten Typen: „Lampen aus." Zog sein Jackett an, ging zur Tür, öffnete sie, rief: „Verehrter Herr Kollege!"

Ein hoch gewachsener, schlanker Mann eilte in den Raum, orientierte sich mit raschen Blicken, ignorierte Millers ausgestreckte Hand. „Was ist hier los?"

Ich rief: „Die versuchen, eine Aussage aus mir rauszufoltern."

„Blödsinn", sagte Miller. „Die Indizien sind erdrückend."

„Ich werde misshandelt und bedroht", rief ich. „Ich bin unschuldig!"

„Sie ermitteln auf Abwegen", sagte der Hochgewachsene zu Miller, „wenn man es überhaupt Ermittlung nennen kann."

„Die Beweise …"

„Ich hab mir die Ergebnisse der kriminaltechnischen Untersuchung gerade sehr genau angesehen. Es gibt keine Beweise."

„Der Sinn dieser Vernehmung …"

„Sie haben meine Genehmigung für Ihre Ermittlungen weit überzogen. Und hätte ich gewusst, dass Sie selbst kommen, hätte es erst gar keine gegeben. Verschwinden Sie aus meinem Bezirk, sofort."

Miller nickte seinen Leuten zu. Die beiden Typen verließen den Raum, einen Moment später kam meine Nachtwache rein. Der Gendarm zog einen Schlüsselbund aus der Tasche, löste meine Fesseln. Ich versuchte aufzustehen, setzte mich gleich wieder. Ich hatte Drehschwindel von den Schlägen. Er half mir auf Millers Stuhl.

Ich war dankbar, mich anlehnen zu können. Er gab mir eine Zigarette. Ich drückte still seine Hand, als er mir die Packung anbot.

Miller fragte den Hochgewachsenen: „Und was passiert jetzt?"

„Die Frau ist frei."

„Sie können nicht …"

„Und ob ich kann. Ihre Ermittlungen sind ungesetzlich."

„Es passt alles zusammen", insistierte Miller.

„Es gibt keine Projektile, keine DNS, also keine Verbindung zwischen Ihrem Brigadier und dieser Frau."

„Sie hat Chlorreiniger benutzt, um die Spuren zu ruinieren."

„Haben Sie sie dabei beobachtet? Zeugen?"

„Nein."

„Also was? Jeder benutzt Chlorreiniger. Sie haben keine einzige klare Spur gefunden, die Ihre Thesen stützt. Es könnte sein, wie Sie vermuten. Es könnte aber auch anders sein. Notwehr zum Beispiel. Vielleicht hat das Opfer das Gewehr mitgebracht."

„Und warum hat sie dann nicht die Polizei gerufen?"

„Keine Ahnung. Finden Sie's heraus, die Beweislast liegt nicht bei ihr. Es kann aber immerhin auch sein, dass der Mann Frau Schmitt nie begegnet ist. Es könnte sein, dass er nie weiterkam als in die Brandung, wo er sich irgendwie das Genick brach."

„Das ist doch völlig abwegig."

„Das spielt keine Rolle. Sie haben ohne DNS, ohne Geständnis nichts außer diffusen Spuren und einer Vielzahl möglicher Interpretationen. Ein guter Strafverteidiger nimmt das mühelos auseinander. Und Frau Schmitt ist selbst Juristin und Polizistin, was meinen Sie, wie weit sie die Indizien interpretieren kann?"

Ich sah, wie Miller resignierte. Seine Körperspannung ließ schlagartig nach.

Dennoch sagte er: „Das wird ein Nachspiel haben, dass Sie meine Ermittlungen behindern."

Den anderen beeindruckte er nicht. „Sie haben Ihre Kompetenzen weit überzogen. Ohne die Courage einer meiner Männer, der mich benachrichtigte, hätten Sie in meinem Bezirk sonstwas angerichtet, bis hin zu einem Skandal zwischen EU-Staaten. Ich werde das jedenfalls beim Präsidenten zur Sprache bringen."

Miller straffte sich wieder. „Oh ja, versuchen Sie das mal. Mit Ihrer butterweichen Einstellung sind Sie nicht eben der Favorit im Elysée."

„Wir werden sehen." Der Hochgewachsene machte eine Handbewegung zwischen Wedeln und Winken. „Hauen Sie ab."

Ich fragte: „Und wenn *ich* Anzeige erstatte?"

Der Hochgewachsene schnaubte: „Übertreiben Sie es nicht."

Miller warf mir einen hasserfüllten Blick zu. Streckte dem anderen noch einmal die Hand hin. Der salutierte und drehte sich im selben Moment weg.

Mehr Verachtung konnte man unter Beamten auf diesem Niveau kaum ausdrücken.

Miller ging ab.

„Pierre Desgranges, Präfekt", stellte sich der Hochgewachsene vor. „Sollen wir einen Arzt rufen?"

„Wird schon." Ich schüttelte den Kopf. „Ich bin misshandelt worden, auch sexuell. Warum sollte ich nicht Anzeige erstatten?"

„Weil Sie die Spuren manipuliert haben." Er holte sich einen Stuhl, setzte sich so, dass nicht erneut eine Verhörsituation entstand – etwas versetzt seitlich. Er sah mich finster an. „Was treibt Sie an? Rache? Suchen Sie Genugtuung wegen des vergeigten Strafprozesses damals? Was wollen Sie hier?"

„Nichts. Ich bin Touristin."

„Ich kann Sie festnehmen lassen, das wissen Sie, oder? Antworten Sie, und ich überlege es mir."

„Sie können jeden festnehmen lassen, Sie sind der Präfekt", stellte ich klar. „Sie haben Miller vorhin selbst erklärt, warum es nicht klug ist, *mich* festzunehmen."

Er zeigte ein dünnes Lächeln. „Nun gut, einverstanden. Wir reden inoffiziell. Mein Wort drauf."

„Ich war damals die einzige Zeugin, alle anderen wurden eingeschüchtert oder verschwanden. Ich habe neulich einen Hinweis bekommen, der mich hoffen ließ, dass wir vielleicht mit einer Anklage doch noch durchkommen würden: harte Beweise gegen Miller. Ich bin gekommen, um mit einer Frau zu sprechen, deren Aussage der Schlüssel dazu wäre. Sie vertraut mir. Wahrscheinlich bin ich die einzige, der sie vertraut."

„Gemeinsame Erfahrung?"

„Ja."

„Und?"

„Sie mag aus ernsthaften persönlichen Beweggründen noch immer nicht aussagen. Ich respektiere das."

„Warum haben Sie das alles nicht den Behörden überlassen?"

„Die Frau wurde mit 17 von Flics vergewaltigt und zur Nutte gemacht. Ihr Verhältnis zu, sagen wir: ‚Behörden' ist seither gestört." Von dem illegalen Vaterschaftsnachweis sagte ich lieber nichts.

„Was ist mit *Ihrem* Verhältnis zu Behörden?" Er beugte sich vor, stützte die Ellenbogen auf seine Oberschenkel. „Am besten passen die Indizien doch so zusammen: Der Tod des Mannes war Notwehr. Der Angreifer kam mit dem Gewehr, jedenfalls wurde eine passende Gewehrhülle mit passenden Waffenölspuren in seinem Peugeot gefunden. Also, Sie lagen im Bett. Er schoss, aber Sie waren schneller, als er mit dem Riesending im Zimmer schießen konnte: harter Kampf, bei dem sich der zweite Schuss löst, Todesgriff, Exitus des Angreifers durch Genickbruch. Da er Ihnen nach dem Leben trachtete und es ein durchaus ungleicher Kampf war, sehe ich keinerlei unangemessene Gewaltanwendung auf Ihrer Seite." Er wartete einige Sekunden lang auf eine Antwort. „Wie kann es sein, dass Sie als Polizistin die Dinge selbst in die Hand nehmen? Richterin Dufrennes hat mir erzählt, dass Sie den Opfern zu ihrem Recht verhelfen wollen. Meinen Sie, dass das geht, indem Sie selbst das Recht beugen?"

Ich hatte die Spuren eines Kapitalverbrechens beseitigt, das war strafbar. Aber dafür gab es keinen Beweis, so lange ich schwieg.

Er fragte: „Warum haben Sie nicht die Polizei gerufen?"

Was sollte ich sagen: Es war ein Reflex?

„Wir hätten Miller jetzt", sagte er. „Er hätte niemals erklären können, warum er Ihnen einen Kerl mit einem Jagdgewehr auf den Hals schickt."

„Ach, erzählen Sie mir doch nichts. Selbst wenn die beiden Brüder wären, bewiese das nicht Millers Beteiligung", schnarrte ich. „Und woher sollte ich wissen, wie Sie zu Miller stehen? Korruption in Präfekturen ist die Regel, nicht die Ausnahme. Das wissen Sie so gut wie ich."

„Ja, Schwarzhandel mit Führerscheinen und Aufenthaltstiteln, aber doch nicht Mord."

„Es gibt immer wieder Tote in Polizeigewahrsam, und die werden nicht mal offiziell gezählt. Tun Sie also nicht so, als …"

Er unterbrach: „In meinem Bezirk laufen die Dinge anders."

„Nehmen wir mal einen Moment lang an, es war so, wie Sie glauben: Was hätte mir der Angreifer als Toter genützt, der nicht mehr aussagen konnte, im Kampf gegen einen manipulativen, hoch funktionalen Psychopathen in einem bedeutenden Staatsamt? Miller hatte damals immerhin vor meinen Augen zwei Frauen ermordet und kam damit durch, und da war er noch lange nicht Präfekt. Seien Sie ehrlich – hätten Sie es an meiner Stelle drauf ankommen lassen? Ein Toter mit gebrochenem Genick ist zunächst doch nur eins: Beweis für ein unnatürliches Ableben. Und ich bin noch immer die traumatisierte, emotional verbogene Ex-Drogenhure, für deren Befinden er angeblich so viel Verständnis hat: Jetzt wäre es Zeit, die Frau endlich wegzusperren." Ich fiel in einen sarkastische Tonfall: „Zu ihrem eigenen Besten, versteht sich."

„Sie sind eine Enttäuschung für den Rechtsstaat."

„Mitunter ist der Rechtsstaat eine Enttäuschung."

Wir hatten immer schneller gesprochen, nun tauschten wir feindselige Blicke.

Er war etwa so alt wie mein Mann, kantiger, kälter, selbstbewusst. Ich fühlte mich unter seinen grauen Augen wie eine Probe unterm Mikroskop, ein Beweismittel.

Ich starrte zurück. Lange.

Ich sah, wie meine Worte in ihm arbeiteten.

Sie arbeiteten auch in mir.

Der Punkt ist: Ich hatte keine Sekunde lang erwogen, den gesetzlichen Weg zu gehen.

Kriegerinnen sammeln Truppen, sie haben eine Strategie, sie gehen systematisch vor.

Ich hatte kein Vertrauen außer in mich selbst gezeigt.

Ich hatte spontan gehandelt, nicht nach dem Gesetz, aber auch nicht nach rationalen Kriterien.

Ich hatte mich nicht wie eine Kriegerin verhalten.

Sondern wie ein Opfer.

Am Ende hatte sein Blick die Schärfe verloren, er nickte.

Ich fühlte mich durchschaut.

Er sagte: „Sie sehen schlimm aus. Soll ich Sie wirklich nicht zu einem Arzt bringen lassen?"

Ich befingerte mein Gesicht. Spürte dem Schmerz nach, der Hitze, die auf der linken Seite pochte. „Ein Eisbeutel, meine Kleider und eine Fahrt zu meinem Ferienhaus, und ich bin zufrieden."

***

Ich stand noch unter der Dusche, als der erste Anruf meines Chefs einging. Ich fand ihn nach dem Anziehen in meiner Mailbox.

Frielings Stimme klang angespannt und sorgenvoll, auch gestresst: „Schmitt, was soll das, im Urlaub in fremden Revieren zu wildern? Wieso bist du hinter diesem Präfekten her? Das Außenministerium hat beim Regierenden Druck gemacht, der Innensenator beim Chef, und der will nun eine Stellungnahme von mir. Ich hab wie immer keine Ahnung. Ruf mich bitte an, sofort, sonst kann ich deine Suspendierung nicht verhindern."

Miller drehte den Spieß einfach um, indem er die große Diplomatie einschaltete, um mich loszuwerden.

Ich beschloss, per Mail zu antworten. Ich bearbeitete meinen Text, wie es ein Anwalt getan hätte, und schickte Frieling schließlich – von meinem privaten Mailaccount – dies:

„Lieber Lothar,

eine alte Freundin aus meiner Studienzeit in Paris hat mich gebeten, in einer alten Sache hier als Zeugin auszusagen. Das hat mit meiner Arbeit definitiv nichts zu tun.

Ich kenne den Inhalt der französischen Intervention beim Außenminister nicht, also kann ich dazu nicht Stellung nehmen. Ich habe aber ein reines Gewissen: Jeder denkbare Vorwurf, der gegen mich erhoben wird, muss falsch sein, eine Fabrikation, um mich zu diskreditieren. Ich bin Touristin und Zeugin, ich habe nichts Illegales getan oder im Sinn. Du brauchst dich also um nichts zu kümmern, was mich betrifft.

Diese Mail darfst du zitieren.

Grüße,

Schmitt"

Keine zwei Stunden später versuchte mein Mann, mich zu erreichen. Ich drückte den Anruf weg.

Anselm schickte eine SMS: „Liebste, die schwärzen dich als Junkie an, roter Alarm! Du musst reagieren!! IL, A."

Meine alte Sucht stand in meiner Personalakte, ich selbst hatte sie zum Beginn der Einstellungsuntersuchung der Vertrauensärztin zu Protokoll gegeben.

Daher würde ich niemals im Drogendezernat eingesetzt werden.

Aber ich war nicht erpressbar.

Ich tat mit Anselms Mail, was ich Frieling geraten hatte: Ignorieren.

Frieling schickte noch eine SMS: „Deine Urlaubsgenehmigung ist aufgehoben. Dienstliche Anweisung: Du kommst sofort zurück. Ausführlich in E-Mail."

Ich reagierte nicht.

Niemand ist verpflichtet, im Urlaub dienstliche Mails zu lesen.

Man muss Prioritäten setzen.

* * *

Ich hätte gern geschlafen. Der Kopfschmerz hielt mich wach.

Stundenlang textete ich mit Richterin Dufrennes.

Sie hatte bei den Saint-Andrés etwas gefunden.

Wir verabredeten uns in Paris.

Ich wollte den Halbacht-Zug von Perpignan nehmen, um mittags dort zu sein.

Aber ohne Gefolge.

Ich war mir sicher, dass Miller mich überwachen ließ.

Gegen 5.30 Uhr flocht ich mir einen Zopf, band ihn mit dem Stromkabel des Fernsehers zusammen, steckte ihn mit einem kleinen Schraubendreher aus der Küchenschublade hoch, ging zum Ufer runter, watete in die schwache Brandung, schwamm ein Stück hinaus. Etwas südlich des Hotels kam ich wieder an Land, joggte zum Trampelpfad, der zwischen Pinien zur ersten Häuserreihe führte, zur Strandstraße.

Sondierte die Szenerie im Schutz der Grundstücksmauer eines Apartmenthauses.

So weit ich sehen konnte, parkten drei Autos.

Mein Audi stand nördlich des Hotels, fast am Rand der Böschung zum Flussufer. Ich sah ihn im Licht der letzten Laterne am Ende der Straße von hinten.

Der Transporter mit der Hotelreklame stand auf der anderen Seite, Front zu mir, vor dem Hotel.

Das dritte Auto sah ich ebenfalls von hinten. Der Dreier-Peugeot war mir am nächsten, keine zehn Meter entfernt. Besetzt mit einem Mann, dessen Umriss ich erkannte: Es war der Typ, der beim Verhör die meiste Zeit hinter mir gestanden hatte. Der mich gehalten hatte, als Miller auf mich losging.

Ich glaubte nicht, dass Miller mich in dieser Gegend noch einmal angreifen lassen wollte, denn er fürchtete seinen Kollegen, dessen Bezirk das war.

Nein, dieser Typ sollte mich verfolgen, damit ich ihn zu Douna führte.

Kühl betrachtet, wäre es wahrscheinlich auch kein großes Problem gewesen, wenn er mir nach Paris gefolgt wäre.

Andererseits konnte auf dem Weg oder dort viel geschehen, wofür ich keinen Schatten haben wollte. Ein Verfolger bedeutete, unter Kontrolle zu stehen.

Außerdem gehörte er zu denen, die Millers Spiel spielten.

Ich trat auf die Straße hinaus.

Brauchte keine Deckung.

Nur Schnelligkeit.

Zog den Schraubendreher aus meinem Haar. Stach zuerst in den Reifen hinten links, dann hinten rechts.

Der Mann am Steuer war wohl darauf fixiert gewesen, dass ich von vorn komme.

Wahrscheinlich war er auch nicht besonders munter.

Oder er hatte eine extrem lange Leitung.

Jedenfalls nahm er mich erst wahr, als das Zischen der entweichenden Luft das Rauschen des Meers übertönte und ich vorn rechts den Reifen zerstochen hatte.

Er öffnete die Fahrertür. Da zog ich den Schraubendreher schon vorn links aus dem letzten Reifen.

Ich rannte gegen die Tür an, quetschte sein Bein zwischen Tür und Schweller. Schlug die Tür noch mal mit Wucht dagegen. Er schrie, fluchte, hielt sich das Bein, griff hektisch in seine Jacke. Ans Schulterhalfter.

Ich war um die Tür gesprungen, ehe er ziehen konnte. Hielt ihm den Schraubendreher an den Hals. „Mach was Dummes, und du hast ein Loch in der Schlagader. Gib mir die Knarre. Mit zwei Fingern."

„Du hast mir das Bein gebrochen. Angriff auf einen Flic: Darauf stehen ein paar Jahre Knast."

Ich nahm die Waffe, ließ das Magazin rausgleiten. „Ich sehe keinen Flic, sondern einen Stalker, Zivilist im Mietwagen." Ich warf das Magazin nach rechts, die Pistole nach links. „Dein Handy, los."

„Ich hab keins."

„Erzähl keinen Scheiß. Und keine falsche Bewegung." Der Schraubendreher zuckte in meiner Hand.

Ich scrollte durch seine Anrufliste. Zuletzt hatte er mehrmals Kontakt zu derselben Nummer wie mein nächtlicher Angreifer gehabt.

Ich schlenzte das Mobiltelefon schräg über die Straße hinter einen Gartenzaun.

„Autoschlüssel."

„Sie werden dir Feuer unterm Arsch machen, dass deine Scheiße kocht", brummte er.

„Sehr schön formuliert", sagte ich und ließ den Schraubendreher sinken. „Du bist ein wahrer Poet. Ich glaube nicht, dass du deinem Chef erzählst, dass eine nackte, nasse Frau dich fertig gemacht hat. Wie wäre es statt dessen mit drei baumlangen Jugendlichen mit Knüppeln, die dich ausrauben wollten? Oder vier?" Der Schlüssel landete in einem anderen Garten.

„Nutte. Verschwinde bloß."

„Genau das ist mein Plan. Gute Nacht noch."

Ich griff seinen Nacken, schlug sein Gesicht auf den Lenkradkranz.

Er war still.

Ich löste das Kabel vom Zopfende, fixierte seine Hände am Lenkrad, unten, zwischen seinen Schenkeln, so dass er nicht mit den Zähnen ans Kabel kommen konnte, wenn er nicht Gummiknochen hatte. Selbst wenn er das Lenkradschloss geknackt bekam, würde es nicht ohne Verrenkung gehen. Und dann musste er noch Zahnleisten wie ein Seitenschneider haben …

Ich hob sein Bein über den Schweller in den Fußraum.

Der Knochen fühlte sich nicht gebrochen an, aber es war bestimmt eine schöne Prellung.

Ich schob die Tür ins Schloss. Joggte zum Strandhaus, sprang in Jeans und T-Shirt, nahm meine Tasche.

Ich winkte, als ich an dem Peugeot vorbeifuhr.

Er winkte nicht zurück, so weit ich das in der Dämmerung erkennen konnte. Aber seine Mimik war lebhaft.

Es ging ihm also gut.

***

Argelès sur mer

Sie zuckt hoch, blinzelt ins Licht, streckt sich, fängt das Notebook, ehe es von der Decke rutschen kann.

Murmelt „Scheiße", als sie den Bildschirm nicht aktiviert bekommt.

Sie war eingenickt, ohne das Diktat zu speichern. „Fuck."

Sie trägt den Computer zur Küchenecke, hängt ihn ans Netzteil, startet das Programm.

Autostore hat das Dokument gerettet, bevor der Akku ganz erschöpft war.

Sie prüft die letzten Sätze. Alles vollständig.

Sie klappt den Bildschirm zu. Öffnet das Panoramafenster, dessen Salzbelag im Licht glitzert und die Aussicht verschleiert. Frischluft mischt sich mit dem scharfen Duft halbverbrannten Holzes aus dem erloschenen Kamin.

Verschwenderisches, wolkenloses Morgenblau, die tiefstehende Sonne wärmt wie im Frühling, trotz der Brise ist es wärmer als im Haus.

Sie spürt ihren Magen. Das Brennen. Seit Beginn des Diktats hat sie nichts gegessen.

Es ist Markttag.

Zeit für eine Pause.

Frühstück bei David im „Paradis", die Zeitungen lesen, am Fischstand Moules farcis zum Abendessen kaufen.

Sie lächelt beim Gedanken an den absehbaren Flirt mit David.

Ein paar Momente ohne Düsternis, Bedrohung, Gewalt.

Aber noch ist es zu früh, ins Dorf zu fahren.

Sie trabt die Treppe hinunter, über den Sand, ins Meer, taucht ein.

Lässt sich treiben.

Diktat 9, 2. Dezember

Simin Dufrennes war nicht am Bahnsteig, nicht in der prachtvollen Halle des Lyoner Bahnhofs.

Ich stand eine Weile im Menschengewusel, hielt Ausschau nach ihr, checkte mein Handy.

Ich hatte keine Nachricht übersehen: Sie war einfach nicht gekommen. Ich las noch einmal ihre letzten Mails. Klar und eindeutig wollte sie mich am Bahnhof abholen, um dann mit mir gemeinsam zur Kanzlei Saint-André zu fahren.

„Bin pünktlich angekommen, gibt es ein Problem?", smste ich.

Keine Antwort.

Ich gab ihr eine halbe Stunde. Paris ist eine große Stadt, da kann manches passieren. Stau, Unfall, Ausfall der Metro, was immer. Ich holte mir am Imbissstand ein Sandwich, stellte mich wieder mitten in der Halle unter die große Anzeigetafel.

Sie kam nicht.

Nach einer halben Stunde deponierte ich meine Tasche in einem Schließfach, ging in den Waschraum, um mein Gesicht zu checken. Im Zug hatte ich mir jede Stunde im Speisewagen ein Eis gekauft und an meiner heißen, pochenden, verspannten Wange getaut. Die sah weniger schlimm aus, als sie sich anfühlte. Leicht geschwollen, so dass meine Narbe tiefer zu sein schien, der Mundwinkel schief. Aber das nahm wahrscheinlich nur ich wahr.

Ich machte mich auf den Weg zum Boulevard Haussmann, um pünktlich in der Kanzlei zu sein. Vielleicht würde ich sie dort treffen, und was ich für klar und eindeutig verabredet hielt, erwiese sich als Missverständnis.

Im Herbstlicht wirkten die Fassaden abweisend, ohne Laub an den Bäumen am Straßenrand war alles grau.

Mein Taxi hielt hinter einem Peugeot, der direkt vor dem hohen Portal des Hauses parkte, zwei Mann auf den vorderen Sitzen: Polizisten, von der Richterin zur Bewachung des Zeugen Saint-André abgestellt.

Sie waren nicht die einzigen, die das Haus beobachteten.

An der anderen Ecke stand ein Mann, auf dessen Anblick ich körperlich reagierte: Ich spannte mich, konnte kaum atmen, schwitzte: Entzug. Mir war übel, ich lag in dem Zimmer mit den Mädchen, und seine bullige Gestalt zeichnete sich gegen das mit Papier verklebte Fenster ab. Er schlug auf einen schmalen Körper ein, und wieder, wieder …

Bob, der Partylöwe.

Man unterstellte mir im Prozess, ich hätte mir den Mord unter Drogen eingebildet.

Wir hatten versucht, Bob zu finden. Vergebens. Wenn er ein Bulle war, hatte man es irgendwie geschafft, uns seine Akte nicht sehen zu lassen, oder er kam von sonstwo. Auch Liz' Leiche wurde nie entdeckt.

Kalkulation: Sie konnten nicht wissen, dass ich kommen würde, also stand er nicht für mich dort. Aber er konnte mich erkennen.

„Ist Ihnen nicht gut?", fragte der Taxifahrer.

Anstelle einer Antwort gab ich ihm zwei Scheine. „Fahren Sie mich bitte noch um die Ecke."

Ich stieg aus, hielt mich außer Bobs Sicht, als ich zum Haus zurückging.

Keine Spur von Simin Dufrennes.

Sie hatte noch immer nicht auf meine SMS geantwortet.

Sollte ich allein reingehen?

Vielleicht war sie ja schon oben …

Die Eingangshalle des Hauses kam mir weniger hoch und weniger golden als damals vor, die Treppe schmaler, die Kanzleitür enger, die Räume wie ein verlassenes Museum.

Äußerlich hatte sich nichts verändert. Aber für mich hatte sich der Kontrast zwischen innen und außen verschärft. Die Abgeschlossenheit der prächtigen, mit dunklem Holz getäfelten Räume gegen den Tag und das Treiben und Geschiebe der Großstadt vor den hohen, mit schweren Gardinen verhängten Fenstern deprimierte mich.

Die Sekretärin, eine bleiche Rothaarige, die kaum volljährig sein mochte, sagte: „Guten Tag. Richterin Dufrennes?"

„Ich habe einen Termin", antwortete ich wahrheitsgemäß, ohne mich vorzustellen.

Sie war also nicht hier.

Die Rothaarige führte mich zum Büro der Brüder, blieb an der Tür zurück, die sie hinter mir zuzog.

Ja, es war noch immer das Büro beider Männer.

Der verwaiste Schreibtisch des anderen stand an seinem Platz, als könnte sein Besitzer jeden Moment eintreten. Block und Stift lagen bereit. Es war der rechte Tisch. Ich nahm also an, dass ich mit demselben Zwilling sprach, der mich seinerzeit hinausgeworfen hatte.

Emile de Saint-André war ein dürres Männlein geworden, so grau wie sein Anzug, lange, zittrige Greisenfinger. Er trug kein Toupet mehr, gelblich-weiße Strähnen klebten auf seiner Glatze.

Es dauerte einen Augenblick, bis er mich erkannte. „Sie? Was …?", rief er und sprang auf. „Warum …? Wo ist Richterin Dufrennes?"

„Ich war mit ihr verabredet, um diesen Besuch bei Ihnen zu machen. Sie hat auch mich versetzt."

Er ruderte mit den Armen, als könnte er mich so davonscheuchen. „Sie waren nicht angekündigt. Mit Ihnen will ich nicht reden. Sie haben meinen Bruder auf dem Gewissen. Er ist nach Ihren Tätlichkeiten nie wieder ganz in Ordnung gekommen und schließlich gestorben."

Ich setzte mich auf den Besucherstuhl. „Ich müsste übertreiben, verliehe ich nur meinem geringsten Bedauern Ausdruck." Meine ganze Verachtung legte ich in ein abschließendes „Monsieur". Für Deutsche wirkt das geschraubt, auf Französisch hatte ich den maximalen Härtegrad einer Schmähung unter Gebildeten erreicht. „Aber nun bin ich hier. Ich wusste nicht, dass Frau Dufrennes mich nicht als ihre Begleiterin angekündigt hatte."

„Verschwinden Sie! Sie will ich nicht sehen. Und der Richterin können Sie ausrichten, dass ich auch in ihrer Begleitung nicht mit Ihnen …"

„Hätten Sie sich mir nicht damals aufgezwungen, wäre ich heute nicht hier", unterbrach ich. „Und ich bleibe, auch allein. Wenn Sie Angst vor mir haben, rufen Sie die beiden Flics rein, die vor der Tür stehen. Nur zu!"

„Diese Wache ist Unsinn, sie hindert mich an meiner Arbeit. Welcher Mandant begegnet schon gern auf dem Weg zu einer Kanzlei …"

„Es sind schon viele Zeugen verschwunden", unterbrach ich.

„Unsinn, ich bin kein Zeuge. Und Sie gehen jetzt, oder …

„Nein. Nicht ohne mit Ihnen über neue Gesichtspunkte zu reden, die sich ergeben haben. Es gibt Indizien ..."

„Pah, Indizien ..."

„Also?"

Natürlich wollte er wissen, was es Neues gab.

Natürlich wollte er keine Flics dabei haben.

Er ließ sich in seinen Stuhl fallen, „Na gut. Fünf Minuten. Was wollen Sie?"

„Die Richterin ist Ihre Kontobewegungen durchgegangen. Sie heben jeden Monat eine rätselhafte Summe in bar ab: 3049 Euro. Nicht 3000, nicht 3050, sondern exakt 3049. Den Ermittlungen zufolge ist es der einzige Gang zu Ihrer Bank, den sie selbst unternehmen, jeden Monat. Sie lassen sich das Geld in sechzig Fünfzigern, zwei Zwanzigern, einem Fünfer und zwei Zwei-Euro-Stücken auszahlen und nehmen es in einem braunen Umschlag mit, den Sie in eine schwarze Ledermappe stecken. Dann nehmen Sie ein Taxi."

Diese Worte stellten etwas mit ihm an. Er hatte plötzlich Farbe, und es kam Bewegung in ihn. „Mit welchem Recht bespitzeln Sie mich?", krächzte er.

„Die Richterin ist meiner Anzeige nachgegangen, dass Sie erpresst werden."

„Von Ihnen stammt dieser Unsinn also." Seine Augenlider flatterten vor Aufregung. „Erst gestern war ein Polizist hier, und ich habe klar gesagt, dass ich nicht erpresst werde."

Ich lächelte. „Zur Erpressung gehört, dass der Erpresste nicht eben wild darauf ist, den Erpresser anzuzeigen. Ihre Aussage hat Frau Dufrennes also nicht an weiteren Ermittlungen gehindert. Sie wissen, dass eine Untersuchungsrichterin der Anzeige einer Straftat nachgehen muss. Und hier sind es gleich mehrere Straftaten."

„Und wie kommen Sie zu der Anzeige?"

„Spekulation. Offenbar ein Treffer."

„Und wie kommt die Richterin dazu, Sie an den Ermittlungen zu beteiligen? Sie sind doch nicht mal Französin ..."

„Wir sind nicht vor Gericht, wir müssen hier die Rechtslage, meine Rolle und meine Glaubwürdigkeit nicht erörtern. Ich verhöre Sie nicht.

Ich würde mich lediglich freuen, wenn Sie uns mit Informationen unterstützen würden."

„Ihnen sage ich gar nichts."

„Das ändert nichts. Dann komme ich mit Frau Dufrennes noch mal wieder, oder sie lädt Sie vor, und Sie werden die Fragen doch beantworten."

„Sie sind nicht legitimiert …"

„Das ist doch wunderbar! Dann bleibt alles informell, quasi wie ungesagt."

„Ihre angeblichen Indizien sind ein Popanz. Ich werde nicht erpresst. Es ist keine Straftat, mit viel Bargeld herumzuspazieren. Allenfalls eine Dummheit."

„Absolut", bestätigte ich. „Aber die monatliche Transaktion provoziert doch Fragen. Die Abhebungen begannen zur Zeit des Prozesses Yves Miller, in dem Sie die Aussage verweigerten und außer mir niemand gegen Sie aussagte. Anfangs hoben Sie exakt 20.000 Franc ab. 20.000 Franc sind auf den Cent genau 3049 Euro. Auch damals war es die einzige Transaktion, für die Sie Ihre Bank persönlich aufsuchten, Sie trugen das Geld damals wie heute in einem braunen Umschlag hinaus. Vierzig Fünfhunderter jeden Monat waren es damals, ohne Beleg auf Nimmerwiedersehen verschwunden. Wenn es keine Erpressung ist, was ist es dann?"

„Ich kann mit meinem Geld machen, was ich will."

„Sagen wir also, es ist keine Erpressung. Dann ist es vielleicht die Bezahlung für irgendeine Leistung oder eine regelmäßige Schenkung – dann interessiert sich eventuell der Fiskus dafür. Sie setzen das Geld jedenfalls nicht von der Steuer ab, so viel war den Akten zu entnehmen. Bleibt die Frage, ob die andere Seite es versteuert."

Er schwieg.

Ich fuhr fort: „Wenn Sie etwas dafür kaufen, wüssten wir gern, was. Weisen Sie es vor, dann wäre die Sache erledigt."

„Ihnen muss ich gar nichts zeigen."

„Völlig richtig, aber Frau Dufrennes …"

„Vielleicht verbrauche ich das Geld ja über den Monat in kleinen Tranchen", wehrte er sich.

„Dann stellt sich noch immer die Frage, wofür. Wie kommt es zu immer derselben Summe?"

Er war inzwischen wieder grau geworden. In seinem Gesicht arbeitete es, er fingerte nervös an einer Pillendose herum, die an der Tischkante stand, aber er hatte sich gefangen. „Nun gut, besprechen wir die Sache unter juristischen Gesichtspunkten. Ich weiß ja, worauf Sie hinauswollen. Sie wollen mich zur Aussage bewegen, und an mir persönlich sind Sie nicht interessiert, aber sehr wohl am mutmaßlichen Gegenstand der angeblichen Erpressung. Nehmen wir an – wirklich nur angenommen, fassen Sie dies bitte nicht als Geständnis oder Aussage auf –, die vermutete Erpressung bezieht sich zum Beispiel auf einen Fall massiver sexueller Nötigung. Wenn der Erpresste nun aussagt und die Erpresserin ebenfalls – Sie müssten dann auch den Straftatbestand der Erpressung klären. Und damit hätten Sie das Opfer der mutmaßlichen sexuellen Agression zu verfolgen. Wollen Sie das?" Er sah mich ernst an.

Ich holte tief Luft. „Ich versuche mal, wie ein Anwalt zu denken. Nachdem Sie intensiv beteuert haben, dass Sie nicht erpresst werden, sehe ich keinerlei Anlass, an Ihren Worten zu zweifeln: Ich gehe davon aus, dass Sie die monatliche Zahlung leisten, um Ihren gemeinsamen Haushalt mit Ihrer Geliebten zu finanzieren, was auch hierzulande nicht der Steuerpflicht unterliegt."

Er nickte langsam. „Sie waren schon damals eine ganz ausgezeichnete Juristin, Fräulein Yurdal …", sagte er.

„Schmitt", sagte ich. „Ich hab geheiratet."

„Frau Schmitt …"

„Schmitt, bitte, ohne Frau. Das ist mein Name."

„Das ist ungewöhnlich. Was machen Sie jetzt?"

„Ich bin bei der Polizei. Sittendezernat."

„In Berlin, hoffe ich."

„Ja." Ich lachte wider Willen. „Hier bin ich wie gesagt nur Zeugin."

„Sittendezernat, sagen Sie." Er grinste, leckte sich die Lippen. „Was war Ihr schmutzigster Fall, bisher?"

„Bitte?"

„Geilt Sie dieser Job auf?"

Ich hätte ihn umbringen können.

Atmete tief ein, hielt die Luft für einen Augenblick, sagte heiser durch die Zähne: „Bin ich Ihnen zu nahe getreten, Herr de Saint-André, dass Sie mich provozieren? Ist so, nicht wahr?"

Er grinste noch. Aber ich sah, dass mein Ausdruck ihn erschütterte. Er krallte sich an die Armlehnen. „Gut. Gut. Gesetzt den Fall, ich hätte eine Geliebte."

„Ja?"

„Also, äh … Schmitt, wie würden Sie sich das weitere Vorgehen dann vorstellen?"

Ich schloss für einige Sekunden die Augen. Schwebte körperlos im Raum. Hielt die Luft an.

Komm runter, Schmitt!

Ruhig.

Sei ruhig.

„Helfen Sie mir, wenn ich das Strafmaß falsch erinnere", sagte ich. „Mit dem französischen Gesetz habe ich ja nicht mehr so viel zu tun. Wir reden bei sexueller Nötigung im minderschweren Fall über fünf Jahre Haft. Sie sind alt, krank – nach längstens zwei Jahren sind Sie draußen, wenn Sie überhaupt ins Gefängnis müssen als Krebspatient."

„Wie kommen Sie jetzt darauf?", unterbrach er mich.

Ich wies auf seinen Schreibtisch. „Die Pillen, mit denen Sie da die ganze Zeit spielen. Sie sollen den Magen beruhigen, wegen der Chemo."

„Pharmakologin sind Sie also jetzt auch", spottete er.

„Jeder Junkie oder Ex-Junkie ist auf seine Weise Pharmakologe: Die Dinger beruhigen den Magen, wenn Sie ein Süchtiger auf Entzug sind und einen Tablettenmix aus sonst was schlucken, um nicht ganz durchzudrehen. Viele Schmerz- und Beruhigungsmittel greifen die Magenwände an. Ich gehe davon aus: Das ist es bei Ihnen nicht. Eine Chemotherapie ist das Nächstliegende." Da er still blieb, fuhr ich fort: „Bei Ihnen ist die Straferwartung also gering. Bei Miller dagegen kommt einiges zusammen: schwere sexuelle Nötigung, Entführung, möglicherweise schwere Erpressung, Vergewaltigung. Zwanzig Jahre bis Lebenslänglich, eventuell eine hohe Strafzahlung. Außerdem bestünde bei einem Präfekten unter solchen Anklagen ein erheblicher Ermittlungsdruck. Richtig?"

Er nickte.

„In Deutschland machen wir das so: Güterabwägung nach gesellschaftlichem Verfolgungsinteresse. Wer minderbelastet ist und gesteht, bekommt einen Deal, eine deutlich verminderte Strafe oder sogar Strafbefreiung."

„Das geht auch hier, bei gemeinschaftlicher Erpressung", sagte er. „Wer redet, kann seine Strafe eventuell reduzieren. Aber da gibt es einen festen Katalog. Ganz straflos geht der Informant nur in minderschweren Fällen aus."

Wir schwiegen. Ich hätte am liebsten ein Fenster aufgerissen, so stickig fand ich es plötzlich. Mein Kopf dröhnte. Ich sagte: „Sie sind doch weitgehend davon ausgegangen, dass es Prostitution sei, nicht Nötigung, Entführung oder Erpressung. Und Prostitution war damals nur unter Umständen strafbar, die in Ihrem Fall nicht erfüllt waren."

„Das ist richtig."

„Es könnte aber doch sein, dass es sich in meinem Fall um minderschwere Erpressung handelte. Meine Stellung hier in der Kanzlei gegen Sex, vermittelt über Miller. Wenn Sie sonst keine ähnlich gelagerten … ähm … Geschäfte miteinander gemacht haben, die das Ausmaß Ihrer beweisbaren Mitwisserschaft und damit die Strafzumessung erhöhen würden, wäre das der Ansatz für einen legalen Straflos-Deal. Ich könnte das mit meiner Aussage bestätigen." Ich wartete nicht auf eine Antwort. „Aber gut, das sind alles nur Gedanken, wie der Fall zu konstruieren wäre. Ohne dass Richterin Dufrennes dabei ist, die dem Substanz geben könnte, bleiben es ganz ziellose Spekulationen über das weitere Verfahren."

Wir schwiegen wieder. Saint-André fixierte mich geistesabwesend.

Nach einigen Sekunden sagte er: „Das alles hätte natürlich nur dann einen Wert, wenn es die Erpresserin gäbe."

„Die Geliebte", verbesserte ich. „Natürlich. Es sei denn, Sie sagen freiwillig aus."

Er lächelte. „Ja. Nur ist das alles ein Gedankenspiel. Ich habe nichts getan. Also werde ich nicht erpresst. Ich weiß nichts über Millers angebliche Taten, habe einen tadellosen Leumund, war fast fünfzig Jahre lang glücklich verheiratet, ich habe keine Geliebte. Ich habe Kinder, die sind älter als Sie. Für etwas anderes haben Sie keine Beweise."

„Was hält Sie zurück", fragte ich. „Angst? Die Familienehre? Oder Loyalität? Glauben Sie mir, wie eng Sie auch immer mit Miller sind, er wird Sie …"

„Das ist alles Unsinn, wir haben lediglich spekuliert." Er schob die Pillendose von sich, als zöge er einen Strich. „Und nun gehen Sie bitte, ich habe zu tun."

Meine Idee mit der Erpressung war ein Schuss ins Blaue gewesen. Dufrennes' Ermittlungen hatten bereits starke Indizien erbracht.

Aber als ich aus dem Haus trat, war ich mir sicher, dass es die Erpresserin gab, dass er ein Kind mit ihr hatte und an ihr hing. Immerhin hatte er sie verteidigt. So war ich auf „Geliebte" gekommen.

Und er hatte gesagt: Jüngere Kinder als seine ehelichen könnten wir nicht beweisen.

Sic!

Ich ging los, überquerte die Straße nahe der Bar, in der es schlechten Kakao gab.

Der Klingelknopf für den vierten Stock des schmalen Hauses gegenüber war der einzige, der nur Initialen trug: S-A.

Der Türöffner schnarrte. Ich nahm den Lift. Die Kabine war ein Käfig mit Scherengitter, das ich selbst öffnen und schließen musste.

Oben drückte ich die Klingel, verdeckte den Spion mit der Hand.

„Sind Sie es?", fragte eine Frauenstimme.

Ich hielt die Luft an.

Die Tür wurde geöffnet.

Die stille Frau, die mir in jener Villa auf dem Land in das Schulmädchenoutfit geholfen hatte – sie war kaum gealtert. Dünner als in meiner Erinnerung. Viel dünner. Die Knochen zeichneten sich unter ihrer Haut ab. Sie bedeckte sich rasch mit dem Laken, das über ihren Schultern lag. „Oh Allah, du bist es", hauchte Halina entgeistert. Wir küssten einander die Wangen.

Ich nahm sie in die Arme. Sie war mir unfassbar vertraut. Mein Körper hatte die Sanftheit ihrer Berührung gespeichert.

Sie weinte.

Sie sagte: „Denk bitte nicht schlecht von mir, dass du mich hier findest."

„Du wirst mir sicher alles erklären. Darf ich reinkommen?"

Sie ging vor mir den Flur entlang ins Wohnzimmer.

Die Wohnung war anders als die anderen Behausungen der Brüder. Hell, freundlich, modern. Die Holztäfelungen waren weiß lackiert, die Wände in hellen Pastellfarben gehalten, der Dielenboden war abgezogen, und es gab keine Teppiche. Klassisch moderne Möbel verstärkten die Großzügigkeit der hohen Räume.

Sie blieb stehen, bis ich mich auf das graue Ledersofa gesetzt hatte, setzte sich auf den Hocker davor.

Sie hatte frische Striemen an den Beinen, an den Schultern. Sah meinen Blick und versuchte, das Laken darüber zu ziehen.

Das Bild der Designerwohnung wurde gestört von herumliegendem Spielzeug. Autos, Plastiktiere, Lego, Playmobil, ein Mülllaster, ein Kran. Das passte zu den bunten Klamotten und den Schuhen neben dem Eingang. „Du hast einen Jungen?", fragte ich.

Ein Strahlen stieg in ihr Gesicht. „Yann. Er ist in der Schule." Sie stand auf, nahm ein Foto von einem niedrigen Schrank. „Das ist er."

Der Junge hatte graue Augen, ein spitzes Kinn, eine kantige Stirn und strubbeliges dunkelblondes Haar.

„Ganz der Vater", stellte ich fest.

„Er ist sein Onkel", präzisierte sie.

„Warst du schwanger, als du damals weggegangen bist?"

Sie nickte. „Ich wusste es noch nicht."

„Und du bist wegen des Kindes zurückgekommen?"

Sie lächelte ernst. „Wo sollte ich hin? Das Geld war schnell weg, ich lebte auf der Straße. Ich war Freiwild, als Frau und als Illegale. Ich bat sie, mich wieder aufzunehmen. Erst wollten auch sie mich nicht."

„Du hast sie erpresst."

Sie nickte nur.

„Es war aber keine gute Idee, zurückzukommen?"

Sie saß sehr aufrecht. „Er liebt den Jungen, als wäre er sein eigener."

„Aber er behandelt dich schlecht."

Sie sah mich starr an. „Er führt mich."

„Was macht Saint-André mit dir?"

Ich sah, wie sie nach Worten rang.

Ich hakte nach: „Er benutzt dich?"

„Er liebt mich."

„Aber er hat doch eine Frau."

„Hatte. Sie ist gestorben. Jetzt bin ich die Frau."

„Ihr seid verheiratet?"

„Nein, natürlich nicht."

Ich kannte sie nicht besonders gut, und das Gespräch war noch zu kurz, um sie lesen zu können. Ihr Lächeln war sonderbar mehrdeutig. Ihre Augen lächelten nicht mit, dennoch wirkte sie enthusiastisch auf eine seltsam fiebrige Art.

„Und er hilft dir dabei, dich zu disziplinieren."

„Ich bin schwach." Sie lächelte. „Wie sonst sollte es gehen?"

Ich war mir noch nicht sicher, ob es ritualisierte Sklaverei war, also ein Sex-Spiel, bei dem Enthusiasmus des „Opfers" durchaus zu den Regeln gehörte, oder gut eingeübte, erzwungene Unterwerfung in einer sehr ungleichen Beziehung. Oder sogar das Stockholm-Syndrom.

„Er schlägt dich."

„Ich bitte ihn darum, mich meine Schwäche spüren zu lassen."

Meine innere Spannung wuchs. Ich zwang mich, meine Hände nicht zu Fäusten zu ballen. „Und es ist das, was du willst."

„Es fällt ihm nicht leicht. Manchmal beklagt er sich, weil er so hart sein muss. Aber ich bitte ihn darum." Sie wahrte Haltung.

„Klingt … besonders." Ich atmete tief ein und halb wieder aus, um die nächste Frage im richtigen, mütterlichen Ton herauszubringen. „Ist es wirklich gut, dass der Junge immer mehr davon mitbekommt, je älter er wird?"

Ihre Erstarrung löste sich. Ich sah: Jetzt hatte sie Angst. Nicht Angst vor mir, sondern Angst davor, dass der Kern ihrer Existenz attackiert würde. „Was meinst du?"

„Warum bist du weggelaufen?"

„Ich … woher weißt du das?"

„Nur eine Annahme. Du hast es gerade bestätigt. Wie oft bist du weggelaufen?"

„Dreimal."

„Und immer bist du freiwillig zurückgekommen?"

„Ich bin schwach und dumm. Aber ich weiß, wo ich hingehöre." Sie zog sich das Laken enger um den Körper.

„Verzichtest du für ihn auf Kleidung?"

„Wie kommst du darauf, dass ich auf Kleidung verzichte?"

„An der Garderobe vorn sehe ich nur Kindersachen. Hast du nur das Laken?"

Treffer. Ihre Lider flatterten. Sie presste die Knie aneinander, hob die Schultern, drückte die Arme an ihren Körper.

Ich fragte: „Besitzt du überhaupt noch Kleidung?"

Sie wahrte noch halbwegs Haltung für einen Satz: „Er gibt mir, was ich brauche, wenn ich es brauche."

Ich hob nur die Brauen, um Verwunderung und Skepsis zum Ausdruck zu bringen.

Sie sackte unter meinem Blick zusammen, nahm die Hände vors Gesicht. „Schon dieses Laken dürfte ich nicht tragen, wenn er hier wäre."

„Du kommst nie raus?"

„Seit Jahren nicht", schluchzte sie.

Sie war nun völlig aufgelöst. Ich ließ ihr Zeit, sich zu beruhigen.

Ich brauchte diese Zeit auch selbst. Ich war den Opfern solchen Missbrauchs zu nah, um professionell ungerührt zu bleiben.

Das war nicht einfache häusliche Gewalt. Es war auch keine klassische sadomasochistische Beziehung. In solchen Beziehungen hat der oder die Unterwürfige die Macht, bestimmt alle Limits, alle Regeln und vor allem: an welchem Punkt Schluss ist mit der Quälerei.

Dies hier war ein Fall systematischer sadistischer Unterdrückung und Demütigung. Jede natürliche Regung, jeder eigene Vorsatz, der Wille des Opfers – gebrochen. Besonders dramatisch: Er hatte sie so weit gebracht, dass sie sogar um die Foltern bat, die er ihr auferlegte. Das Opfer vereinsamt unter solchem Druck, fühlt sich wertlos, unbeachtet. Es kann niemals den Kriterien des Täters genügen, wird zum Objekt.

Ich hatte unter dem Regime meines Verlobten und meines Onkels Ähnliches erlebt. Nicht dasselbe, sondern Strukturähnliches: emotionale Manipulation, bis dein Leben nur noch um die Täter kreist, weil du nie die aktuellen Regeln kennst. Prinzessin im einen Moment, im nächsten schlagen sie dich, dann bist du wieder die Prinzessin, weil du dich brav ficken lässt, ohne Himmel und Hölle gegen sie zu mobilisieren, wie sie es verdient hätten.

Sie war mehr denn je meine Schwester.

Schicksalsschwester.

Hätte ich mich damals darauf eingelassen, in diese Wohnung zu ziehen, wären Sheri und ich ebenso versklavt worden.

Aber ich bin kein Opfer. Nie wieder.

Ich zitterte. Mir war übel.

Mitgefühl, Hass, blinde Wut rührten mich auf.

Auch Schuld.

Ich hatte gedacht, ich hätte sie gerettet.

Dabei hatte ich meine schwächere Schwester nicht schützen können.

Jahrelang ließ ich sie allein, dabei hätte ich es die ganze Zeit wissen müssen.

Ich wusste es ja schließlich auch.

Ich musste die Augen schließen. Der Kopfschmerz manifestierte sich hinter meinen Lidern in kreisenden Feuerrädern.

Ich nahm mich zusammen. „Setzt er dich mit dem Jungen unter Druck?"

„Er sagt, er kann mich jederzeit in den Knast bringen. Oder anzeigen und abschieben lassen. Aber den Jungen kann er heute noch zum Franzosen machen, indem er die Vaterschaft anerkennt." Sie neigte den Kopf.

„Warum genau bist du hier?"

„Wir wollen Miller endlich zur Strecke bringen."

„W… wie?"

„Ich bin inzwischen Polizistin, ich arbeite mit einer Untersuchungsrichterin zusammen. Wir wollen Miller endgültig festnageln."

„Lasst mich da raus. Meine Aufenthaltserlaubnis stammt aus Millers Präfektur."

„Du hast ihnen damals mit den Mädchen geholfen. Du kennst Details. Deine Aussage würde alles ändern. Und die Richterin kann dich schützen."

Halina schüttelte den Kopf. „Und wo ist sie jetzt? Vielleicht kann sie mir ein paar Tage lang ein paar Polizisten vor die Tür stellen. Aber wo wäre sie, wenn das Leben weitergeht?"

Sie hatte gute Gründe.

Es war ja nicht nur eine Empfindung: In ihrer Welt waren Saint-André und Miller Gott.

So lange sie davon überzeugt war, führte kein Weg aus ihrem Elend.

Ich hatte die Erpresserin gefunden, aber es war sinnlos, zurück zu Saint-André zu gehen.

Nach dem Gespräch mit Halina versagte erst mal meine Selbstkontrolle.

Minutenlang stand ich zitternd an der Hauswand, fühlte unfreiwillig ihren Worten nach.

Nein: Ich war Halina.

Oder Sibel.

Zurückgeworfen ins Damals.

Ich war Schülerin, meine Verwandten fickten und schlugen mich, aber keiner wollte es sehen oder wissen, nicht einmal die eigene Mutter. So eine belebte Innenstadtstraße erfährt sich anders unter solchen Umständen. Eine unsichtbare Mauer steht zwischen dir und allen anderen Menschen.

Nur zwischen dir und deinen Peinigern gibt es keine Mauer. Es ist deine einzige echte, ehrliche menschliche Beziehung. Anders kann ich es nicht ausdrücken: Nur sie wissen, was wirklich mit dir los ist, wie sehr sie dich in der Hand haben, dich manipulieren; was aus dir geworden ist, wie und warum. Sie wissen, wie tief du dich verachten musst, weil deine Angst größer ist als die Kraft, dich zu lösen.

Das bedeutet totale Korruption.

Alle Werte, alles Zwischenmenschliche, alles, was den Menschen ausmacht, ist für dich beschmutzt, verkehrt, verdächtig.

Da kommst du nie raus.

Nie ganz.

Du hast zu lang in diesen Abgrund hineingesehen. Er ist in dich aufgestiegen.

Ich presste mich an die Hauswand, biss die Zähne so aufeinander, dass Passanten sich nach dem Knirschen umdrehten.

Ich konnte jetzt nicht in die Kanzlei zurück.

Fragen brachten mich zurück in die Realität: Warum bringt er ihr noch immer jeden Monat dieses Geld? Er demütigt sie, missbraucht sie, überlässt ihr diese Wohnung und bringt ihr noch immer das Geld. Was macht sie damit?

Es war menschlich und juristisch ein totales Durcheinander. Halinas Aussage war so undenkbar wie die Saint-Andrés. Sie bewegten sich jenseits der Konventionen und Regeln, die für andere Menschen, und jenseits der Gesetze, die für Bullen und für Richter gelten. Es gab für ihr Tun keine nachvollziehbaren Erklärungen. Millers Anwälte würden beide Zeugen mühelos binnen Minuten auseinandernehmen.

Eine Lösung jedoch gab es.

Halina könnte leben.

Ich stieß mich von der Wand ab, passte mich dem Rhythmus des Boulevards an. Eine Passantin, unsichtbar unter Passanten.

Bob stand noch da. Bulle, Exbulle, irgendwas in dieser Preisklasse.

Seine Gestalt vor dem helleren Fenster. Die Faust, die auf Liz' Gesicht eindrischt …

Auch er musste weg.

Aber das war jetzt nicht das Wichtigste.

Ich checkte mein Handy.

Noch immer nichts von Simin Dufrennes.

Es wurde Zeit, ernsthaft nach ihr zu suchen.

***

Am Büro der Untersuchungsrichterin hatte sich so wenig verändert wie an der Kanzlei Saint-André.

Der öde Behördenflur, hohe, karge Räume, schattenloses Neonlicht, schäbige Möbel in einem modernen Allerweltsdesign.

Ich dachte an die Kafka-Parabel. Der Mann vom Land wartet demütig vor einem Eingang zum Gesetz, bis er alt und zu schwach zum Gehen ist. Da schließt der Wachmann die Pforte und sagt: Das war allein dein Zugang …

Bei Kafka geht vom Gesetz ein Leuchten aus.

Drehst du die Parabel um, ist das Leuchten nur ein Anschein, und das Gesetz ist ein Nichts in kalten Säulenhallen, unpersönlichen Fluchten normierter Büros, Gerichtssälen wie Theatern. Es kommt sehr auf die Akteure an, ob sich die Handlung zur Komödie oder Tragödie wendet: Es ist allein ihr Gesetz, es formt das Leben, aber erst das Leben gibt ihm Gestalt, denn jeder hat seinen eigenen Zugang.

Im Sinne des Gesetzes war Miller ein Mörder.

Das Leben schonte ihn.

Eine kleine Richterin widersetzte sich und war nun verschwunden.

Ich fürchtete das Schlimmste.

Dennoch versuchte ich nicht, einen Aufruhr zu erzeugen.

Ich wusste nicht, wer Freund und wer Feind war.

Ich wusste nicht, wieviel Dufrennes' Kollegen von ihren Ermittlungen gegen Miller wussten. Wissen durften.

Ich grüßte höflich und sagte: „Ich würde gern Frau Dufrennes sehen. Ich hatte heute Nachmittag einen Termin mit ihr, aber sie ist nicht gekommen."

„Sie hat sich krank gemeldet und lässt sich entschuldigen. Sind Sie Sibel Yurdal?", fragte die Sekretärin. Sie war eine kräftige Frau um die 60, dunkel und faltig, sprach akzentfreies Französisch.

Ich wollte meinen Namen schon korrigieren, da wurde mir klar: Der Fehler war kein Irrtum, sondern eine Botschaft, dass etwas nicht stimmte; weitere Signale würden folgen.

Ich nickte also.

Die Frau hielt einen Zettel, wie Weitsichtige Zettel halten, am langen Arm ins Licht, verengte die Augen zu Schlitzen. „Ich soll Ihnen ausrichten, dass sie sich entschuldigt. Wenn sie Ihre Handynummer gehabt hätte, hätte sie abgesagt, aber …" Sie linste auf den Zettel und schien sich über etwas zu wundern.

„Ja?", sagte ich aufmunternd.

„Ich hab eine Nummer für Sie, wo Sie anrufen sollen, falls Sie Fragen haben, aber diese Nummer …" Sie schüttelte den Kopf.

„Was ist denn damit?"

„Das ist keine Pariser Nummer. Die habe ich noch nie gesehen."

„Zeigen Sie mal. Irgendwas wird sie sich dabei gedacht haben."

Ich erkannte die Nummer auf Anhieb. Es war die Nummer von Millers Präfektur.

„Darf ich den Zettel behalten?"

Sie winkte ab. „Klar. Die Mitteilung ist ja für Sie."

„Sie haben die Notiz aufgenommen?"

„Nein, Richterin Dufrennes hat sehr früh angerufen. Die Telefonzentrale muss das aufgenommen haben, als das Büro noch unbesetzt war." Sie neigte den Kopf, runzelte die Stirn. „Wieso ist das wichtig? Stimmt etwas nicht?"

Ich kombinierte.

Sie lebte also, und sie sollte noch eine Zeitlang am Leben bleiben. Die würden Dufrennes nach ihren und meinen Plänen fragen. Dann sicher töten, um die Ermittlungen zu beenden. Dies war der eigentliche Zweck der Entführung – wozu sonst sollte ein Gangster einen Ermittler kidnappen, der ihm zu nahe kam? Nur um Informationen zu bekommen, lohnte sich das Risiko nicht.

Das wusste sie natürlich auch. Sie würde also nicht reden, so lange sie das irgendwie aushalten konnte, so viel war sicher. Nur wenn sie nichts preisgab, hatte sie eine Chance.

Analyse: Alles an der Mitteilung war Signal. Die Verwendung meines Geburtsnamens und die Rückrufnummer deuteten auf unseren alten Fall als Kontext ihres Verschwindens, zugleich darauf, dass Miller persönlich dabei nicht zugegen war, denn der hätte auf Name und Nummer reagiert. Dass sie angeblich meine Nummer nicht habe, interpretierte ich als Mitteilung, dass sie ihr Handy nicht bei sich trug, oder zumindest selbst nicht kommunikationsfähig war.

Entweder hatten die Entführer ihr aufgetragen, im Büro anzurufen, um Zeit zu gewinnen, ehe sie gesucht würde, oder sie hatte selbst wegen angeblicher wichtiger Termine darauf gedrungen, und man hatte es ihr gewährt, damit ihr Verschwinden nicht gleich Verdacht erregte.

Noch etwas entnahm ich dem Zettel: Die Richterin misstraute den eigenen Leuten. Sie kommunizierte durch sie mit mir, aber zugleich über ihre Köpfe hinweg. Es gab keine verborgene Botschaft, die ihre Kollegen hätten entschlüsseln können oder sollen.

Also gab ich der Sekretärin auf ihre Frage nach eventuellen Problemen ein kleines Lächeln und ein leichtes „Nein, alles okay. Danke".

Nichts war okay.

Ich wusste, wo die Richterin war.

Und ich wusste es doch nicht.

Wir hatten das Hauptquartier von Millers Bande nie ermitteln können. Das war eins unserer größeren Probleme in dem Prozess gewesen – alles, was ich als die einzige Zeugin schilderte, hatte keinen Ort. Missbrauch, Misshandlungen, Orgien, Freiheitsberaubung, der viehische Mord an Liz, der Rebellin: Nichts davon manifestierte sich in handfesten Beweisen.

Obwohl wir beim Putzen unter strenger Aufsicht literweise Chlorbleiche vergossen, hätte ein Kriminaltechniker zwingend etwas finden müssen. Das war ja nicht nur ein Wochenendhaus, aus dem die wenigen Spuren zu tilgen waren, die ein Besucher in seinen letzten paar Minuten hinterlassen hatte. In einem Etagenbordell, in dem tagaus, tagein buchstäblich Blut, Schweiß und Tränen flossen, hätte jede der Matratzen einem Kriminaltechniker ganze Horror-Romane offenbaren können. Und da die beteiligten Polizisten das wussten, achteten sie darauf, dass keins der Mädchen dem Gebäude jemals bei vollem Bewusstsein oder ohne Augenbinde aus einer Perspektive nahe kam, die eine Identifikation möglich gemacht hätte.

Wahrscheinlich hatte auch dies Liz das Leben gekostet: Sie wusste zu viel.

Ich wusste nur, dass es nach einer Büroetage aussah, gebaut in den Fünfziger- oder Sechzigerjahren, die seither kaum renoviert und schließlich verlassen worden war. Unsere Räume lagen nicht zu ebener Erde, und die Treppe führte weiter nach oben – es gab also mindestens zwei Stockwerke über dem Erdgeschoss. Ich vermutete, dass der Rest des Gebäudes leerstand, aber schon dies war Spekulation.

Meine Kenntnis reichte nicht weit, und über die Lage des Hauses in der Stadt oder ihrer Umgebung wusste ich gar nichts.

Im Laufe der Ermittlungen hatte Simin Dufrennes seinerzeit wochenlang Hunderte solcher Gebäude in der Region ausfindig gemacht und nach meiner Beschreibung erkunden lassen – erfolglos.

Nun musste ich es finden, ehe die Typen sie töteten.

Wann würde denen klar werden, dass sie nutzlos war, weil sie sie nicht brechen konnten?

Wann würden die Typen aufgeben und die gefährliche Zeugin erledigen und beseitigen?

Ich kalkulierte: Bullen haben das Sagen in der Truppe, also werden die Gangster nichts im Alleingang wagen. Es waren mehrere Bullen, sie würden Entscheidungen abstimmen und gemeinsam treffen. Nicht per Telefon oder übers Internet, sondern Auge in Auge, schon weil die sich gegenseitig nie hundertprozentig über den Weg trauen würden. Drehst du einen von denen um, kriegst du alle. Bleiben die sich einig, keinen.

Leitende Bullen wie Miller arbeiten nicht im Schichtdienst. Also würden sie erst abends eintreffen.

Damit würde auch das Verhör Dufrennes' erst um diese Zeit beginnen.

Das hieß nicht, dass sie zuvor nichts zu befürchten hätte.

Das hieß nur, dass man sie nicht vor Ablauf von 24 Stunden töten würde. Genau so viel Zeit hatte ihr die Krankmeldung verschafft.

Am Morgen, kurz bevor die Leitbullen zur Arbeit fahren mussten, würde dies wahrscheinlich entschieden: Kommt noch was von der? Soll sie sich noch mal krankmelden, oder entsorgen wir sie jetzt?

Ich gab mir Zeit bis zum nächsten Morgen, sie zu finden.

Das war nicht viel Zeit, und ich kannte nur einen Ansatzpunkt: Saint-André.

„Ach", sagte ich der Sekretärin, als fiele mir gerade noch etwas ein. „Ich hatte mit Frau Dufrennes über die Wache vor der Kanzlei am Boulevard Haussmann geredet. Wissen Sie, was da genau geplant ist?"

Die Frau zog die Schultern hoch. „Eigentlich sollte sie heute Nachmittag im Kommissariat anrufen, falls wir noch einen Tag dranhängen wollen."

***

Diktat 10, 2. Dezember

Das Haus der Saint-Andrés am Boulevard Haussmann ist einfach zu überwachen. Im Erdgeschoss gibt es zwei Läden mit jeweils einer halben Etage darüber, in der sich die Nebenräume der Geschäfte befinden. Darüber lagert dann, das ganze Stockwerk einnehmend, die Kanzlei Saint-André, die zugleich die Wohnung ihres Eigentümers war. Dann kommen vier Geschosse mit jeweils drei Wohnungen und oben die leerstehende Mansarde.

Das Haus hat insgesamt vier Eingänge: Die beiden Läden, die jeweils eine Hintertür in den Hof haben, aber keine Verbindung ins Wohnhaus, eine stets verschlossene Passage von der Straße zum Hof und den großen Aufgang ins Wohnhaus. Vom Hof führt eine enge Wendeltreppe hinauf in die Mansarde, Dienstbotenaufgang und zugleich Feuertreppe.

Der rechte Laden ist kleiner, von seiner Fläche geht der Durchgang zum Hof ab. Es ist eins dieser wunderbaren Geschäfte, die immer seltener werden: vollgestopft mit Eisenwaren jeder Art, Haushaltswaren, Kleingeräten, Krimskrams, Tinnef, Talmi, sogar Postkarten.

Der Polizeiwagen stand direkt vor dem Haupteingang des Hauses.

Jeder Polizist kennt solche Bewachungsaufträge: Es ist nur am Anfang tatsächlich eine Wache, wenn überhaupt. Oft bleibt unklar, wer oder was abzuwehren sei. Viele Polizisten haben einen ganz guten Sensor für verdächtige Bewegungen und Typen. Aber eigentlich geht es vor allem um die Präsenz, die abschreckende Wirkung.

Wenn die erste Anspannung nachlässt, fangen die Kollegen eine Unterhaltung an. Wenn alles gesagt ist, holt einer Kaffee und etwas zu Essen, der andere beobachtet weiter. Nach dem Essen ringen beide mit dem Schlaf, denken über sonst was nach, lesen Zeitung – irgendwas, nur die Stunden rumbringen. Kurz vor Schichtende sind Motivation und Aufmerksamkeit endlich auf Null.

Ich suchte mir einen Standplatz hinter einem Transporter, so dass mich Bob von seinem Posten auf der anderen Straßenseite aus nicht sehen konnte.

Ich rauchte zwei Zigaretten, als würde ich auf jemanden warten.

Die beiden Flics in dem Auto befanden sich im Zustand „Ringen mit dem Schlaf". Sie hatten genug Routine, alle Bewegungen vor dem Haus beiläufig zu registrieren, das sah ich an ihren Blicken und Kopfbewegungen.

Bobs Herumstehen jedoch hätte für sie im höchsten Maße verdächtig sein müssen. Sie hatten ihn nicht einmal bemerkt. Der Mann stand auf der anderen Straßenseite außerhalb ihres Beobachtungsfelds, wurde aus ihrer Sicht auch teilweise von parkenden Fahrzeugen verdeckt.

Ich dagegen stand keine dreißig Meter entfernt direkt vor ihnen. Dennoch sahen sie mich nicht. Nicht wirklich. Sie nahmen mich nur wahr: Beide musterten mich von oben bis unten. Männer halt.

In Jeans, T-Shirt, Lederjacke und offenen, hochhackigen Sandalen war ich in keine Kategorie leicht einzuordnen. Eine Touristin hätte eine Umhängetasche gehabt und wegen der Bequemlichkeit eher keine Heels, die Beschäftigten der umliegenden Läden und Büros waren in dieser Gegend durchweg teurer und bürgerlicher gekleidet, überhaupt war mein Outfit maximal unfranzösisch für eine Frau, zumal eine, die wie eine Orientalin aussah.

Sie hätten mich allein wegen meiner alten Motorradjacke verdächtig finden müssen. Oder wegen meiner auffälligen Herumsteherei: Die Zeit passte nicht für ein romantisches Rendezvous, dafür war es zu früh, und je nach Metier war es ebenfalls zu früh oder zu spät für Berufliches.

Augenscheinlich kam ihnen nichts davon in den Sinn: Dass sie mich nur auf Sexyness taxierten, zeigte, wie wenig sie bei der Sache waren.

Ich drehte um, ging um den Block, um hinter ihnen ungesehen das Eisenwarengeschäft zu betreten. Ich wartete hinter der Ecke, bis ein hinreichend massiger Kerl mich passierte, und hielt mich in dessen Blickschatten, bis ich die Tür erreicht hatte.

Ein alter Mann thronte am Eingang auf einem Podest hinter der Kasse. Der Laden war phantastisch verkramt. Ware bis unter die Decke. Manche Kartons sahen aus, als wären die Grafiker, die ihre Beschriftungen entworfen hatten, vor Jahrzehnten gestorben.

Am Hinterausgang gab es Anglerbedarf. Haken, Bleigewichte, Schwimmer, Ruten, Rollen.

Die Tür hatte einen Bügel als Öffner, einen Fluchttürbeschlag. Ein Aufkleber warnte vor der Alarmanlage. Aufkleber wie diesen konnte man weiter vorn in einem der abgenutzten Regale finden. Ich hustete, drückte im Schutz des Geräuschs den Bügel.

Versperrt.

Mist.

Dann sah ich den Drehknopf eines altmodischen Riegels. Ich drehte ihn, hustete erneut.

Die Tür gab nach. Ich sah in den Hof, kaum mehr als ein Luftschacht mit altersschwarzen Wänden.

Ich ging zurück. Wählte einen Satz winziger Schraubendreher und Sechskantschlüssel sowie ein Paar weißer Handschuhe für Modellbauer. Ich trödelte herum, bis ein zweiter Kunde den Laden betrat, ging zur Kasse. Ich bezahlte, fragte umständlich nach Möglichkeiten, ein instabiles Modellboot zu trimmen.

Er kam selbst auf die Bleigewichte, die er für Angler bereithielt: „Vielleicht taugen die als Ballast. Sie finden die dahinten, am Notausgang."

Er wollte noch über die Boote plaudern, die ich angeblich baute, doch der andere Kunde wartete schon, um einen Pfannendeckelknauf zu bezahlen. Ich dankte und verschwand mit dem Vorwand, die Bleigewichte zu suchen, wieder Richtung Hinterausgang. Der Alte hatte gerade mit dem Kunden eine Plauderei über die Qualität heutiger Kochutensilien begonnen, als ich hustend den Bügel der Tür drückte und in den Hof hinaustrat.

Drei Minuten später blickte ich aus einem verstaubten Mansardenfenster hinunter auf die Straße. Die Polizisten saßen in ihrem Auto, nicht ahnend, dass sich gerade eine Person unter ihren Augen ins Objekt ihrer Bewachung geschlichen hätte.

Bob stand ruhig an seiner Ecke ohne zu wissen, dass sein Plan plötzlich lebensgefährlich geworden war.

Ich wartete.

Beobachtete.

Die Schatten wurden länger.

Die Sonne beleuchtete noch die oberen Stockwerke der Nachbarhäuser.

Die Dächer.

Ich blickte hinunter auf den beginnenden Feierabendverkehr. Geschiebe auf den Gehwegen: Business-Kostüme, dunkle Anzüge …

Eine junge Frau mit sehr schmalen Schultern und rotem Haar stöckelte Richtung Metro davon, malte im Gehen ihre Lippen nach.

Ich hatte freie Bahn.

Die Hintertür der Kanzlei war mit einem alten Zylinderschloss gesichert. Ich zog die Handschuhe an, drückte einen der winzigen Sechskante in die mittlere Führung für den Schlüssel, schob einen Schraubendreher in die obere Führung, ruckelte einen zweiten unten mit sanftem Druck Zapfen für Zapfen voran, drehte.

Nichts. Kein Spiel, gar nichts. Das Schloss saß fest.

Ich setzte neu an, versuchte zu öffnen – nichts.

Bis ich auf die Idee kam, „englisch" zu drehen, also aus deutscher Sicht in die falsche Richtung.

Das alte Schloss war gut gepflegt.

Die Tür öffnete sich nahezu lautlos.

Ich streifte die Sandalen ab und betrat einen kurzen, dunklen Flur. Ich schaltete das Licht ein – eine schwache Glühbirne in einer Bakelit-Fassung. Grober Gipsputz an der einen Wand, von Jahrzehnten der Belastung verzogene Einbauregale mit Putzmitteln und allerhand Zeug an der anderen, in der Nische eine Leiter auf den Zwischenboden, der einmal das Bett einer Magd beherbergt haben dürfte. Der Flur endete an einer Tür. Ich lauschte.

Stille.

Ich drückte die Klinke nicht langsam genug, um das Knirschen einer Feder im Schloss zu vermeiden.

Die altmodische Küche lag im Dämmer der einsetzenden Dunkelheit vor dem schmalen Fenster. Die Espressomaschine war neu, sonst hatte sich nichts geändert.

Ich kippte einen Stuhl vor den Hintereingang, verließ die Küche durch die offene Tür in den Flur. Es war ein Dienstbotengang, diffus beleuchtet durch die Oberlichter der Türen. Neben jeder Tür hing ein kleiner Klappenschrank. Früher mochten Täfelchen darin angezeigt haben, in welchem Raum nach der Minna geklingelt worden war.

Eine Tapetentür führte ins Foyer.

Ich hatte die Standuhr beim Schreibtisch der Rothaarigen noch nie bewusst ticken hören. Sie tickte langsam und ernsthaft.

Die Tür zum großen Büro der Brüder stand offen. Aus der schützenden Dunkelheit wagte ich einen Blick.

Die Schreibtischlampe des einen Tischs erleuchtete eine aufgeschlagene Aktenmappe. Der Alte lag auf dem Besuchersofa, leise schnarchend, der Reißverschluss seiner Hose offen. Offensichtlich war er erledigt vom Au-revoir-Blowjob.

Ich durchsuchte oberflächlich das Büro, schloss leise die Tür, schaltete das Licht und den Computer der Rothaarigen an, fand in der makellosen Ordnung der Wandschränke in der Registratur unter „M" die Akte Yves Miller.

Eine stattliche Mappe: Die Saint-Andrés hatten Millers Ehevertrag und Scheidungspapiere ausgefertigt, es gab ein Testament, die Unterlagen von Immobiliengeschäften.

Das hatte ich gehofft: In dem Notariat, das nachweislich mit Miller verbunden war, auf Unterlagen des unbekannten Gebäudes zu stoßen. Legal hätte die Richterin keine Möglichkeit gehabt, ohne konkrete Anhaltspunkte Zugriff auf diese Akte zu bekommen. Ich wusste nicht, ob sie es jemals erwogen hatte.

Es hätte nahegelegen: Jeder wickelt gern Geschäfte mit Vertrauten, Bekannten und Verbündeten ab, zumal Transaktionen, die nicht an die große Glocke gehörten. Aber auf der Basis einer Vermutung hätte sie den Zugang nicht erhalten.

Ich kopierte Grundbuchauszüge und Kaufverträge, hängte die Akte wieder in die Schublade.

Dann machte ich mich an die Arbeit: Ich gab mir maximal eine halbe Stunde, Halinas Leben zu ändern.

Ich weckte den Alten mit einem sanften Ruckeln am Arm, hielt ihn am Oberarm nieder, als er bei meinem Anblick erschrak und sich aufsetzen wollte. „Was wollen Sie?" Sein Blick irrte umher, blieb am Telefon hängen, doch das stand weit außer Reichweite auf seinem Schreibtisch.

„Ich will Ordnung schaffen", antwortete ich. „Unterschreiben Sie." Ich reichte ihm in einer Unterschriftenmappe die Dokumente, die ich produziert hatte.

„Was …?"

„Lesen Sie."

Das erste Blatt war ein Zusatz zum letzten Willen des Alten, datiert vor dem Tod seines Bruders und von diesem beglaubigt. „Sie haben die Unterschrift meines Bruders gefälscht."

„Ich bin ein wenig aus der Übung, aber als Kanzleigehilfin sollte ich das in dringenden Terminsachen sogar, wenn er sich wieder irgendwo rumtrieb. Das hat nie jemand beanstandet."

„Ein Testament muss mit der Hand geschrieben sein, sonst …"

„Ich weiß. Mein Risiko. Es ist ein beglaubigter Zusatz, der klar Bezug auf das Testament nimmt, das wird ein Richter schon akzeptieren. Unterschreiben Sie."

„Es ist ganz sinnlos, dem Jungen die Wohnung zu vermachen – meine Kinder würden das anfechten, denn …"

„Lesen Sie das andere Dokument", unterbrach ich ihn. „Darin erklären Sie und Ihr Bruder ‚höchst vorsorglich' beide, die Vaterschaft für den Jungen anzuerkennen. Ihr Bruder hat bereits unterschrieben."

Ich reichte ihm den Füllhalter mit der graugrünen Dokumententinte, die eine Papeterie in Saint Germain eigens für die Kanzlei herstellte. „Unterzeichnen Sie."

Er schüttelte den Kopf wie ein trotziger Junge. „Wie komme ich dazu? Was fällt Ihnen eigentlich ein?"

Ich hinderte ihn mit sanftem Druck meiner Hand daran, sich aufzusetzen. „In ein paar Minuten endet die Schicht der Flics vor der Tür. Da Sie nicht aussagen wollen, muss man Sie auch nicht als Zeugen schützen. Machen Sie etwas gut, so lange noch Gelegenheit ist. Oder was meinen Sie, wie lange Miller Sie am Leben lässt?"

„Blödsinn."

„Sie kennen das Muster. Zeugen verschwinden, sterben, begehen Selbstmord. Sie haben selbst davon profitiert. Miller beobachtet die Untersuchungsrichterin. Er weiß, dass wir bei Ihnen ermitteln."

Seine Gesichtszüge lockerten sich etwas: „Noch einmal: Blödsinn."

„Sehen Sie hinaus. Gegenüber steht ein Typ, den ich aus Millers Bordell als Killer kenne. Er heißt Bob. Was meinen Sie, was der sonst da macht?"

Er zeigte ein böses Lächeln. „Und wenn. Ich sagte schon heute Nachmittag, dass mir das ganz gleichgültig ist. Ich sterbe bald. Und ich bin mit mir im Reinen, ich muss nicht einer Hure und ihrem Bastard ..."

Ich konnte mich nicht länger zügeln, verspannte mich, zischte: „Hure und Bastard? Es ist doch Ihre Scheiß-Libertinage, die diese Frau zur Hure degradiert, und wir reden bei dem Bastard von Ihrem Neffen! Was sind Sie nur für ein Mensch! Was verlieren Sie schreckliches altes Monster eigentlich, wenn Sie kurz vor Ihrem Tod endlich mal das Richtige tun? Was?!"

Ich sah in seinem Gesicht, dass ich die beängstigende Wirkung meines Raubtierlächelns nicht unterschätzte. Er hatte gesehen, wozu ich in der Lage bin. Und damals war ich noch ein Mädel, das sich einschüchtern ließ.

Vielleicht lag es auch am verschärften Griff an seinen Arm. Er zerrte kraftlos an meinem Handgelenk. „Sie tun mir weh."

Ich ließ ab. „Unterschreiben Sie."

Er zitterte, aber er brachte zwei tadellose Unterschriften zustande, ausladend und verschlungen wie immer.

Ich legte die Dokumente und den Füller beiseite. „Gut. Nun zu Miller. Ich habe seine Akte gefunden. Er hat mehrere Immobiliengeschäfte über

Ihre Kanzlei abgewickelt. Drei davon passen zeitlich. Welches Anwesen ist das, wo die Schweinereien laufen? Boulogne-Billancourt, oder?"

„Sie verrennen sich. Damit hat er nichts mehr zu tun."

„Ich sehe, dass er es geerbt, dann an eine Firma verkauft hat. Aber das ist es, oder?"

„Ich war nie da. Aber so, wie Sie das Bordell damals vor Gericht beschrieben haben, könnte es sein, dass …"

„Was ist das für eine Firma, die das Gelände damals kaufte?"

Er seufzte. „Eine Personengesellschaft. Flics, irgendwelche andere Typen. Jede Menge Bargeld, das war echt ein Problem, bei den Geldwäschegesetzen heutztage." Er wischte sich die trüben Augen. „Jetzt wissen Sie alles. Und jetzt?"

„Sie haben eine Verabredung mit Bob. Ich bleibe hier, um sicherzugehen, dass Sie ihn nicht verpassen."

„Sie haben doch nun alles. Rufen Sie die Flics …"

Ich sah die irre Hoffnung in seinem Gesicht und musste lächeln. Der kleine Greis tat mir fast leid.

Tatsächlich lag mir nichts ferner.

„Zu spät", sagte ich. „Eine Frau ist gekidnappt worden, und der Apparat ist korrupt, genau wie Sie. Ich kann nichts für Sie tun, ich will nichts für Sie tun, und ich kann Sie nicht ohne Aufsicht lassen."

Meine Faust traf ihn trocken und heftig an der Schläfe. Sein Kopf schlug seitlich nach hinten, federte nach vorn zurück. Er lag wieder still, als würde er schlafen.

Etwas kratzte an der Eingangstür.

Ich hatte den inneren Riegel vorgelegt, so dass es unmöglich war, sie ohne rohe Gewalt von außen zu öffnen.

Obwohl ich sicher sein konnte, dass der Angreifer kein Aufsehen mit grober Gewalt gegen die Tür erregen wollte, erforderte es überraschend intensive Überwindung, diese klar feindliche Präsenz auf so geringe Distanz laut- und tatenlos auszuhalten.

Bob.

Meine Abwehr- und Fluchtreflexe waren nahezu überwältigend.

Er gab nach einigen Minuten auf. Ich atmete wie nach einem langen Tauchgang ohne Atemgerät, als ich die große Treppe unter seinem Gewicht knacken hörte: Er entfernte sich.

Ich legte die Mappe mit den Dokumenten abseits der Schreibtischlampe ab, wischte Stempel, Petschaft und Stifte in die Schublade, schob meine Sandalen unter den Schreibtisch, dass sie vor Blicken verborgen waren, schlich ins Büro der Brüder, kroch hinter das Sofa, auf dem der Alte lag. Seine Augen waren geschlossen, aber er war unruhig.

Keine Zeit, ihn wieder schlafen zu legen, dachte ich.

Doch es dauerte gefühlt eine Ewigkeit, bis ich den Stuhl in der Küche fallen hörte.

Bob war auf demselben Weg in die Wohnung gekommen, den ich genommen hatte.

Play time.

Wie ich hatte Bob seine Schuhe ausgezogen, um sich lautlos zu bewegen. Aber er war schwer. Jeder Schritt übertrug sich über die Balken der Bodenkonstruktion. Die Dielen, auf denen ich lag, vibrierten.

Er näherte sich in einer Art Tanz, ging einige Schritte, hielt inne, ging einige Schritte.

Ich schloss meine Augen, um mich ganz auf sein Näherkommen zu konzentrieren. Andere Bewegungen überlagerten seine – Schritte anderswo im Haus, schwere Fahrzeuge auf der Straße, das Beben durch die tief unter dem Boulevard fahrende Metro. Alle diese Vibrationen waren mit Geräuschen verbunden, während sich die Ursache der einzigen Vibration, die spürbar von meinem Stockwerk ausging, lautlos meinem Versteck näherte.

Ein schwerer Mann auf Socken.

Der Alte regte sich, setzte sich auf. Murmelte etwas von Kopfschmerzen. Erhob sich stöhnend, schlurfte über den Teppich. Nahm den Hörer von der Gabel. Wählte. „Hier ist Saint-André. Ich möchte … Ein Überfall. Nein, kann … Verdammt, hören Sie …“

Ich konnte Bob nun atmen hören. Er atmete durch die Nase, dachte wohl, man höre ihn nicht, oder fürchtete nicht, der Alte könnte das Resonanzgeräusch hören, das der Atem in seinem Brustkorb und seinem Rachen erzeugte.

Ich hatte meine Lippen geöffnet, um diese Resonanz zu vermeiden, atmete flach durch den Mund. Mein Herz raste so sehr, dass ich fürchtete, er würde diese Vibration in seinen Füßen spüren.

Ich hörte, wie etwas riss. Ich wusste, dass es die Telefonleitung war.

„Saint-André, der Notar am Boulevard Haussmann … Hallo? Hallo?“

Ich hörte Reibung Stoff auf Stoff.

„Nicht, bitte“, protestierte der Alte. „Lassen Sie mich, ich könnte … Verdammt, nein …“ Ich hörte sein Erschrecken, die Furcht.

„Halt's Maul“, befahl eine tiefe, mir wohlbekannte Stimme.

Die Schritte waren nun noch schwerer.

Ich wagte einen Blick.

Bob trug den Alten zur Tür hinaus. Saint-André wehrte sich, zappelte mit den Beinen, zerrte mit den dünnen Fingern am Oberarm, am Hals des anderen. Ein grotesker Anblick. Dazu protestierte er keckernd und quietschend wie ein Kind. „Bob, so heißen Sie doch. Ich bin reich, ich könnte …"

Als sie aus dem Zimmer waren, kroch ich hinter dem Sofa hervor, streifte die Jacke ab, folgte ihnen.

Ich wartete, bis sie am Ende des Flurs angekommen, in der Küche verschwunden waren.

Trabte hinterher.

Der Alte schrie jetzt unartikuliert.

Bob hatte die Tür zum Treppenhaus offen gelassen.

Ich folgte ihnen die Wendeltreppe hinauf.

Die schmale Tür aufs Dach stand offen.

Das Blechdach kühlte meine Sohlen.

Eiffelturm, Madeleine, Arc de Triomphe, Montmartre, Oper, Kaufhäuser – großartige Aussicht über die Stadt.

Bob und seine Last zeichneten sich schwarz vor dem hell erleuchteten Panorama ab.

Sein Gang war wiegend wie der eines Menschen, der daran gewöhnt war, mit Stiefeln an den Füßen, schwerem Gerät behängt und in kugelsicherer Uniform längere Distanzen zu Fuß zu gehen oder länger zu stehen: kraftsparend, weniger aus den Waden heraus, als aus Hüfte und Schenkeln getrieben. Er war gut, aber nicht sehr gut trainiert. Muskulös mit Fettansatz.

Einen Kampf mit ihm hätte ich nur mit großen Schwierigkeiten überlebt. Wenn überhaupt. Diese Typen waren im Nahkampf ausgebildet. Als Kampfsportler gegen einen Kampfsportler hast du nur in einem fairen Kampf eine Chance, wenn du deutlich leichter bist als dein Gegner – eine geringe bis sehr geringe Chance, wenn du sehr schnell bist.

Ich war schnell, aber dieser Kerl war Schwergewichtler. Und ich wusste nur zu gut, dass er keinerlei Hemmungen hatte, überzogen hart und unfair zu kämpfen.

Den Alten über die Dachkante zu werfen, bedeutete für ihn nicht mehr Anstrengung, als sich Haarschuppen von der Schulter zu wischen.

Saint-André schrie noch etwas, schien die Arme nach mir auszustrecken. Dann war er verschwunden.

In mir herrschte Aufruhr.

Ihn so verzweifelt zu sehen …

Ich hatte die Macht. Die, seine Rettung zu versuchen, und die, es nicht zu tun.

Es stellte seine und meine Erfahrungen auf den Kopf, dass ich diese Entscheidung traf.

Ich hätte jubeln mögen. Ich schämte mich nicht.

Sein Mörder stellte sich an die Kante, sah hinab. Vielleicht wollte er nachsehen, ob der Alte an einem der Mansardenfenster oder an der Dachrinne hängengeblieben war.

Jetzt kam der schwere Part.

Fünf lautlose Schritte, und ich stand direkt hinter Bob. Aber ich zögerte zu lang – ich bin kein Totschläger, Angriff ist für mich überwiegend eine Wettkampftechnik. Sehr hart, wenn es sein muss. Aber immer fair, nie aus dem Hinterhalt.

Auch das gehörte zum Training.

Er nahm mich im Umdrehen wahr. Seine Reaktionszeit war die des erfahrenen, überlegenen Kämpfers: Sein linker Arm schnellte aus der Drehung vor, zielte auf meinen Hals.

Ich tauchte ab.

Er traf ins Leere.

Er beugte sich, streckte den Arm nach mir aus.

Ich neigte den Kopf aus seiner Reichweite, wich zurück, hockte nieder.

Auf keinen Fall sollte er mein Haar erwischen.

Er griff statt meines Haars mein T-Shirt unterhalb der rechten Schulter, dass der Stoff krachte. Gewann festen Stand. Zog am Stoff, holte zum Schlag gegen meinen Kopf aus.

Ich hakte meine rechte Hand in sein linkes, die linke in sein rechtes Hosenbein, streckte meine Beine, hob ihn mit aller Kraft von den Füßen.

Statt zuzuschlagen, angelte er nun nach mir. Ich presste meine Arme hoch. Aus seinem Greifen wurde ein reflexhaftes Rudern nach Gleichgewicht. Einen schrecklichen Moment lang spürte ich seine Finger an meinem Arm, zog mich sein Gewicht Richtung Abgrund.

Dann riss das Shirt.

Er fiel mit den Armen rudernd hintenüber, sein kurzer Schrei klang weniger erschrocken als zornig. Er krachte mit dem Oberkörper auf die Regenrinne, kippte, versuchte sich zu halten, glitt mit den behandschuhten Fingern ab.

„Das ist für Liz", keuchte ich.

172

Ich hätte es genossen, wenn er mich erkannt oder sich an Liz erinnert hätte. Wenn er gewusst hätte: Das Konto ist nun ausgeglichen. Eine kleine Szene zum Schluss, Austausch vielsagender Blicke. Aber das war kein Film, keine dramatische Schlussszene: Da war nichts, absolut nichts. Unsere Blicke trafen sich sogar, aber in seinem Gesicht – noch immer pausbäckig, aber schlaffer, mit Aknenarben, die selbst im Zwielicht zu sehen waren – gab es keinen Anschein eines Erkennens. Für ihn war ich irgendeine Frau.

Wer weiß, wie viele er gedemütigt, benutzt, erschlagen hatte.

Den Aufschlag des Alten im Hof hatte ich nicht gehört.

Bobs hörte ich.

Ich kroch an die Kante. Die beiden leblosen Körper waren im Dunkel des Hofes kaum auszumachen.

Ich lauschte.

Nichts.

Ich kroch von der Kante weg, setzte mich auf, prüfte mit fliegenden Fingern, ob er ein Stück des Shirts mitgerissen hatte.

Es hing in Fetzen, war aber vollständig.

Er hatte im Fallen die Hand geöffnet.

Kalkulation: Ein Stück Shirt in seiner Hand hätte ich nicht erklären können. Fasern an seinen Handschuhen konnte ich in Kauf nehmen, selbst wenn sie Spuren meiner DNS trugen – ich war ja wenige Stunden zuvor offiziell in der Kanzlei gewesen.

Ich stieg hinab zur Wohnung, brauchte ein paar Minuten, um von meinem Adrenalin-High runterzukommen.

Ich nutzte sie, um aufzuräumen.

Ich bewegte mich leise, bei geöffnetem Küchenfenster, um auf Unruhe im Hof achten zu können. Legte Vaterschaftserklärung und Testamentzusatz in die persönliche Akte des soeben verstorbenen Bruders.

Ich fand eine gebrauchte Mappe für die Zweitschriften.

Ich war nun ruhig genug, den Abschiedsbrief des Alten zu verfassen.

Nüchternes, floskelhaftes Standardfranzösisch, zur Korrektur dreimal halblaut mir selbst vorgelesen. Bloß nicht ausgerechnet jetzt einen Fehler machen.

Ich druckte den Brief, nahm Saint-Andrés Füller, malte schwungvolle Schnörkel im Stil der Signatur des Alten nach dem Muster seiner beiden letzten Unterschriften wieder und wieder auf frische Druckpapierblätter.

Bis es passte, trotz Eile, trotz Nervosität.

Ich unterschrieb, ließ den Brief auf dem Tisch der Sekretärin liegen, legte den Füller offen daneben. Schaltete den Computer nicht ab. Stopfte die Blätter, auf denen ich die Unterschriften geübt hatte, in meine Jeans.

Ich stöberte in der Garderobe, fand eine Aktentasche zum Umhängen, verstaute die Dokumente, sammelte in der Küche ein langes Messer, in der Abseite zum Hinterausgang einen Hammer, ein Stemmeisen, Paketklebeband, Blumendraht, ein Blechkännchen Feuerzeugbenzin in das andere Fach der Tasche. Zog meine Jacke, meine Sandalen an.

Ich verließ die Kanzlei durch die Tür ins große Treppenhaus, trat auf den Gehweg am Boulevard Haussmann mit einem Gefühl der Befriedigung und etwas erschöpft. Etwa so, als hätte ich ein verseuchtes Gehege von Ungeziefer gereinigt.

***

Argelès sur mer

Sie gießt zwei Finger hoch Pastis ins Glas, füllt es mit Leitungswasser auf.

Zur Feier der gefüllten Muscheln vom Markt …

Es gibt im Haus nichts als Leitungswasser und Pastis. Ein früherer Mieter hat ihn im Kühlschrank trüb werden lassen.

Schmitt schüttet einen Schuss Pastis an die Tomatensauce der Muscheln, schiebt die Plastikschale vom Fischstand ohne Deckel in die Mikrowelle.

Das Anisaroma, bittersüß, mischt sich mit dem Fischduft der Muscheln …

Sie trinkt, navigiert einhändig durch den Text.

170 Seiten hat sie bisher diktiert. Inklusive einkopierter Zeitungsartikel.

Noch in dieser Nacht wird sie fertig.

Dann bearbeiten.

Dann ist Endspiel.

Diktat 11, 2. Dezember

Eine tote Industriezone nahe dem Hafen von Boulogne-Billancourt. Die Hauptstraßen zeigten in der Nähe des noch öden neuen Viertels, wo früher Renault gewesen war, erste Gentrifizierung – Bars, kleine Läden mit Designerkram, wo es früher Ladenwohnungen oder verrauchte Kneipen gegeben hatte, in denen unter verrußten Neonröhren struppige Männer mit Kippen in den Mundwinkeln rumsaßen und aus fettigen Gläsern Rotwein schlürften.

Dahinter lagen noch die Ruinen von Werkstätten, Werften, Speditionen, Lagerhäusern, Fabriken, an denen die globalisierte Just-in-Time-Wirtschaft vorbeigerast war.

Ein schmuckloses Fabrikgebäude, Licht nur in den Fenstern des Obergeschosses. Die waren mit Zeitungspapier zugeklebt.

Hätten auf der öden Fläche davor nicht adrette Mittelklassewagen und getunte Luxusautos älteren Baujahrs geparkt, du hättest nicht geglaubt, dass es ein Gefängnis für Sexsklavinnen war.

Irgendeine verrottete Bude auf irgendeinem vermüllten Gelände.

Die Mittelklassewagen waren die der Bullen. Einer hatte zwei Kindersitze auf der Rückbank. Zwei hatten Aufkleber mit dem Logo der Polizeigewerkschaft im Fenster. Einer war eine zivile Polizeikarre, ein Renault von provozierender Unauffälligkeit – erkennbar an der Behörden-Steuermarke an der Windschutzscheibe, am Funkgerät im Armaturenbrett, an der langen Antenne auf dem Kofferraumdeckel.

Die anderen Autos gehörten den Gangstern, oder wie man die Partner in diesem Geschäft sonst nennen will.

Sieben Karren. Ein Mann in jeder, maximal zwei. Keine größeren Fahrgemeinschaften.

Also rund zehn Kerle im Haus, schätzte ich großzügig.

Es gab einen Typen als Wache.

Er kippelte rauchend auf einem Gartenstuhl gegen die Hauswand neben der Eingangstür.

Keine Kamera. Keine Scheinwerfer. Das Tor stand offen.

Die befürchteten offenbar nicht Entdeckung, keinen Angriff der Konkurrenz.

Vielleicht gab es keine Konkurrenz.

Wahrscheinlich sogar.

Niemand legt sich mit korrupten Bullen an.
Wenn du es tust, brauchst du einen Plan.
Oder du musst leise und schnell vorgehen.
Mir blieb das zweite. Für Planung war keine Zeit.
Ich trat aus dem Schatten, zögerte wie jemand, der sich verlaufen hat.
Hob die Hand. „Entschuldigung? Könnten Sie bitte … Wissen Sie eventuell …" Es waren höchstens 25 Meter, ich musste die Stimme in der Stille der Hinterhofbrache kaum erheben.
Der Raucher stand auf. „Ja?"
„Entschuldigung, ich hab mich verlaufen."
Er überquerte den Parkplatz. Nicht schnell, nicht langsam, in keiner besonderen Haltung. Er war ganz arglos. Junge Frau braucht Hilfe, da geht Mann gern ein paar Meter.
Er war ein mittelgroßer, mittelkräftiger Kerl mit Halbglatze, trug Chinos, Rollkragen, Tweedjackett. Unter der Jacke ein Halfter, das den Stoff auf seiner rechten Brustseite ausbeulte. Ein Linkshänder.
Ein Bulle.
Ich sagte: „Hier irgendwo in einem alten Fabrikgebäude soll ein Rave steigen. Aber ich fürchte, ich hab mich verlaufen ..."
„Keine Ahnung, ehrlich", sagte er. „Haben Sie eine Adresse?"
Ich zog meine Zigaretten aus der Tasche, bot ihm die Packung an. „Hangar 17, das ist alles."
Er nahm eine. „Hangar 17? Nie gehört."
Ich steckte mir auch eine Zigarette zwischen die Lippen. „Wen könnte ich denn fragen? Es ist eine so stille Gegend."
Er zückte ein Feuerzeug. Es war windstill, aber ich blies Luft aus der Nase, so dass die Flamme flackerte. Er stellte sich sehr dicht vor mich, schirmte das Feuerzeug mit beiden Händen ab.
Er war einen halben Kopf kleiner, ich spürte seine Unterarme an meinen Brüsten, als er mir Feuer gab, so nah kam er mir.
Ein idealer Moment.
Ich landete einen Uppercut, einen Aufwärtshaken nach Art der Karateka: Meine Faust traf seinen Kiefer mit maximaler Beschleunigung. Völlig überrascht kippte der Kerl auf seine linke Schulter, fingerte hektisch nach seinem Halfter. Er lag ideal, ich trat einmal, zweimal zu. Er jaulte, hielt sich die Eier, konnte nicht anders. Ich packte seinen Kopf, rammte

ihn auf den Asphalt. Ganz weggetreten war er nicht, aber so weit anäs-thesiert, dass er sich nicht mehr koordiniert bewegte.

Ich sah mich um.

Alles ruhig.

Ich zog die Modellbauerhandschuhe an. Fesselte und knebelte ihn mit Paketklebeband, zerrte ihn hinters nächste Auto. Durchsuchte ihn. Die Waffe entlud ich, warf sie ins Gestrüpp am Zaun. Steckte die Scheine aus seiner Geldbörse hinten in meine Jeanstasche, testete die Fernbedienung an seinem Autoschlüssel. Ein Peugeot 407 reagierte mit aufleuchtenden Scheinwerfern. Eins der Autos mit Gewerkschaftsaufkleber. Ich fand die Wagenpapiere im Mäppchen mit dem Polizeiausweis außen in seiner Jackentasche, steckte sie und den Schlüssel ein, warf den Ausweis ins Gestrüpp. Erhob mich, atmete leise aus, sah mich um.

Noch immer alles ruhig.

Ich kramte in der Tasche nach dem Messer, zerstach einem Auto nach dem anderen die Reifen. Den Peugeot verschonte ich.

Alles ruhig.

Ich verstaute meine Heels, meine Lederjacke im Fußraum unterm Steuer des Peugeot. Hängte mir die Tasche wieder um. Trabte lautlos auf den Ballen zur Eingangstür.

Offen.

Das Erdgeschoss war verlassen. Es roch seltsamerweise wie in einer Garage, aber nirgendwo stand ein Auto, es gab keine Einfahrt. Ich eilte den Flur entlang – nicht nötig, die Räume zu prüfen. Alle Türen waren offen, alles dunkel und still, Ladenräume, ehemalige Büros voller Gerümpel, Lager.

Die Treppe hoch: Als ich das rote Licht, die verblichenen Tapeten im Flur im ersten Stock, die grauen Türen, die Kunststoffklinken sah, wurde mir schlecht. Ich musste einen Moment lang innehalten, bis mein Magen sich beruhigt hatte.

Ich schlich den Gang entlang.

Es gab zwei Räume für die Mädchen, Türen verschlossen, dahinter Stille.

Im großen Raum, wo die Kerle gemeinsam feierten, grölten und riefen raue Männerstimmen, dazwischen unbestimmbare Geräusche von Frauen. Keine Schreie, kein Stöhnen, kein Reden – stimmhafte Geräusche.

Wenn Douna solche Geräusche von sich gab, hatten sie ihr etwas in den Mund gestopft.

Die Türen zu drei der vier Separées standen offen, drin war es dunkel.

Im vierten Separee hörte ich Stimmen. Zwei, vielleicht drei Männer. Eine Frau.

Ich hörte die Stimme der Frau nicht gut genug, um sie zu identifizieren. Aber wenn sich Simin Dufrennes überhaupt im Gebäude befand, musste sie es sein. Sie würden eine gekidnappte Richterin nicht mit den anderen Mädchen zusammenbringen. Zu viele Zeugen.

Die Waschräume waren ebenfalls dunkel.

Der Rest machte noch mehr den Eindruck einer Ruine, als ich es in Erinnerung hatte: Leere Türrahmen, vernagelte Fensterhöhlen, abblätternde, durchhängende Deckenpaneele.

Die Türen waren billig, einfache Zimmertüren. An die der Räume für die Mädchen waren Ringe aus dem Baumarkt geschraubt, an die Rahmen ebenso, dazwischen Bügelschlösser.

Zwei Sekunden Hebeln, ein Knirschen, ich war drin. Schaltete das Licht ein. Die Neonröhre flackerte auf.

Ich stürzte einige Sekunden lang in die Vergangenheit.

Es war der Raum, in dem ich gefangen gewesen war. Die Zeitungen, mit denen das Fenster verklebt war, sogar die Matratzen, alles noch da. Dumpfe, verbrauchte Luft.

Ich zählte acht junge Frauen, aneinandergekuschelt in Furcht und Verzweiflung. Drei – davon eine in Ketten wie ich seinerzeit – waren auf Entzug. Brennende Blicke, graue, schweißglänzende Haut. Sie schliefen nicht, als ich reinkam.

Ich fühlte plötzlich wie sie. Schüttelte mich, um die fiebrige Gier nach der Nadel so schnell loszuwerden, wie sie gekommen war.

Ich hob den Finger an die Lippen. „Schsch", machte ich, stupste eine nach der anderen Schlafenden an, um sie zu wecken. Trübe Augen, träge Bewegungen – sie standen unter Drogen. „Leise! Verschwindet so leise wie möglich. Treppe runter, übern Parkplatz. Schnell. Ihr seid frei."

„W-was?" fragte die Gefesselte heiser. „Wo sind unsere Klamotten?" Sie rollte das R, war mittelblond, sehr hellhäutig, hübsch.

„Scheißegal, haut ab. Lasst keine zurück. Gleich bricht hier Krieg aus. Haut ab: übern Parkplatz, nächste Querstraße geradeaus, da kommt ihr auf die Hauptstraße. Nette Gegend, Ateliers, Bistros. Fragt um Hilfe, am besten irgendeine junge Frau. Aber keine Polizei, klar? Auf keinen Fall."

Verwirrte, schläfrige, dumpfe, glühende Blicke.

„Ist das klar?"

„Keine Polizei", wiederholte die Gefesselte. „Treppe runter, aus dem Haus, übern Parkplatz, Querstraße geradeaus."

„Ich hab die Wache erledigt, es ist sicher. Bleibt zusammen, wenn's geht. Haltet euch in Deckung. Ruft nicht die Polizei. Solltet ihr es dennoch mit Flics zu tun bekommen, schweigt. Das ist wichtig. Was sage ich?"

„Keine Polizei, schweigen, zusammenbleiben."

„Gut. Du machst das super. Nun noch dies: Es gibt eine Untersuchungsrichterin, die hilft euch, wenn ihr wollt. Fragt euch zu ihr durch. Ihr Name ist Simin Dufrennes. Nur mit ihr könnt ihr reden. Sonst zu keinem ein Wort." Ich buchstabierte den Namen, wiederholte ihn. „Verstanden?"

„Ja."

„Mit wem könnt ihr reden?"

„Untersuchungsrichterin Simin Dufrennes."

„Gut. Jetzt los. Aber leise."

„Und meine Fesseln?"

Ich hob meine leeren Hände. „Kein Schlüssel, kein Werkzeug. Du kannst laufen damit, glaub mir, ich weiß das, kleine Schwester. Hau ab, irgendwer wird sie lösen können." Ich half ihr auf, küsste sie auf die Wange, führte sie an der Kette zur Tür. Die anderen Mädchen rappelten sich auf. Taumelnde Jammergestalten in Unterwäsche. Einer schob ich ein paar Scheine aus dem Portemonnaie des gefesselten Mannes in die Hand.

Ich schaltete das Licht aus, hielt den Kopf raus. Der Gang war leer und still. „Los! Leise!"

Ich stand mitten im Gang quer, mit ausgebreiteten Armen wie ein Schülerlotse am Zebrastreifen. Sie schlurften und trippelten an mir vorbei zur Treppe. Verschwanden.

Ich zog die Tür des Zimmers zu, drückte die aus dem Rahmen gehebelten Schrauben der Verschlussösen mit fliegenden Fingern in ihre Löcher.

Nächster Raum.

Der war kleiner, ich hatte ihn noch nie gesehen. Eine Matratze, fünf Mädchen, eine auf Entzug. Praktisch derselbe Dialog, minus Ketten.

Dann hörte ich etwas im Gang.

Licht aus. Tür zu.

Alle hielten die Luft an.

Schritte kamen den Gang entlang. Schwer, rhythmisch. Boden und Wände vibrierten. Ich stellte mir einen fülligen, leichtfüßigen Mann vor. Versuchte, den Schritten anzuhören, ob er alarmiert war.

Er ging an der Tür vorbei.

Richtung Waschräume.

Als wieder Stille herrschte, flüsterte ich: „Keinen Mucks. Ich komme wieder." Schlüpfte in den Gang. In einem der Waschräume brannte Licht.

Er stand am Urinal, tatsächlich rund und kompakt, etwa mein Alter, trug T-Shirt und Socken, keine Hose.

Es war klar, dass er eben eins der Mädchen vergewaltigt hatte.

Oder er war kurz davor.

Auf dem Parkplatz war ich noch ruhig gewesen. Inzwischen war ich geladen wie ein Kondensator am Elektrischen Stuhl.

Mit zwei langen, lautlosen Schritten war ich hinter ihm, knallte seinen Kopf über dem Urinal an die Wand, dass die Seismographen im geologischen Institut der Sorbonne Kilometer entfernt auf den Wumm reagiert haben mussten.

Er kippte um wie von einer Kugel getroffen.

Im Gang: Stille.

Ich fesselte ihn mit Klebeband an Hand- und Fußgelenken, knebelte ihn, klebte seine Augen zu. Zog ihn in eins der Abteile.

Der Kerl war sperrig und voluminös, unmöglich, die Tür an ihm vorbei zuzuziehen.

Fuck it.

Der Blutfleck über dem Urinal, wo die Haut an seiner Stirn an der gefliesten Wand geplatzt war.

Fuck that too.

Ich schaltete im Rausgehen das Licht aus.

Der Gang war still.

Dreißig Sekunden später waren die Mädchen draußen.

Blieben: die Frau im Separée, zwei oder drei Mädchen im großen Raum.

Maximal sieben oder acht Männer, verteilt auf zwei Räume.

Ich zückte und hob den Hammer, betrat ohne Umstände das Separée.

Neonlicht über einem Bettgestell, darauf die gefesselte Frau, auf dem Boden verstreute Klamotten. Rosig und bleich im harten Licht drei Typen, einer nackt in Socken, zwei in Unterhose.

Ich schwang den Hammer gegen ihre Köpfe. Schnell, scharf, ohne Rücksicht.

Überwältigender Überraschungseffekt: Keiner hatte Zeit und Gelegenheit zur Gegenwehr.

Blut spritzte an Wände, sprenkelte die braune Haut der Frau.

Zuckende, sich windende Körper zwischen Bettgestell und Wänden.

„Ich hab dich erwartet", murmelte Simin Dufrennes mit geplatzten, blutigen Lippen, einem trüben Blick aus ihren von Schlägen geschwollenen, von Drogen geröteten Augen.

„Und da bin ich", sagte ich. Setzte das Stemmeisen an, um die Ketten an ihren Handgelenken vom Bettgestell zu lösen. Die Bügelschlösser waren billig, knackten nach drei, vier Sekunden aus der Verriegelung. Ich drückte ihr das Stemmeisen in die Hand. „Zieh dich an. Wenn dich einer angreift, schlag ihn tot."

Ich ging hinaus.

Der Gang war still. Die Geräusche der Orgie im großen Raum unverändert.

Ich streifte die Tasche ab.

Hob den Hammer.

Trat ein.

Fünf Mann, zwei Mädchen.

Einer sprang zu einem Stuhl, über dem ein Halfter hing.

Ich brach ihm den Arm. Dann den Schädel.

Nummer zwei und drei waren leicht: Sie standen dicht zusammen, überlegten noch, was zu tun sei. Es war eine Bewegung wie mit einem Taktstock, sie in derselben Sekunde mit dem Hammer zu Boden zu schicken.

Der Vierte hechtete auf mich zu.

Drei, vier rasche Schläge …

Ich war nun seit rund fünfzehn Sekunden im Raum.

Einer stand noch.

Er machte eine Abwehrgeste der Hilflosigkeit, Hände offen, erhoben.

„Bitte", flehte er. „Ich hab Familie."

„Dreckschwein", antwortete ich, nahm Schwung auf, trat gegen seinen Brustkorb, dass er luftlos zusammenklappte, trat nach, dass sein Kopf mit Wucht auf den Boden knallte.

Er würde lange ruhen, dann viel länger Kopfschmerzen haben.

Ich zog den beiden Mädchen die Augenbinden ab, löste das Klebeband von ihren Armen.

Sie waren noch Kinder. Zumindest sahen sie so aus. Beide bedröhnt bis zum Anschlag.

Ich half ihnen beim Anziehen, sie halfen mir beim Fesseln der Typen mit Klebeband und Blumendraht.

Ich begleitete sie zur Treppe.

Stille im Gang.

Ein feuchtes Röcheln drang aus der Kehle eines der Verletzten.

Bewegung im Separée.

Ich eilte hinüber.

Simin Dufrennes schlug mit dem Stemmeisen auf den Nackten ein. Er hatte kein Gesicht mehr, sein Kopf war ein Brei aus gebrochenen Knochen, Hirn und blutigem Fleisch.

Ich fing ihren Arm ab, zog sie daran an mich. Umarmte sie, fest. Ihr Körper war kalt, steinhart angespannt. Ich streichelte sie einhändig, ihren Arm haltend, bis das Stemmeisen zu Boden schepperte, hielt sie weiter in meinen Armen, bis sie sich entspannte, ihre Knie nachgaben. Sie sank aufs Bett, weinte.

Ich sammelte ihre Sachen ein, führte sie in den Waschraum für die Mädchen. Drehte die Dusche auf, half ihr, das Blut abzuwaschen, dann in ihre Kleider.

Wir nahmen den Peugeot. Sie stand unter Schock, war kaum in der Lage, mich zu ihrer Wohnung zu führen, wo sie allein lebte seit ihrer Scheidung.

Ich stützte sie die Treppen hinauf.

An der Tür sagte sie: „Wir müssen doch jemand rufen."

„Wen müssen wir rufen?" Ich benutzte den Schlüssel aus ihrer Handtasche, schob sie in den Flur ihrer Wohnung. „Zieh dich aus, wir müssen unsere Klamotten vernichten. Hast du was zum Anziehen für mich?"

„Wir haben gerade … Er ist tot."

„Genau deshalb wirst du niemanden rufen, verstehst du?" Ich war schon nackt, rollte meine Sachen zum engen Bündel. „Gib mir was zum Anziehen." Ich zog mit zwei Fingern am Ärmel ihrer Wolljacke, die sie über einem grauen Kleid trug. „Zieh dich aus. Alles runter. Ich bringe die Sachen weg. Alles ist voll Blut."

Sie sagte nichts, blickte leer zur Seite, begann, sich aus ihren Kleidern zu schälen. „Ich hab noch nie …"

„Du wirst niemanden rufen. Versprichst du mir das?" Ich half ihr aus dem Kleid, aus dem BH.

„Versprich mir, dass du niemanden rufst. Ich komme bald wieder. Okay?"

Sie nickte langsam.

Ich ging in ihr Schlafzimmer, wählte ein Kleid, band einen Gürtel darum, damit es nicht allzu locker von mir herabhing.

Sie stand noch immer im Flur.

Ich nahm eine Kapuzenjacke vom Garderobenhaken, zog sie an. Das Ding war ebenfalls zu weit.

Ich packte Dufrennes an den Schultern, schüttelte sie. „Wir haben getan, was wir mussten. Es war Notwehr. Verstehst du, Simin: Notwehr. Das sind mit Gangstern verschworene Bullen und mit Bullen verschworene Gangster. Für die gibt es dein Gesetz nicht."

„Ich habe ihn totgeschlagen."

„Du wirst deshalb niemanden anrufen, kapierst du? Wenn du's tust, landest du im Knast. Und ich mit. Da gehören wir nicht hin. Wir sind die Opfer hier, nicht die Täter. Vergiss dein Schuldgefühl. Deine Schuld und deine Scham – das ist deren Macht."

„Ich bin Richterin …"

„… und ich bin bei der Polizei. Im Moment sind wir nichts als traumatisierte Frauen unter Schock, die sich beruhigen müssen, ehe sie den nächsten Schritt tun. Versprich mir, keinen Unsinn zu machen. *Du. rufst. niemanden. an!* Verstanden?!"

Sie nickte. Ich drückte sie kurz an mich.

„Aber es gibt Spuren …"

„Simin, sieh mich an."

Sie sah mich an.

Ich sah ihr in die trüben Augen, sprach mit tiefer Stimme, langsam, überdeutlich. „Du musst logisch denken: Die Kerle rufen die Polizei nicht in ihre Räuberhöhle. Niemals. Es wird keine Anzeige geben, keine Spurensicherung. Die werden den Toten vielleicht verschwinden lassen und etwas inszenieren, das die Verletzungen erklärt. Ich bringe das Auto und die Sachen weg. Nichts wird bleiben, hörst du? Was immer geschehen ist, hat mit uns nichts zu tun. Klar?"

Sie nickte abwesend.

„Ich muss jetzt los. Das Auto muss weg. Geh noch mal duschen. Mach dir einen Tee. Beruhige dich. Keine Anrufe. Okay?"

„Okay", sagte sie matt.

Ich steckte ihren Wohnungsschlüssel ein, küsste sie auf den Mund. Riss mich von ihr los mit einem grauenhaften Gefühl der Unsicherheit, ob sie stabil genug war.

Aber ich musste los.

Der Peugeot, die Kleider waren unsere Verbindung zum Tatort.

Ich fuhr durch die stillen Straßen auf der Suche nach einem Platz, an dem ich keine Katastrophe anrichten würde. Paris ist verdammt eng, selbst wenn man einen ganz normalen Parkplatz nach dem Prinzip „Stoßstange an Stoßstange" sucht. Ich jedoch brauchte etwas mit ein paar Metern Abstand zu Bäumen, Häusern, Autos.

Ich gab irgendwann auf. Stellte den Wagen mitten auf einem stillen Platz ohne Bäume so weit wie möglich von den parkenden Fahrzeugen ab, vergoss das Feuerzeugbenzin auf blutfleckiger Kleidung und Sitzen, warf meine Handschuhe dazu, zündete alles an. Ging schnell, aber ohne zu rennen davon.

Simin hockte unter der Dusche, als ich zurückkam, die Arme um die Knie geklammert. Der Boiler war leergelaufen, sie spürte die Kälte des Wassers nicht. Ich drehte es ab. Sie nahm das Handtuch, das ich ihr reichte, erhob sich langsam.

Ich war eine knappe Stunde lang durch die Stadt gewandert. Genug Zeit, um alles zurechtzulegen: „Bist du aufnahmebereit?"

„Wofür?"

„Unsere Story."

***

Diktat 12, 2. Dezember

Ich war gleich ganz bei mir, als es klingelte.
Es war hell, also nicht mehr sehr früh.
Ich wickelte mich im Gehen in Halinas Laken.
Simin Dufrennes sah mich mit geschwollenen, glasigen Augen an.
„Du? Ich hatte erwartet, eine Halina … äh …"
„Osmani", half ich aus.
„Ja, das war der Name. Was machst du hier?" Sie trug ein elegantes
Kostüm, eine lederne Aktenmappe. Ihr Lächeln wäre unsichtbar gewesen
für Menschen, die sie nicht kannten. Es war nur für mich. Ihre mütterliche Wärme lag in diesem Lächeln.
„Halina ist eine Freundin", antwortete ich. „Die Erpresserin."
„Noch eine traumatisierte Zeugin, nehme ich an."
„Sie würde vor Gericht zerpflückt. Sie ist nicht nur Saint-Andrés Erpresserin, sie ist seine Geliebte. Es ist zu komplex für eine Aussage."
„Ist sie da?"
„Nein. Willst du trotzdem reinkommen?" Ich trat beiseite.
„Geht's?", fragte ich beim Schließen der Tür, machte eine vage Handbewegung Richtung ihres Gesichts, das verschwollen und verpflastert
war.
„Ich hab mit dem Auto einen Begrenzungspoller gerammt und bin zum
Arzt gegangen. Schwere Prellungen, nichts Bleibendes. Er hat sich gewundert darüber, was so ein Airbag anrichten kann. Aber da ich allein
lebe, musste er wohl glauben, dass mich niemand verprügelt hat." Ihr
Lächeln verging, ich sah Tränen in ihren Augenwinkeln. Ich drückte sie
an mich, streichelte ihr Haar. So standen wir lange im Dunkel des Flurendes an der Wohnungstür, bis sie nicht mehr schluchzte und sich von
mir löste. Sie schaltete das Licht ein, hustete ihre Stimme frei. „Du weißt
wahrscheinlich schon, dass du recht hattest? Die Typen haben die Bude
in Boulogne-Billancourt selbst abgefackelt. Die Feuerwehr sagt, dass das
Erdgeschoss ein Art Tanklager war."
Klar: der Garagengeruch. Die Kanister mussten unter dem Sperrmüll
versteckt gewesen sein. „Besser kann man Spuren nicht verwischen."
„Sie beteuern, dass es ein Unfall war und führen die vielen Kopfverletzungen auf den Einsturz einer Zwischendecke zurück."

Ich musste grinsen. „Klar. Nicht, dass noch einer auf die Idee kommt, das war ne Frau mit einem Hammer."

„Da die Bude nur noch ein Haufen Asche ist, lässt sich das nicht widerlegen. Sie bestreiten auch jeden Zusammenhang zwischen dem Brand und dem Autodiebstahl."

„Logisch. Haben sich Mädchen bei dir gemeldet?"

„Zwei wussten nicht, wohin. Sie wurden von Polizeistreifen aufgegriffen, ehe sie sich Kleider beschaffen konnten. Sie bestehen darauf, nur mit mir zu reden."

„Gut. Sonst keine?"

„Nein."

Ich lockerte meine Haltung. „Tee? Kaffee? Wir müssen nicht im Flur herumstehen."

„Gern Tee. Ich hab noch nicht gefrühstückt."

Wir gingen in die winzige Küche, ich goss aus einer PET-Flasche stilles Wasser in den Kocher, schaltete ihn ein.

Sie fragte: „Was hast du mit dem Tod Saint-Andrés zu tun?"

Was sollte ich sagen? Ich hielt es für besser, unsere Komplizenschaft nicht zu weit zu treiben, tat milde überrascht. „Er ist tot?" Ich holte Tassen aus dem Schrank. „Sehr gut."

„Du hast also nichts damit zu tun?"

Ich lächelte. „Ich war gestern zu dem von dir vereinbarten Termin dort. Dafür gibt es eine Zeugin, und ich habe sicher Spuren hinterlassen. Danach war ich hier, bei Halina. Und wie du siehst, habe ich hier auch übernachtet."

„Halina Osmani erbt diese Wohnung. Eigentlich ihr Sohn, aber sie behält das Wohnrecht."

„Das ist gerecht", sagte ich. Sah Halina vor mir, wie sie die Trauer um ihren Peiniger haltlos schüttelte. Doch dann fing sie sich schnell, als ihr die neuen Perspektiven bewusst wurden …

„Wo ist sie, ich möchte mit ihr reden."

„Ich sagte ihr, es wäre besser, wenn sie geht, damit sie nicht als potenzielle Zeugin zur Zielscheibe wird. Da ist sie gegangen. Für sie hab ich übrigens noch ein Kleid bei dir mitgehen lassen, als ich heut nacht loszog – sorry."

„Warum?"

Ich zupfte an dem Laken. „Weil das alles ist, was sie hatte. Saint-André wollte nicht, dass sie abhaut."

„Aber das Geld hat er ihr gegeben?"

„Jeden Cent. Es ist fast alles noch da. Sie hat es im Wandschrank gestapelt."

„Unglaublich."

„Wenn du bei der Sitte arbeiten würdest, wüsstest du, dass alles vorkommt. Und mehr. Nichts ist zu unwahrscheinlich oder bizarr."

„Bei uns heißt es nicht mehr Sitte."

„Bei uns auch nicht. ‚Straftaten gegen die sexuelle Selbstbestimmung'."

Sie nickte. „Zwei leitende Flics aus der Abteilung sind bei dem Feuer in Boulogne-Billancourt am Kopf verletzt worden."

„Die Dienstaufsicht sollte da mal tiefer graben."

Einige Sekunden lang sahen wir einander nur an.

Sie fragte: „Wohin ist Halina gegangen?"

„Weiß nicht. Zurück nach Bosnien? Sie ist nun reich, man würde sie dort nicht mehr behelligen. Earl Grey?"

„Gern. Willst du nicht wissen, wie Saint-André gestorben ist?"

„Wie ist er gestorben?"

„Vom Dach geworfen. Sollte wie Selbstmord aussehen. Irgendwie hat er den Täter wohl mitziehen können."

„Was weiß man über den Täter?"

„Krankenpfleger. Mehrfach vorbestraft."

Das Rauschen des heiß werdenden Wassers ging in Blubbern über. Der Kocher schaltete sich ab. Ich goss das Wasser in die Tassen. Bergamotte-Duft stieg auf. „Ist er mit Miller verbunden?"

„Wir ermitteln noch."

„Wie kommt ihr auf Selbstmord?"

„Abschiedsbrief. Wieso?"

„Hast du ihn da?"

„Eine Arbeitskopie. Das Original ist bei der Kriminaltechnik. Wieso?"

„Ich will ihn nur sehen."

Sie zog eine Klarsichthülle aus ihrer Mappe.

Da stand, er sei krank, erschöpft und wolle nicht mehr leben, bedaure es, falls er seinen Nächsten mit seinem Entschluss Schmerz bereite …

darunter die ausladend schwungvolle, komplexe Unterschrift. Ich reichte ihr das Blatt zurück. „Sieh es dir genauer an."

Sie betrachtete das Blatt. Runzelt die Stirn

Ich erklärte: „„Miller m'a tué', steht da" – Miller hat mich getötet –, „getarnt im Geschnörkel."

Sie starrte auf das Blatt. Öffnete den Mund. Rang nach Worten. „Das ... das ist ... ist beeindruckend."

Innerlich beschwor ich sie: Frag nicht, bitte. Frag nicht weiter.

Ich sagte: „Willst du was essen? Ich weiß zwar nicht, was es hier gibt ..."

„Bitte." Sie wirkte dankbar für den Themenwechsel.

Ich suchte in den Schränken, fand Kinderfrühstück: Röstbrot, kleine Croissants mit Schokofüllung. „Setzen wir uns?"

Ich trug die Tassen, sie ihre Tasche und die beiden Tüten mit dem Gebäck ins Wohnzimmer.

Sie setzte sich da hin, wo ich tags zuvor gesessen hatte.

Wir tranken Tee, aßen Schoko-Croissants, sahen aneinander vorbei. Die Geräusche der Großstadt waren fern. Ich sah, sie hatte tausend Fragen. Sie war so klug, die 999 offensichtlichsten für sich zu behalten.

„Diese Unterschrift ist unglaublich", sagte sie. „Was würdest du jetzt tun?" „Falls es eine Verbindung zwischen Saint-Andrés Mörder und Miller gibt, würde ich ihn festnehmen."

„Ich sehe auch dann keine Chance auf eine Verurteilung."

„Warum? Denk an die Affäre Marchal." Die reiche Erbin Ghislaine Marchal war Anfang der Neunzigerjahre tot im Keller ihrer südfranzösischen Villa gefunden worden, neben ihr der Satz „Omar m'a tuer" – „Omar hat mich getöten" (sic!), in ihrem Blut geschrieben. Omar Raddad, ihr Gärtner, wurde nach einem jahrelangen, wechselvollen Prozess unter größtem öffentlichen Aufsehen als ihr Mörder verurteilt, obwohl nie wirklich geklärt wurde, ob sie dies selbst geschrieben hatte, ja überhaupt hatte schreiben können mit ihren Verletzungen.

Eine bedeutende Episode der französischen Rechtsgeschichte.

„Ich denke im Moment an nichts anderes", stellte Simin fest. „Die Verurteilung Omars hielt nur ein paar Jahre. Und Miller ist Präfekt, nicht irgendein Araber. Er hat außerdem bestimmt ein Alibi."

„Ganz richtig. Er ist nicht irgendein Verdächtiger", antwortete ich. „Wenn du aber die Fakten richtig in die Öffentlichkeit spielst und die

Verhaftung entsprechend inszenierst, braucht es kein Gerichtsurteil mehr, ihn zu erledigen. Auch das wäre eine Parallele zum Fall Marchal: Irgendwann war zwischen öffentlicher Debatte und gerichtlicher Beweisaufnahme nicht mehr zu unterscheiden. Und es wäre immerhin nicht der erste Mord, dessen Miller verdächtigt wird. Irgendwann ist mit so einer Karriere dann auch ohne formelles Urteil mal Schluss."

Sie seufzte. „Wenn das schiefgeht, ist meine Karriere erledigt."

„So doch auch. Oder denkst du, er vergisst die letzte Nacht? Irgendwas kommt nach, garantiert. Wenn du dich zuerst bewegst, hast du eine Chance."

Wir sahen einander an. Ihre Finger spielten an der Teetasse. Sie lächelte. Es brach aus ihr heraus, in einem ganz anderen, warmen Ton: „Danke, Sibel. Danke, danke. Es war schrecklich. Ich verstehe jetzt, dass …"

„Nicht", sagte ich hart. „Bitte. Ich war die ganze Zeit hier, bei Halina. Sie würde das beschwören. Und du hattest einen unbedeutenden Unfall. Das ist von jetzt an Aktenlage. Belassen wir es dabei."

Ihre Augen tränten wieder. „Das ist ein Abschied, oder?"

Ich wischte mir ebenfalls die Augen, nahm ihre Hand. „Fürchte auch." Ich küsste ihre Fingerspitzen, strich mit meiner über ihre Hand, ein wenig zu fest, als wollte ich Spuren vernichten. „Es war mir ein Vergnügen, Frau Untersuchungsrichter. Sie können nicht ermessen, wie sehr."

Reset: Wir gingen wieder wie Profis miteinander um.

Untersuchungsrichterin und Zeugin/Polizistin.

Kühl, vernünftig.

Sinnvoll: Keine Komplizenschaft. Keine verdeckte Agenda.

„Ich muss dann auch gehen", sagte sie, ergriff ihre Tasche und sprang auf.

Es war wie eine Flucht.

***

Ich verbrachte den Rest des Vormittags damit, mir Jeans, T-Shirt und Heels zu kaufen, meine Tasche zu holen, ein Hotelzimmer zu suchen.

Berichte über den Tod des alten Anwalts tauchten am frühen Nachmittag im Internet auf.

„Miller m'a tué" schlug ein wie eine Bombe, obwohl die ersten Berichte über den Abschiedsbrief formuliert waren, als würde ein Gerücht aus dem Hörensagen wiedergegeben.

Alle erinnerten sich an den Fall Marchal. Alle. Zumindest alle Journalisten: Jahrelang hatten die Zeitungen den Fall um- und umgewendet, und jede neue Wendung vergrößerte das Publikum.

Das Gift wirkte. Aber ich konnte im Moment nichts tun.

Ein unerträglicher Zustand.

Es dauerte nur eine kurze Internetsuche, Miller aufzuspüren. Im Kongresszentrum in der Nähe des Arc de Triomphe gab es ein sicherheitspolitisches Treffen einiger Präfekten mit Vertretern seiner Partei, auf dem er reden sollte.

Ich wollte ihn sehen.

Ich musste ihn sehen. Wie er damit umging.

Ob er noch immer schaffte, wie ein Sieger auszusehen.

Falls ja: Das sollte sich ändern.

Ich wollte nicht, dass er zur Besinnung kam.

Ich fuhr mit der Metro zur Porte Maillot, dem großen Kreisverkehr, der einen Park umrundet.

Der Kongresspalast ist einer jener Großbauten aus den Siebzigerjahren, wie sie in jeder europäischen Metropole stehen: trüb ausgeleuchtete Gewerbegebiet-Architektur garniert mit architektonischem Schnickschnack mit dem Charme eines Hochbunkers.

Irgendwo in den Tiefen des Komplexes standen zwei Frauen hinter einem Tisch voll nicht abgeholter Namensschilder an Halsbändern. Ich las ihnen lächelnd den Frauennamen auf einem der Schilder vor, bekam es, hängte es mir um und betrat auf Hochflor-Teppich einen Saal, in dem graue Männer und ein paar fast so graue Frauen auf bräunlichen Klappsesseln, die noch jahrzehntelang jeden Fleck absorbieren konnten und sollten, in der stickigen Klimaluft mit dem Schlaf rangen. Ein grauer Mann stand vorn und sprach leiernd über seinen Kampf gegen Drogenbanden im Périgord.

Ich schritt langsam durch den Mittelgang nach vorn, achtete auf Hüftschwung und Präsenz, hielt nach Miller Ausschau.

Als einer der Redner saß er in der ersten Reihe. Wie alle anderen drehte er den Kopf nach der einzelnen Person, die durch den Saal ging. Er war weit entfernt von seiner Politikerfrische während der beiden Sekunden, die wir einander fixierten. Das Gesicht fahl, krallte er die Finger ineinander, wandte sich ruckartig ab.

Ich drehte um, fand einen Platz in der sechsten Reihe am Gang. Er war der übernächste Redner.

Er stammelte arhythmisch herum. Das Publikum verlor das Interesse, wurde unruhig, führte leise und halblaute Gespräche, als wäre schon Kaffeepause. Miller schien es nicht zu bemerken.

Dann begann tatsächlich die Kaffeepause. Ich stand auf, während Miller durch den Mittelgang zum Ausgang strebte.

Nein, nicht zum Ausgang: Er kam direkt auf mich zu. „Ich mache dich alle", zischte er, meine Hand greifend, als würde er mich begrüßen. „Du hast es überzogen. Während wir reden, laufen alle Kanäle heiß. Du verlierst deinen Job."

Ich ließ ihm meine Hand, aber drückte heftig zu. Seine Schulter hing plötzlich, sein Körper machte unwillkürlich eine Drehung, als wollte er zurückweichen. Ich hielt ihn. „‚Miller hat mich getötet'", zitierte ich den Abschiedsbrief des Alten. „Vielleicht sollten wir lieber über *deine* Zukunft nachdenken."

„Niemand glaubt diesen Schwachsinn."

„Es reicht völlig, wenn alle darüber spekulieren."

„Ich werde beweisen, dass du dahintersteckst: Du landest im Knast. Dein korruptes Miststück von einer Richterin wird dich nicht retten können."

„Dann erledige das mal lieber schnell." Ich drückte noch fester zu. Sagte dicht an seinem Ohr: „Das korrupte Miststück ist sicher gerade dabei, krank geschriebene Bullen mit Kopfverletzungen zu befragen. Wie lange wirst du noch hochrangige Freunde haben?"

Jemand kam von hinten, berührte seinen Arm, grüßte ihn und begann ein Gespräch über irgendwas.

Ich löste meine Hand von seiner, drängte mich an ihm vorbei aus der Sitzreihe und ging Richtung Ausgang.

Ein Boulevardblatt brachte am späteren Nachmittag den ersten Artikel, in dessen Überschrift Miller genannt wurde. Illustration war – mit der Quelle „Ermittlerkreise" – ein schlechtes Foto der Unterschrift, in der die Anklage gegen ihn versteckt war. Der Text erinnerte erwartungsgemäß an die Affäre Marchal.

Nun war es kein Gerücht mehr.

Ausführlicher berichtete etwas später „l'Aurore". Die Zeitung brachte Miller in Verbindung mit Zwangsprostitution und Mädchenhandel, indem sie den „Collines"-Artikel doch noch veröffentlichte, von dem sie bisher die Finger gelassen hatte.

Die Redaktion hatte wenig verändert, demnach war „Yasmin" noch immer verschwunden.

Gut, das trug zu meiner Anonymisierung bei.

„Ein Zusammenhang zwischen dem Mord letzte Nacht an dem Notar und den Bandenverbrechen, die Miller zum wiederholten Mal vorgeworfen werden, sei nicht ausgeschlossen", zitierte die Zeitung eine „den Ermittlungen nahe stehende Person". Saint-André sei jedenfalls seinerzeit „in die Affäre verwickelt gewesen", in der gerade neue Indizien aufgetaucht seien, so dass „man den potenziellen Zeugen möglicherweise nicht zufällig gerade jetzt gewaltsam zu Tode gebracht habe". Sie schrieben auch: „Nachdem eine erste Version dieses Artikels in einer südfranzösischen Regionalzeitung erschienen war, strengte Miller einen Rechtsstreit an, der das Blatt und die Autorin allein wegen seiner Kosten die Existenz kosten könnte. Daher weist ,l'Aurore' an dieser Stelle mit allem Nachdruck darauf hin, dass die hier geschilderten Vorgänge von Miller üblicherweise samt und sonders bestritten würden und dass er vor Gericht freigesprochen wurde."

Beide Zeitungen schrieben, dass Miller „sich aktuell zu solch haltlosen und absurden Vorhaltungen" nicht habe äußern wollen.

Beide Zeitungen erwähnten Simin Dufrennes als „seinerzeit mit dem Fall Miller befasste Untersuchungsrichterin" und nannten sie als Quelle für den alten Fall, zu dem sie nur sagte: „Wer nicht verurteilt wird, ist vor dem Gesetz und den Menschen unschuldig."

Allen Artikeln war bei aller juristischen Absicherung der Jagdinstinkt anzumerken. Diese Journalisten waren entschlossen, Miller in ihre Trophäensammlung aufzunehmen.

Ich saß in einem Bistro beim Abendessen, auf dem Bildschirm schräg über der Theke liefen Nachrichten. Ich sah, wie Miller nach der Veranstaltung vor dem Kongresspalast von Fotografen und Kamerateams bedrängt wurde. Er eilte mit gesenktem Kopf durch die Menge, die Hände vor dem Gesicht.

Mein Handy vibrierte mehrmals.

Mein Chef versuchte, mich zu erreichen.

Dann versuchte *sein* Chef, mich zu erreichen.

Das war ungewöhnlich, sehr sogar.

Miller hatte erneut die Diplomatie mobilisiert.

Auch Anselm rief mehrmals an.

Ich sprach nur mit Sheri. Aber ihr fröhliches Teenager-Geplapper ging ausnahmsweise an mir vorbei.

Ein Bild verließ nicht meinen Kopf.

Ich hatte Dounas Mann in den Nachrichten gesehen.

Ahmad Diri stand einfach da, hinter den Fotografen. Er starrte Miller an mit einem Gesichtsausdruck zwischen Hass und Verzweiflung.

Das Gesicht war nur einen Sekundenbruchteil lang zu sehen gewesen. Ich hätte geschworen, dass er es war. Aber als ich den Bericht in der nächsten Nachrichtenschleife erneut sah, war er verschwunden.

Dies hätte mich nicht beruhigen dürfen.

Videos lassen sich schneiden.

***

Diktat 13, 2. Dezember

Die Richterin schickte mir eine SMS mit einer Adresse in La Défense, einer Uhrzeit und dem Satz: „Zeit, die Sache zu Ende zu bringen. Wollen Sie dabei sein? Würde mich freuen."

Ich fuhr sofort mit der Metro los, obwohl es zu früh war, trank im Bahnhof einen Kaffee.

Der Wind zerrte an den Plakaten, die Millers Leute vor die riesige Halle des Cnit neben dem Großen Bogen gestellt hatten. Sie zeigten ein stark auf jugendlich retuschiertes Bild des winkenden Miller mit der Aufschrift „Yves Miller – Zeit für Wahrheiten".

Ja, dachte ich, in der Tat. Betrat mit einem Lächeln das futuristische Gebäude mit dem grandios geschwungenen Betonbuckel, ein Stück kathedraliger Industriearchitektur aus der Zeit, als Zukunft und Angst noch kein Bindewort ergaben.

Simin Dufrennes setzte sich in Bewegung, als sie mich reinkommen sah. Wir umarmten und küssten einander wie alte Bekannte, als hätten wir uns ewig nicht gesehen. „Ich habe sowas wie eine Division dabei", sagte sie.

Ich sah mich um.

In Deutschland erkennst du Bullen in Zivil in kühlen Jahreszeiten an den Freizeitjacken und den Turnschuhen. Ausnahmen bestätigen die Regel. Neuerdings kommen bescheuerte Mützen dazu – Basecaps mit allen möglichen Aufschriften und Logos, Strick- und Häkeldinger wie Klopapierrollenüberzüge.

In Frankreich sind es Tweedjacketts über Rollkragenpullover oder Fleece-Jacke und Jeans, die Turnschuhe sind die gleichen. Ich machte in der Weite der Halle mindestens zwanzig von der Sorte aus. Die Frauen sind schwieriger zu erkennen. Manche laufen wie die Kerle herum, andere wie Motorradbräute wie ich, oder als Après-ski-Hasen. Aber auf fünf Kerle oder so kommt eh nur eine.

Ich fragte: „Sollte er bis zur Festnahme nicht noch etwas schmoren?"

Sie lächelte. „Nein, der Moment ist gekommen: Wir haben ihn. Der Mörder von Saint-André war als Wehrpflichtiger in derselben Armee-Einheit wie Miller, verpflichtete sich auf einige Jahre. Spezialtruppen, unehrenhafter Rausschmiss, zuletzt war er Sanitäter bei der Werksfeuerwehr einer Chemiefabrik. Er hat in seinen beiden letzten Lebenstagen insgesamt 26 Mal mit Miller telefoniert. Wir haben außerdem neue Zeuginnen, die wir vor eventuellen Angriffen schützen müssen. Einige Frauen aus der Fabrik haben sich gemeldet, andere aufgrund der Presseberichte. Während wir reden, werden sie vernommen." Sie wartete strahlend auf eine Reaktion.

„Sind sie wirklich gut geschützt?", fragte ich, zu einer freudigen Regung nicht fähig. Zehn Jahre waren vergangen! Nimmt man einen durchschnittlichen Umsatz von fünfzehn bis zwanzig Mädchen monatlich an, waren es in zehn Jahren 1800 bis 2400 Mädchen gewesen, jede mindestens zehntausend Euro wert.

Aber Simin wirkte so begeistert. „Na, sicher sind sie geschützt, und bald ist es ja auch vorbei. Zwischenstand der Ermittlungen: Die haben ihre Methoden seit damals verfeinert, daher sind sie all die Jahre unauffällig damit durchgekommen. Sie optimierten die Planung der Entführungen, die Auswahl der Opfer."

„Keine lokalen oder regionalen Brennpunkte mehr", spekulierte ich. „So gehen die Fälle im allgemeinen Rauschen der Vermisstmeldungen unter."

„Richtig. Rund 50.000 sind es jedes Jahr allein in Frankreich, und mehr als zwei Prozent der Vermissten bleiben verschwunden. Sie machen jetzt gezielt Jagd auf illegale Einwanderinnen aus Osteuropa. Blondinen bevorzugt, ansonsten alles, was hübsch ist. Viele davon haben niemanden hier. Kein Mensch meldet seine Putzfrau vermisst. Niemand sonst merkt, wenn sie verschwinden. Es ist ein Riesengeschäft. Prostitution, Handel mit Sexsklavinnen. Geschäftsverbindungen bis nach Saudi-Arabien."

„So weit waren wir damals auch schon mal."

„Nein. Wir sind viel näher dran. Der Mord an Saint-André war sein entscheidender Fehler. Jetzt haben wir ihn am Arsch. Ihn und alle anderen."

„Er wird nicht bestreiten, den Mörder zu kennen. Wir können nur nachweisen, was eh bekannt ist, sonst gar nichts. Er kommt mit seinen Winkeladvokaten und lässt das Ganze auch diesmal platzen wie eine Seifenblase. Wenn Miller sich aus dem Geschäft zurückgezogen hat, als seine Karriere in Fahrt kam, wird ihm der Mord so viele Jahre später nicht ohne Weiteres zugerechnet werden können. Und ich selbst hab die Beweise für Millers Angriff auf mich beseitigt."

Sie nahm meine Hand, drückte sie mit einem finsteren Lächeln. „Ja, er hat sich zurückgezogen. Eigentlich. Aber mehrere Frauen sagen gegen ihn aus. Er ist immer mal wieder dort. Er kann nicht widerstehen, wenn Frischfleisch geliefert wird."

Ich musste ein Zittern unterdrücken. „Frischfleisch", sagte ich heiser, nicht überzeugt. „Verstehe." Ich steckte die Fäuste in meine Jackentaschen.

Die Richterin musterte mich mit einem sehr sanften Blick, zog mich kurz an sich.

In einer Ecke der Halle verdichtete sich eine Menschenmenge um eine Bühne herum. Es waren noch einige Minuten bis zu Millers Auftritt, und immer mehr Menschen kamen die Treppen von der Metrostation herauf. Fast alles Männer, kaum einer jung.

„Er ist populär", stellte ich fest.

„Miller verspricht die Wahrheit, die sonst niemand bietet – viele hier würden einen Türpfosten wählen, Hauptsache, er spricht gegen die angeblich korrupte Elite."

Jemand betrat die Bühne und sprach in ein Mikrofon. Wir verstanden nicht, was er sagte, hörten nur, dass es nicht Miller war. Wir setzten uns Richtung Bühne in Bewegung, und wie auf Befehl gingen alle die unauffällig gekleideten Kollegen ebenfalls los.

Der Mann am Mikrofon war der Einheizer. Er trat auf wie ein Standup-Comedian, ging mit großen Gesten auf der Bühne hin und her, riss politische Witze auf Kosten anderer Parteien, von Muslimen, Juden und Schwarzen, und das Publikum ging entsprechend mit. Rund um die Bühne waren Stoff-Kokarden in den Farben der Tricolore verteilt worden, wie bei einer Veranstaltung des Front National. Es gab auch wieder Papierfähnchen. Über der Bühne hing das Spruchband mit dem Slogan „Frankreich: Sicher. Fair. Vereint."

Dufrennes und mich trafen unter diesen Leuten zahlreiche fragende, auch feindselige Blicke – kommen deine Vorfahren aus Anatolien oder vom Hindukusch, sind dein Haar und deine Augen schwärzer, ist deine Haut anders dunkel oder, wie meine, in einem anderen Ton weiß als jemals bei einem Ur-Franzosen.

Ich steckte mir eine Kokarde an die Lederjacke, starrte jedem Blick mit kaltem Trotz entgegen. Ich hatte schon als kleines Mädchen „Fick dich" gucken können wie kein anderer. Dufrennes war darin auch nicht schlecht.

Die Marseillaise unterbrach den Possenreißer im Wort: Miller marschierte ein, gefolgt von einen Schwarm Fotografen und Kamerateams, umgeben von einem Cordon aus sechs glatt- und kahlrasierten Muskelmännern der Sorte, wie ich sie schon kannte. Er winkte den Applaudierenden mit der Linken zu. Das hatte ich bis dahin nur bei der deutschen und österreichischen Rechten gesehen: Wäre es die rechte Hand, könnte man das Winken schwer von einem Hitlergruß unterscheiden – ein Winken aus dem Handgelenk, Arm und Finger nahezu waagerecht gestreckt: „Der Tag des Ruhms ist gekommen", schrillte der Chor übersteuert aus den Lautsprechern.

Wir bekamen den Volks-Miller vorgeführt, im Theater von Perpignan war es die bürgerliche Version gewesen.

Dufrennes sah aus, als hätte sie etwas Schlechtes gegessen.

Dann sah ich ihn: Ahmad Diri, Dounas Mann.

Er stand vorn, direkt am Aufgang zur Bühne. Er muss dort gewartet haben, getarnt in der Menge, abgewandt, um die kritischen Blicke auf den Fremden zu vermeiden und nicht aufzufallen. Er drehte sich mit finsterem Blick halb um, als sich alle nach Miller umwandten. Aber er hob nicht die Arme, klatschte nicht. Er stand nur da.

Ich sah seine Schultern, die seltsam nach vorn geneigt waren, seinen gerundeten Rücken.

Es war die Haltung eines Mannes, der etwas unter dem Mantel oder der Jacke verbirgt.

Ich schrie „Vorsicht! Vorn an der Bühne!", aber das Geplärre aus den Lautsprechern und der Jubel für Miller übertönten mich. Miller und sein Gefolge gingen unbeirrt weiter.

Ich stieg aus meinen Heels, drängte mich zwischen die Leute, hechtete in dem Moment in die Gasse, die die Menge für Miller gebildet hatte, als sich Diri gerade in Bewegung setzte. Im nächsten Augenblick wäre er auf Armlänge herangewesen.

Mein Bodycheck brachte ihn ins Schwanken, zwang ihn zu einer Drehung, einem Ausfallschritt.

Noch war das Messer nicht zu sehen.

Miller blieb stehen, rief irgendwas, zeigte auf mich. Zwei seiner Muskelmänner sprangen los, zerrten an meiner Jacke.

Ich wollte mich losreißen, um Diri zu stoppen, der wieder ins Gleichgewicht kam, in der Drehung das Messer zückte, nach vorn rammte.

Es versank tief im Leib von Untersuchungsrichterin Simin Dufrennes, die sich im selben Moment vor den Angreifer schob, Miller zur Seite stieß.

Ich sah die Überraschung, die Fassungslosigkeit in Diris Gesicht, als er das Messer aus der Frau zog.

Ich ließ dem einen Muskelmann meine Jacke, wuchtete dem zweiten, der mein T-Shirt griff, den Ellenbogen ins Gesicht, sprang über die am Boden liegende Dufrennes gegen den Angreifer.

Der hatte einen Ausfallschritt, den Arm schon wieder lang gemacht. Das Messer steckte bis zum Heft in Millers Brust.

Diri ließ es im Straucheln los, kam unter mir zu liegen. Ich schlug ihm ins Gesicht. Er verdrehte benommen die Augen.

Harte Hände zerrten mich an den Oberarmen zurück.

Andere ergriffen Ahmad Diri, hielten ihn.

Ich wollte mich losreißen, der Richterin beistehen, doch die Männer hielten mich wie mit Stahlklammern.

Sie sah mich noch an. Lächelte. Ich las ihr ein „Verzeih mir" von den Lippen. Dann verschwand die Seele aus ihrem Blick. Anders kann ich es nicht beschreiben: Sie hörte vor meinen Augen einfach auf zu leben.

Ich weiß nicht, was ich schrie. Ich schrie irgendwas. Schrie, schrie, schrie und war nicht zu beruhigen.

Sie rangen mich zu Boden, jemand fesselte mir die Hände auf den Rücken.

***

Diktat 14, 3. Dezember

Möglicherweise hatte nicht einmal jemand daran gedreht: Die Ermittlungen liefen chaotisch, und sie liefen auf einen völlig falschen Punkt hinaus. Muslime waren an einem Messerangriff gegen einen rechtsnationalistischen Politiker beteiligt, also kam der französische Staatsschutz Renseignements Généraux ins Spiel.

Die Anzugträger von den RG waren auf Extremismus trainiert. Folgerichtig schlossen sie: Das kann nur eine islamistische Verschwörung gewesen sein.

Ich ahnte, was da schief lief. Simin Dufrennes hatte offenbar niemandem erklärt, was sie bei Miller wollte. Sie hatte allgemein von einer Verhaftung gesprochen. Das war klug gewesen, denn überall konnte einer seiner Spitzel sitzen. Doch nun dachten sich die supersmarten Typen vom RG aus, Dufrennes sei vielleicht der Kopf der Verschwörung gewesen: So ein Anschlag ist spektakulärer, wenn du die Bullen selbst mitbringst.

Und natürlich wusste niemand etwas von mir. Die alte Geschichte war so gründlich vertuscht worden, dass meine Verbindung zu Miller im Grunde eher den Zeitungsberichten zu entnehmen war als den Akten.

Aber um die Verbindung zwischen der Frau von damals und mir zu ziehen, musste man wie ein Bulle ticken, nicht wie ein Geheimdienstler. Jeder Provinz-Cop weiß aus Erfahrung, dass Gewaltverbrechen in den allermeisten Fällen Beziehungstaten sind, danach kommt, weit abgeschlagen, Raub. Politische Verschwörungen und Terror sind so selten, dass du dich nahezu unbesehen darauf verlassen kannst, dass es das nicht ist.

Ich hätte die Polizisten im Ermittlungsteam leicht darauf bringen können, dieser Routine zu folgen und damit auf die richtige Fährte zu kommen. Aber ich verweigerte die Aussage. Ich wollte keinesfalls Douna exponieren. Das sollte, wenn überhaupt, Diri selbst verantworten.

Also fragten die RG-Typen mich nach meinen Verbindungen zu extremistischen Imamen, erwähnten den „Kalifen von Köln", die saudischen Investitionen in salafistische Koranschulen in Deutschland, die Weigerung der viele deutsche Moscheen dominierenden halbstaatlichen türkischen Ditib, einen extremistischen Imam in Berlin zu stoppen – als ob all dies die Radikalisierung deutscher Muslime im Allgemeinen und speziell meine eigene belegte.

Sie wussten sogar von Tarik, meinem Dealer. Aber in ihrer Welt hatte er nicht hübsche Mädchen mit Drogen und Gewalt für die Prostitution gefügig gemacht. In ihrer Welt hatte er vor allem und hauptsächlich einen entfernten Cousin gehabt, der eine große Figur bei einer Sektion von Al Qaeda war. Für sie sagte das alles über Tarik.

Ich vermutete also, dass auch Diri die Aussage verweigerte, denn sonst hätte er ihnen die Terror-Flausen ausgetrieben. Schließlich sind Eifersucht und der Hass auf den Typen, der deine Frau traumatisiert und geschwängert hat, keine exklusiv islamischen Gefühle.

Ohne diese Aussage: keine Chance. Sie lebten in einem Parallel-Universum und nannten es „Realismus".

Ich als Missbrauchsopfer tendiere sicher dazu, überall Missbrauchsopfer zu sehen. Für diese RG-Typen, die seit September 2001 jeden Arbeitstag damit verbrachten, Muslim-Terroristen zu suchen, sind Muslime Terroristen, und mein Schweigen schien diese Einstellung zu bestätigen.

Am zweiten Tag teilte mir mein von der deutschen Botschaft gestellter Anwalt mit, dass sich Diri unter ungeklärten Umständen in seiner Zelle das Leben genommen hatte. Sie hatten nicht einmal seinen Namen aus ihm herausbekommen, wussten nur, dass auch er Muslim war, denn er hatte einen kalligrafisch geschnörkelten Koranvers als Tattoo auf dem Unterarm – Sure 2, 195: „Spendet in Allahs Weg und stürzt euch nicht ins Verderben; und tut Gutes, denn siehe, Allah liebt die Gutes Tuenden."

Miller lag nach dem starken Blutverlust im künstlichen Koma.

Das änderte alles. Ich war allein, beherrschte das Narrativ.

Ich versprach ihnen eine Aussage unter der Bedingung, dass zuvor die Bilder der vielen Kameras in der großen Halle vollständig ausgewertet werden sollten.

Sie folgten widerwillig – alles schon geprüft, alles schon betrachtet. Aber der Anwalt – und damit die deutsche Botschaft – insistierte.

Es wurde eine Art Kinovorführung. Mehrere Typen von den RG und von der Polizei, zwei Videogutachter, ein Untersuchungsrichter, mein Anwalt und ich saßen in einem dunklen Raum und betrachteten die stummen Bilder.

Es war nach knapp drei Stunden Bewegtbild von Attentat und Abwehr aus allen Betrachtungswinkeln offensichtlich, was der Untersuchungsrichter schließlich aussprach: „Herr Miller verdankt Ihnen, Frau Schmitt, und Richterin Dufrennes sein Leben. Mit dem Attentäter haben Sie nichts zu tun. Das ist unzweifelhaft."

In meiner Aussage wies ich auf die Zeitungsartikel hin, sprach von neuen Erkenntnissen und neuen Ermittlungen im alten Fall, sagte, dass ich nicht wisse, warum Simin Dufrennes mich eingeladen hatte, bei der Festnahme, die sie offenbar plante, zugegen zu sein.

Sie fragten, ob ich den Messermann kenne.

Ich sagte wahrheitsgemäß, dass ich ihn im Fernsehen gesehen hätte, im Hintergrund der Aufnahme vom Nachmittag vor dem Messerangriff.

Die Gefahr, dass meine Lüge entdeckt würde, war gering.

Nur Douna wusste, dass wir einander begegnet waren.

Sie prüften meine Angaben einige Stunden lang. Dann ließ mich der Richter frei unter der Auflage, mich „für weitere Ermittlungen zur Verfügung zu halten".

Genau 73 Minuten später saß ich im Zug nach Süden.

Wie unwirklich es war, die Zeitungen zu lesen.

Sie stellten mich als Heldin dar. Die deutsche Polizistin, die gemeinsam mit der französischen Untersuchungsrichterin dem Präfekten Miller das Leben gerettet habe.

Von Vorwürfen gegen ihn war kaum noch die Rede. „Ob es zwischen dem Messerangriff und bisher unbestätigten Berichten über Millers angebliche Beteiligung an Menschenhandel und Zwangsprostitution einen Zusammenhang gibt, ist ungeklärt", hieß es.

Unwirklich auch meine Kommunikation mit Berlin. Wieder rief mich mein Chef an. Und dessen Chef auch. Ich nahm die Anrufe an. Alles war gut, konnte gar nicht besser sein. Die deutsch-französischen Beziehungen gerettet, der Außenminister beruhigt.

Ich solle nun ausspannen, hieß es. Der Oberchef riet mir sogar zu einer Krankschreibung, „um mal so richtig zu relaxen".

Nahezu drei Tage waren seit dem Angriff auf Miller vergangen. Fünf seit meiner Ankunft in Paris.

Ich nahm nichts richtig wahr. Immer wieder sah ich Simin Dufrennes' letztes Lächeln, wie ihre Lippen die Bitte um Verzeihung formten, ihre letzten Worte.

Ich fühlte mich für ihren Tod verantwortlich.

Alles schien unausweichlich, wie Fügung.

Aber es gibt keine Fügung.

Es gibt Schuld, es gibt Unschuld, und es gibt Zufälle.

In der Verkettung dieser Ereignisse war ich die Schuldige.

Es gab nichts, was nicht mit mir zusammenhing. Mit meiner Drogensucht als Studentin. Meiner Naivität. Meinen Spontanaktionen, meiner Durchtriebenheit: Millers Ermittlungen, nachdem ich die Leiche seines Killers hatte verschwinden lassen, der Artikel in der Lokalzeitung. Oder auch einfach nur mein Auftauchen nach all den Jahren, Dounas unmittelbare Reaktion. Irgendwie war Ahmad Diri auf alles gekommen, und ich war sicher: Ohne mein Zutun wäre er das nicht.

Ich hätte das wissen müssen. Ich kannte diese Sorte Mann. Selbstgerecht bis zum Wahn, extremistisch auf einen archaischen Ehrbegriff fixiert, eifersüchtig bis zum Äußersten.

Ein solcher Mann ist immer im Recht.

Ich trage die Spuren eines solchen Mannes im Gesicht und am Körper.

Ich hatte keine Illusionen, machte mir wenig Hoffnung wegen Douna.

Ich war schuld.

Warum also waren Simins letzte Worte „Excuse-moi"?

Ich hätte sie um Verzeihung bitten müssen, nicht umgekehrt. Darin war ich mir sicher.

***

Ich parkte vor dem Hotel, stellte den Motor ab, öffnete die Tür, inhalierte einige Sekunden lang still die kühle, salzige Luft der beginnenden Nacht. Die Wolken im Westen hatten samtig rote Ränder. Das Rauschen der Brandung verband den Moment mit der Ewigkeit. Es fühlte sich so an, als wäre ich vor sehr langer Zeit zuletzt dort gewesen.

Oben in der Wohnung brannte Licht. Der Transporter mit der Hoteladresse an den Flanken stand nicht an seinem Platz. Das Erdgeschoss war dunkel, die Schwingtür verschlossen.

Ich drückte den Knopf für die Nachtglocke.

Nichts.

Ich holte den Wagenheber aus meinem Kofferraum, schlug damit ein Fenster ein.

Das Haus war ruhig.

Todesruhe.

Ich fand den Lift. Drückte ganz oben die „15".

Die Todesruhe mochte Einbildung sein, von Erwartung getriggert. Der süßliche Geruch, den ich schon am Lift wahrnahm, war keine.

Verwesung, eindeutig.

Die Tür mit der Aufschrift „Privat" stand offen. Eine Treppe führte hinauf in die Dachwohnung.

Douna lag auf dem Esstisch. Die Stühle standen ordentlich an den Wänden aufgereiht, am Tischrand klebten abgebrannte Kerzenreste.

Muslime kennen solches Brimborium nicht. Eine Wüstenreligion bringt ihre Toten schnell unter die Erde – ein Tuch um den Leichnam, fünf Ellen Sand drüber …

Vielleicht hatte er es aus einem Film, vielleicht lebte er lange genug im katholisch geprägten Frankreich, um schon einmal eine Totenwache beobachtet zu haben. Es war jedenfalls eine Aufbahrung.

Ihr Gesicht war zerstört, sie hatte offene Brüche und Platzwunden an Schultern und Oberarmen. Es gab viel getrocknetes Blut. Es sah danach aus, als würde man irgendwo auf einer etwas zerklüfteten, harten Fläche einen größeren Blutfleck finden können. Jedenfalls war sie gestürzt, aus großer Höhe auf einen Vorsprung, einen Bordstein, ein Mäuerchen, eine Umfriedung.

Sie war unmittelbar durch den Sturz gestorben, der sie so zugerichtet hatte, sonst hätte sie nicht so viel Blut aus den offenen Brüchen, Rissen und Platzwunden verloren.

Sie trug noch ihr Kopftuch, war barfuß.

Ich suchte ihre Schuhe, fand sie am Geländer der Dachterrasse ordentlich nebeneinander vor einem Stuhl stehen, die Spitzen Richtung Stuhl.

Vorläufiges Ermittlungsergebnis: Suizid.

Sie war aus den Schuhen auf den Stuhl gestiegen, vom Stuhl aufs Geländer. Die Höhe hatte gereicht, um aus dem Fuß- einen Kopfsprung zu machen. Man muss gewaltig mit den Armen rudern, um zu verhindern, dass der Oberkörper Übergewicht bekommt.

Die meisten Springer rudern allerdings intuitiv. Dies konnte ein Indiz für Fremdeinwirkung sein, dass sie eventuell bereits vor dem Sturz bewusstlos war.

Dagegen sprach nicht zwingend das liebevolle Arrangement: Es ist gar nicht so selten, dass brutale Beziehungsverbrechen in rührenden Inszenierungen um das Opfer herum quasi relativiert werden.

Mein Cousin zum Beispiel weinte, als er in klarer Tötungsabsicht mit der Eisenstange auf mich einschlug.

Ich wählte Dounas Handynummer. Das Telefon klingelte auf der Küchen-Arbeitsplatte.

Ich ging den Speicher durch.

Sie hatte zuletzt viermal mit Simin Dufrennes telefoniert.

Ich wählte die Nummer ihres Mannes. Das Klingeln tönte aus einer Ritze des Sofas am Panoramafenster.

Ahmad Diri hatte kurz nach Dounas letztem Gespräch ebenfalls mit Simin Dufrennes telefoniert.

Ich rekonstruierte: Die Richterin hatte in der Nacht, in der ich sie befreite, versucht, Douna doch noch zur Aussage zu bewegen. Das erste Gespräch war knapp zwei Minuten lang, die beiden folgenden drei und elf Sekunden, das Letzte mehr als acht Minuten. Es sah danach aus, dass Simin sich auch nach mehrfachem Wegdrücken nicht hatte abwimmeln lassen von Douna. Die eröffnete ihrem Mann schließlich ihr Geheimnis, oder er kontrollierte ihr Handy, rief die Nummer des hartnäckigen Anrufers an und erfuhr alles von Simin Dufrennes beziehungsweise bekam es von ihr bestätigt.

Krise.

Suizid oder Totschlag.

Der Mann arrangiert den Leichnam, trauert sich in eine Art Furor hinein, beschließt, Rache zu nehmen. Findet auf der Internetseite von Millers Wahlkampagne den Auftritt in Paris. Bricht in wildem Zorn auf, ohne Papiere, ohne Handy …

Im Messerblock in der Küche fehlte das große Tranchiermesser. Die Griffe kamen mir bekannt vor: Das fehlende Messer lag in Paris bei den Asservaten, ich hatte es zuletzt in Millers Brust stecken sehen.

Ein klarer Fall.

Ich zitterte. Widerstand dem Impuls, mich zu schneiden. Sah mich, eins der kleineren Küchenmesser in der Faust, parallele Schnitte auf meinen Unterarm setzen, um zu fühlen, was ich fühlen sollte, statt dumpf und grob und schmerzlos rumzustehen.

Ich riss mich zusammen, ging Dounas Handy durch, fand nichts Besonderes und löschte doch alle Verbindungen und Nummern – Auslieferungszustand. Ich setzte auch seins zurück. Ich ging davon aus, dass die Richterin auf ihrem Handy keine Spuren ihrer Kontakte hinterlassen hatte, sonst hätten die RG-Schlipsträger längst im ganzen Hotel nach Sprengstoffgürteln gesucht.

Simin konnte sich gegen Verdächtigungen nicht mehr wehren.

Ich musste an die Luft, ging auf die Dachterrasse. Die roten Ränder der Wolken waren fast unsichtbar geworden, das Meer dehnte sich in die Dunkelheit, nur im Norden begrenzt durch einzelne Lichter am Horizont. Die schneebestäubte Spitze des Canigou ragte im Westen noch dunkelblutrot in die Schwärze des Himmels.

Ich zündete mir eine Zigarette gegen den Leichengeruch an. Leichter Wind trieb mir Tränen in die Augen.

Ich hatte Simin gewarnt: Hände weg von Douna.

Wer weiß, was sie wollte. Vielleicht den Fall doch noch anständig vor Gericht bringen – Ausgleich für ihre Selbstjustiz, die Affekthandlung im Separée. Als ich sie unter der kalten Dusche fand, muss sie bereits geahnt haben, was sie angerichtet hatte …

„Dummes Stück", murmelte ich und wischte die Hand über mein Gesicht.

Ich hätte Douna niemals bloßgestellt. Simin wusste das.

Aber natürlich verzieh ich ihr.

Ich schnippte die Kippe übers Geländer und wählte die Nummer der Präfektur. Ich bestand darauf, den Präfekten persönlich zu sprechen, um einen Todesfall zu melden.

***

Argelès sur mer

Das war's.
Sie beendet die Aufnahme, speichert, klappt den Computer zu.
Es ist dunkel im Haus ohne das kalte Leuchten des Bildschirms.
Sie verfolgt die Lichter eines Frachters, der fern von Süden nach Norden seine Bahn zieht, bis zum Rand der Panoramascheibe.
Noch ein paar Tage, dann muss der Text fertig sein, reduziert auf das Wesentliche: Geständnis, Anklage.
Eine Art Testament, hart und auf den Punkt.
Noch ein paar Tage, dann muss sie sich auf den Weg machen.
Im Aufstehen gleitet die Decke von ihren Schultern.
Sie tritt hinaus, ans Geländer.
Das Meer schwappt leise an den Strand, sehr fern dröhnen die Maschinen des Frachters.
Es ist eisig unter den Sternen.
Auch hier beginnt bald der Winter.
Sie genießt die Luft, den kalten Sand, das Wasser.

Die Strömung zieht sie nach Süden, die abfließende Flut hinaus in die Weite. Sie treibt.
Treibt.

Sanfte Wogen.
Die leuchtenden Farbschlieren, die der Kopfschmerz erzeugt.
Harter, pochender Schmerz.
Er singt und macht Nordlichter, nur bunt.
Nie sieht sie nachts, was alle sehen.

Sie liegt im Wasser, Kopf im Nacken, Arme ausgebreitet, Beine entspannt. Sieht Farben, Sterne. Spürt ihren Schopf als Wolke um ihren Kopf, jedes einzelne Haar, wie es in der Strömung weht.
Treibt
hinaus.

Es geschehen lassen

sich Kälte, Erschöpfung einfach ergeben

Wäre zu einfach.

Die Lichter am Strand sind nicht mehr zu sehen.
Sie schwimmt los. Lange, kräftige Züge.

Ein paar Tage noch, dann ist Endspiel in Paris.

***

Hôpital Pitié-Salpêtrière, Paris

Die junge Frau stöckelt die Gänge des Krankenhauses entlang, sehr groß auf ihren extremen Absätzen, das Gesicht weiß, die großen Augen tief dunkel, die Lippen feuerrot geschminkt, das schwarze Haar glatt nach hinten gestrichen. Menschen bleiben verwirrt stehen, sehen ihr hinterher in ihrem unangemessenen Outfit, Kinnladen sinken.

Die weißen Kniestrümpfe, die enge weiße Bluse, zu kurz, um den Streifen Haut über dem sehr tief sitzenden, gerade zwei Finger langen, hoch geschlitzten schwarzen Röckchen ganz zu bedecken, und so weit geöffnet, dass der transparente schwarze BH zu sehen ist – all dies lässt keine Zweifel offen. Sie sieht aus und schwenkt ihren Hintern wie eine Bordsteinschwalbe auf Kundenfang. Aber sie nimmt kein einziges Mal Blickkontakt auf mit den vielen Menschen, die sie anstarren: Sie ist einfach da, und sie geht vorbei wie eine Erscheinung, ein Tagtraum.

Sie zögert an der Feuertür zwischen zwei Fluren, bleibt am Rahmen stehen, tritt zur Seite, um nicht Passanten im Weg zu sein, zieht ein Handy aus ihrer winzigen Lack-Umhängetasche, blickt darauf, als hätte sie gerade eine Nachricht erhalten. Ihre andere Hand gleitet für einen Augenblick wie zufällig zwischen den Türrahmen und die Stoßleiste aus rot beschichtetem Holz, die auf Höhe der Gummi-Puffer der Rollbetten und -Wagen an jeder Wand hängt.

Ein Baby schreit.

Im Flur jenseits der Schleuse sitzt ein Polizist auf einem Stuhl neben einer Krankenzimmertür, ganz schlaff von der langen Schicht, blickt mit müden Augen in eine Zeitung. Er schaut trübe auf, belebt sich sichtlich, als er der Frau nachsieht, den Blick auf ihren Hintern, ihre Beine gerichtet.

Seine Aufmerksamkeit wird abgelenkt.

Das Baby schreit mit solchem Nachdruck, solcher Verzweiflung, dass Unruhe entstanden ist. Pflegepersonal wird aufmerksam, eine Menschentraube bildet sich im Bereich des Durchgangs.

Das Kind schreit und schreit und schreit. Laut, durchdringend, fordernd.

Menschen reden durcheinander, irren durch den Gang, suchen die Quelle des Geschreis.

Der Polizist steht auf. Reckt den Kopf, geht einige Schritte. Wird Teil des Gewusels.

An der Flurkreuzung reflektieren und brechen Wände, Boden, die offenen Türflügel den durchdringenden Ton, die Schalldecke absorbiert ihn. Menschen recken die Hälse nach der Decke, blicken in die Ecken. Einer hebt die Stühle an, die für Wartende an der Wand stehen, einen nach dem anderen. Der Polizist betastet die Unterseite des Rohrgestells eines geparkten Rollbetts.

Unentdeckt unter der Stoßleiste hinter der Feuertür klebt ein mit Wandfarbe eingestrichenes Mini-Handy, dessen Klingelton in diesem Moment verstummt.

Schmitt zieht die Tür zu, macht zwei, drei schnelle Schritte ins Zimmer. Präfekt Yves Miller greift nach dem Alarmknopf.

Sie ist schneller. Zieht den roten Knopf, der zum Bett runterhängt, aus seiner Reichweite, formt das Kabel zur Schlaufe über dem Metallgalgen, an dem es befestigt ist.

In seinem Gesicht paaren sich Erschrecken und Überraschung. „Was machst du hier? Wie bist du reingekommen?"

Sie wirft etwas aufs Bett. „Ich wollte das hier persönlich vorbeibringen."

Er tastet danach, greift es. Ein USB-Stick. „Und was soll diese Aufmachung?" Seine Stimme wird fester, er ist dabei, seine Dominanz zurückzugewinnen.

Sie sieht an sich hinunter. „Ich dachte, du stehst drauf." Sie zupft an der Bluse, drückt den Rücken durch, Brust raus. „Vielleicht darfst du sogar mal anfassen, wenn du brav bist."

„Das ist geschmacklos."

„Wieso? Ist etwa nichts mehr los bei dir da unten? Ich hab mich immer gefragt, was bleibt, wenn man vom Brustbein abwärts gelähmt ist ..." Sie grinst. „Ich hab in der Zeitung gelesen, dass das Messer deine Wirbelsäule getroffen hat. Unglück im Glück, wurde ein Arzt zitiert: Keine lebenswichtige Blutbahn durchtrennt. Glatter Durchstich."

Schmitts Gelassenheit bringt ihn auf. „Sag endlich, was du willst, dann verschwinde."

Sie setzt sich auf die Bettkante. Ihr Oberschenkel berührt fast seine Fingerspitzen. „Weißt du, ich hab mich gefragt, wie es mit dir nun wohl weitergeht."

„Was geht dich das an?"

„Irgendwer muss den Zeitungen gesteckt haben, dass du als An-schlagsopfer nun auf dem sicherheitspolitischen Ticket in die Politik willst."

„Na und?"

„Ich hab dich gerettet", sagt sie. „Du gehörst mir …"

„Schwachsinn."

„… und ich hab beschlossen, dass deine Karriere endet."

„Schwachsinn", sagt er wieder.

„Du weißt, wer der Mann mit dem Messer war?"

„Ein verwirrter Islamist, der nach dem Selbstmord seiner Frau durch-gedreht ist und die Welt retten wollte, indem er einen Ungläubigen tötet."

„Das ist schwach, Herr Präfekt. Das würdest du doch keinem kleinen Kommissar durchgehen lassen. Neuer Versuch, los!"

„Was willst du? Hast du irgendwo ein Mikrofon versteckt?"

„Soll ich den Flic reinrufen, dass er mich unter der Bluse abtastet?" Schmitt zeigt grinsend die Zähne.

Deutlich leiser als zuvor sagt er: „Er ist der Mann einer der Frauen, die … die wir … Du warst wegen ihr in Argelès, um sie zur Aussage zu be-wegen."

Sie nickt. „Die Frau hieß früher Douna, sie hat nach den Vergewalti-gungen ein Kind bekommen. Dein Kind."

„Ich kann mich an keine Douna erinnern."

„Du hast sie selbst … äh … angeworben. Ihr wart eine Zeitlang liiert. Sie war 17 damals." Schmitt schluckt. „Später habt ihr sie und mich … Wir wurden …" Sie atmet ruckartig aus und ein, sagt hart: „Du und deine Freunde haben Douna und mich nächtelang gefickt."

„Im Suff alle auch ohne Gummi", erklärt er. „Wie kommst du also da-rauf, dass es mein Kind ist? Wir hätten sie nicht gefickt, wäre sie Jung-frau gewesen."

„DNS. Dufrennes hat es testen lassen."

„Und warum habt ihr nichts daraus gemacht?" Er grinst. „Ist wohl etwas schwach auf der Brust, das Indiz."

Sie deutet auf den USB-Stick, der zwischen seinen Fingerspitzen auf der Bettdecke liegt. „Weißt du, was ich in den letzten zwei Wochen gemacht habe?"

„Wie sollte …"

Sie erwartet keine Antwort, unterbricht ihn: „Ich hab in meinem Strandhaus am Fenster gesessen und die ganze Geschichte einer Software diktiert, die einen Text draus gemacht hat. Es wurden rund zweihundert Seiten, von unserer ersten Begegnung auf der Bank am Spielplatz über die Morde an Baransky und Bonnies Mutter, unsere Begegnung in Argelès, den Tod Saint-Andrés, den Brand deiner Räuberhöhle … der ganze Scheiß vom Anfang bis zum blutigen Ende. Ich hab dann alles Persönliche, allzu Emotionale, alles, was Dritte reinreiten könnte, rausgestrichen. Es sind noch immer 130 Seiten – voilà. Das Passwort lautet ‚millerthepig‘, in einem Wort, alles klein."

„Willst du mich erpressen?"

Sie legt die Hand locker da hin, wo sich die Decke über der Stelle wölbt, an der ihn das Messer getroffen hatte. Er verliert den USB-Stick, als seine Hände im Abwehrreflex an ihren Arm zucken.

„Erpressung? Mit einer Anzeige? Quatsch." Sie lächelt mit eisigem Blick. „Es gibt Besseres, als erneut vor Gericht von dir gefickt zu werden."

„Bitte", keucht er, beide Hände an ihrem Arm. Er versucht, ihre Hand wegzuschieben. „Könntest du …"

„Es ist keine Erpressung. Es ist eine Drohung." Schmitt hebt den Arm, dreht ihn aus seinem Griff. „Ich will, dass du dich zurückziehst. Aus der Präfektur, aus der Öffentlichkeit." Sie legt die Hand wieder auf die empfindliche Stelle: „Wenn ich höre, dass du erneut Karriere machst oder wieder in deine Nebengeschäfte einsteigst, oder wenn du versuchst, mich umzulegen, dann komme ich und bringe dich um. Langsam und schmerzhaft. Hast du mich verstanden?"

Er hält ihren Arm mit beiden Händen, sagt nichts. In seinem Gesicht arbeitet es. Schmitt liest widerstreitende Gefühle: Erschrecken, Unglaube, Furcht, Trotz, Wut.

Sie löst sich aus seinem Griff, erhebt sich von der Bettkante. Blickt über die verschränkten Arme auf ihn hinab. „Betrachte den USB-Stick als Beweis meiner Entschlossenheit. Es gibt zwei Exemplare. Als ich vorhin reinkam, war der andere seit einigen Minuten bei seiner Empfängerin, mit einem erklärenden Anschreiben. Deine entzückende Frau hat das Passwort gleich telefonisch bei mir abgefragt. Bin gespannt, wie sie auf den Inhalt reagiert."

Er trotzt: „Und wieso sollte irgendjemand den Schwachsinn glauben? Sie wird denken, du bist durchgedreht."

„Da müsste sie sehr starke Nerven haben. Und deine Skrupellosigkeit."

„Deine Geschichte hat doch sicher Lücken wie Scheunentore, schon um dich nicht selbst reinzureiten. Das ist doch der wahre Grund, dass du das Material nicht einfach dem Staatsanwalt gibst."

„Denkst du, ich ramme den Kopf immer wieder gegen dieselbe Wand? Du und deine Rechtsverdreher hätten wieder leichtes Spiel mit den traumatisierten Zeuginnen." Sie schüttelt den Kopf. „Nein, ich gestehe alles. Der Text auf dem Stick ist eine umfassende, schonungslose Selbstbezichtigung. Ein Opfergang: Niemand würde denken, dass ich das mutwillig auf mich nähme. Das macht alles andere glaubwürdig."

„Wenn du wirklich so dumm bist, gehe ich damit zum Staatsanwalt und mache dich fertig."

„Bitte." Schmitt macht eine lässige Handbewegung Richtung Tür. „Soll ich den Flic reinrufen, dass er den Stick gleich hinbringt? In dem Fall maile ich das Ganze gern gleich auch an die Medien." Sie wartet zwei Sekunden, sagt „Na?", löst die Schlaufe am Kabelgalgen, so dass er den Alarmknopf wieder erreichen kann: „Oder ruf ihn selbst."

Er schnaubt, regt sich nicht.

„Irgendwie war mir das klar", sagt sie.

„Du bist vollkommen irre."

„Irre?" Sie beugt sich über ihn, legt die Hand wieder auf seinen Leib, dass er zuckt. „Nein", schnarrt sie: „Hemmungslos entschlossen. Ich finde dich. Kriege dich. Überall. Jederzeit." Sie bewegt die Finger. „Hast du verstanden?"

„Verdammt …", japst er.

„Rechne mit allem. Messer, Säure, Gift, Feuer, Stromschlag … Und wenn ganze Divisionen Bullen vor deiner Tür Wache schieben: Rechne mit mir." Sie zieht die Hand zurück, wartet einen Augenblick, fragt erneut: „Verstanden?"

„Das ist Selbstjustiz", keucht er.

„Dreh es nicht um: *Wir* sind die Opfer hier, und *du* fickst das System", ruft sie. „Ich hatte mir das anders vorgestellt, als ich Polizistin wurde, richtig. Aber warum sollten wir uns ergeben? Sollen wir zusehen, wie du dein widerliches Spiel treibst, gedeckt von deinen Freunden, uns geschlagen geben, uns am besten noch schämen, uns selbst die Schuld geben, wie brave Frauen das tun, die nicht als Schlampe dastehen wollen?"

„Du bist keine Spur besser als ich."

„Hast du uns eine Wahl gelassen?" Sie zeigt Zähne. „Du hast völlig recht: Ich bin keine Spur besser als du. Ich bin nicht brav. Ich bin wie du. Ich mache, was ich will. Schamlos, ohne Kompromisse. Fürchte mich!" Faucht, jedes Wort einzeln betonend: „*Ich. bin. dein. Gesetz.*"

Er reißt die Augen auf, als sie ihre Hand wieder bewegt, lässt ein kehliges Wimmern hören, seine Hände fliegen in Abwehrposition.

„Ich sehe, du verstehst. Braver Junge." Sie tätschelt seine Wange, wenn auch eine Spur zu heftig. „Und komm nicht auf eine deiner Ideen – falls ich eines unnatürlichen Todes sterbe, sorgt ein Notar dafür, dass der Text publik wird."

Sie zückt das Handy aus ihrem Täschchen, aktiviert eine Verbindung.

Gedämpft durch die Tür ist vom Gang her das Schreien eines Babys zu hören.

„Bete, mich nicht wiederzusehen."

Sie legt das Handy außerhalb seiner Reichweite am Fußende aufs Bett, geht zur Tür, drückt die Klinke.

Sagt: „Play time."

Geht hinaus.

***

„l'Aurore"

Yves Miller zieht sich zurück

... ließ Yves Miller mitteilen, dass er die Leitung seiner Präfektur aus „Gesundheitsgründen im Zusammenhang mit meiner schweren Verletzung durch den Messerattentäter Ahmad Diri" aufgebe. ... Das Rückenmark des 56-Jährigen war bei dem Angriff so stark verletzt worden, dass er wahrscheinlich von der Brust abwärts gelähmt bleiben wird.

Der Mitteilung zufolge strebt Miller aus demselben Grund auch kein politisches Amt mehr an. Vielmehr ziehe er sich „vollständig aus der Öffentlichkeit zurück".

Noch vor wenigen Wochen hatten mehrere Medien übereinstimmend berichtet, dass er für ein Ministeramt kandidieren wolle.

Millers Sprecher bestritt auf Rückfrage, dass es neben dieser offiziellen Version noch andere Gründe geben könnte. Jedenfalls verstummen die hartnäckigen Korruptionsvorwürfe gegen ihn nicht, die ihn allmählich zu einer Belastung für den Staatspräsidenten werden lassen. Miller gehört zu dessen wichtigsten Parteifreunden, da er als ehemaliger Funktionär des Front National seit der Wahl ... die rechte Flanke der Präsidentenpartei absichert ...

Miller ließ ebenfalls Gerüchte dementieren, dass das Scheitern seiner dritten Ehe mit diesen Korruptionsvorwürfen zu tun habe, die ihm unter anderem die Beteiligung an massiver sexueller Nötigung junger Frauen, Vergewaltigung, Zwangsprostitution und Menschenhandel unterstellen. Eine Mitarbeiterin dieser Zeitung hat inzwischen zahlreiche Enthüllungen unter Berufung auf eine junge Frau verfasst, die sich „Zeugin X" nennt (ihre Identität ist der Redaktion bekannt). Demnach hatte Miller bei dem Prozess vor zehn Jahren entsprechende Vorwürfe vor dem Strafrichter pariert, indem er Zeuginnen verschwinden und unter Druck setzen sowie Beweise manipulieren ließ, um seinen Freispruch zu erwirken.

Wie damals bestreitet Miller alle Vorwürfe. Die Staatsanwaltschaft nennt es „fraglich, ob erneut ein Verfahren in dieser Sache eröffnet wird", denn den „neuen Vorwürfen steht keine bessere Beweislage als seinerzeit gegenüber". Es gelte „bei einem Präfekten wie bei jedem anderen Verdächtigen" die Unschuldsvermutung.

Was auch immer der Grund für den Bruch mit seiner Frau sein mag: Miller war aus dem Krankenhaus nicht wieder zu seiner Familie gezo-

gen, sondern bezog eine Suite in einer Pariser Residenz für wohlhabende Pflegebedürftige.

Er ließ auf Rückfrage mitteilen, dass er sich „intensiv" seiner „Rekonvaleszenz widmen" werde und für Interviews „auf absehbare Zeit nicht zur Verfügung" stehe.

***

„l'Évènement"

Berliner Polizistin lehnt Orden ab

Paris/Berlin. Sibel Schmitt (31), die Berliner Kriminalkommissarin, die in Frankreich Schlagzeilen machte, weil sie … einen Messerattentäter stoppte, hat den Orden der Ehrenlegion für die Rettung des damaligen Präfekten Yves Miller abgelehnt. Dies teilte das Büro des Präsidenten im Elyséepalast mit. Eine Begründung habe Schmitt nicht gegeben. Auf Anfrage sagte sie unserer Zeitung, ohne Details auszuführen, dass Miller der Rettung ebenso wenig würdig gewesen sei wie sie des Ordens. Die Auszeichnung gebühre postum der Untersuchungsrichterin Simin Dufrennes, die bei der Vereitelung des Messerattentats im Alter von 52 Jahren getötet wurde, sagte Sibel Schmitt.

***

Nachrichtenagentur b'news, Bosnien

… Die Initiatorin und Mitgründerin der regierungsunabhängigen Hilfsorganisation, Halina Osmani, wurde bei der Gründungsfeier zu deren Ehrenvorsitzender auf Lebenszeit ernannt. …

Begonnen hatte Osmani mit einer Selbsthilfegruppe für traumatisierte Opfer von Menschenhandel, die sie gemeinsam mit ihrer Therapeutin vor zwei Jahren in Bosnien gründete. Sie war damals noch nicht lange aus Frankreich zurück, wo sie jahrelang in einer Sklaverei-ähnlichen Beziehung mit einem Mann gelebt hatte, der sie von ihren Schleppern gekauft hatte …

***

Deutschland gilt als eines der wohlhabenden Zielländer des Menschenhandels. Doch gerade hier ist es besonders schwierig, Menschenhandel und die damit verbundenen **Sklavenarbeit** und **Zwangsprostitution** zu ahnden. Die Opfer sind überwiegend sehr jung, werden mit brutaler Gewalt von ihren Peinigern kontrolliert und manipuliert, sehr viele von ihnen halten sich illegal in der EU auf. Sie sind oft die einzigen Zeugen der Taten, werden von den Tätern gezielt eingeschüchtert und in Abhängigkeit gehalten. Ihre Aussagebereitschaft ist auch deshalb sehr gering, weil sie als Illegale jederzeit die Abschiebung fürchten müssen – sie würden in ihren Herkunftsländern praktisch in die Hände derselben Schlepperorganisation ausgeliefert, deren Vertreter oder Geschäftspartner sie in Deutschland vor Gericht gebracht haben.

Eine seit Jahren von Grünen angestrebte Immunitätsregelung, die aussagebereite Opfer – zumeist sind es Frauen – grundsätzlich auf Dauer vor Abschiebung schützt, gelangte 2016 im Bundestag nicht zur Beschlussreife. Sie erhalten damit weiterhin ein zeitlich begrenztes Bleiberecht, das vom Fortgang des Strafverfahrens abhängt, in dem sie aussagen.

Experten führen vor allem auf diese Regelung zurück, dass in Deutschland jährlich nur einige Hundert Fälle vor Gericht kommen.

In **Frankreich** wurde jahrzehntelang in zahlreichen Fällen von Kindesmissbrauch und Zwangsprostitution immer wieder der Verdacht erhoben, dass es ein Netzwerk von Personen aus hohen und höchsten Kreisen gebe, die als sogenannte „**Libertins**" die bürgerliche Moral ablehnten und sich für ihre Ausschweifungen von Menschenhändlern mit Kindern und Jugendlichen beiderlei Geschlechts versorgen ließen. Im Fall eines verschwundenen Jungen im Saarland wurde gemutmaßt, dass diese Netzwerke auch Landesgrenzen überschreiten.

Es gab im Laufe der Jahre Prozesse und auch Urteile gegen Eltern und Großeltern, die ihre Kinder und Enkel missbraucht und verkauft hatten, sowie wegen Entführung, sexueller Nötigung, Vergewaltigung, Kindesmissbrauchs.

Immer wieder berichteten Journalisten von angeblich gebremsten und behinderten Ermittlungen, von absurden Pannen während der Beweiserhebung.

Ein gerichtsverwertbarer Nachweis für systematische Korruption der Polizei und anderer Behörden wurde nie erbracht. Keiner der zahlreichen Vorwürfe gegen Prominente wurde jemals erhärtet. Erwiesen sind jedoch Verbindungen zwischen einflussreichen Persönlichkeiten und Gangstern. So wurde der frühere französische Finanzminister und Chef des Internationalen Währungsfonds Dominique Strauss-Kahn, dessen politische Karriere durch eine Sexaffäre endete, mehrfach im Zusammenhang mit dem belgischen Zuhälter mit dem Spitznamen Dodo la saumure (nahezu unübersetzbar: „Nickerchen der Pökelhering") genannt, der sich vor einigen Jahren wegen bandenmäßiger Zwangsprostitution vor Gericht verantworten musste und freigesprochen wurde.

Ein Muster durchzieht die Berichte über Fälle, in die Prominente verwickelt sind: Zeugen verschwinden, ändern Aussagen, Ermittlungspannen ruinieren Beweismittel, Staatsanwälte verzichten darauf, nachzuhaken oder in Berufung zu gehen …

Der Fall der sieben **„Verschwundenen von Yonne"** hat sich nach Jahren vergeblicher Ermittlungen, während derer ebenfalls über eine Verschwörung spekuliert wurde, als Mordserie eines psychisch kranken Sexualtäters erwiesen. Er wurde mittels eines DNS-Tests überführt und ist 2013 in Haft gestorben.

Der belgische Kinderschänder und mehrfache Mörder **Marc Dutroux** wird sein Leben in Haft beenden. Sein Haus in Charleroi, in dessen Keller zwei achtjährige Mädchen während einer Razzia unentdeckt blieben, obwohl Polizisten ihre Stimmen hörten, und dann verschmachteten, ist ein Wallfahrtsort für Sensationstouristen. Die Fassade wurde mit einem Transparent verhängt.

Die Vorwürfe gegen Ermittlungsbehörden und Justiz, die Existenz eines Pädophilie-Rings vertuscht zu haben, dessen „Mann fürs Grobe" Dutroux gewesen sei, sind nicht verstummt. Laut Medienberichten war die Sterblichkeit unter Zeugen des Falls vor dem Prozess auffällig hoch: 27 von ihnen sollen zu Tode gekommen sein.

Zuletzt hat die 1963 geborene **Anneke Lucas** Ende 2016 in schockierenden Details geschildert, wie sie als Kind Anfang der Siebzigerjahre von einem späteren Mitangeklagten Dutroux' zum Sex gezwungen wurde. Sie beteuert, dass zu den Pädophilen, die sie seinerzeit missbrauchten, Mitglieder der belgischen Regierung und EU-Politiker gehört hätten.

Nichts davon hatte in den Prozessen gegen Dutroux eine Rolle gespielt.

Dutroux' Komplizin und Ex-Ehefrau **Michelle Martin** wurde bereits 2012, weniger als zehn Jahre nach ihrer Verurteilung zu dreißig Jahren Gefängnis, aus der Haft entlassen.

***

Rund vier Jahre nach der letzten Szene dieses Buches beginnen in Berlin die Ereignisse, die in dem Thriller „Schmitts Hölle – Verrat" geschildert werden.

Die Thriller mit Sibel Schmitt:

„Schmitts Hölle – Verrat."
„Die Frau im roten Kleid"
„Schmitts Hölle – Countdown."
„Schmitts Hölle – Entscheidung."

Alle Schmitt-Thriller sind in sich abgeschlossene Romane.
Die drei „Hölle"-Bücher ergeben eine Trilogie.

Alle sind überall im Buchhandel als E-Book und gedruckt erhältlich.

Für weitere Informationen – Sibel Schmitt auf Facebook:

de-de.facebook.com/Schmitts.Hoelle/